樅陽文化叢書

樅陽

枞阳文化丛书

“枞阳文化丛书”编委会编 | 丛书主编 钱叶全

枞阳当代文学作品选

谢思球 主编

合肥工业大学出版社

枞阳要大力加强文化建设，坚持打好文化资源牌，充分发挥名人效应，增强文化自信，将文化底蕴和名人资源转变为发展优势，推动文化大县向文化强县跨越，促进枞阳经济社会全面进步。

切实做到“三个坚持”，一要坚持以人民为中心的创作导向，深入挖掘枞阳文化时代内涵，提升方苞文学奖、朱光潜艺术奖影响力，丰富文化产品供给。二要坚持大力发展文化产业，推动文化与旅游、科技等融合发展，建成一批重大文化产业项目。三要坚持发掘提炼“枞阳精神”，增强全县人民文化素养和文化自觉，努力建设文化强县。

——选摘自中共铜陵市委常委、枞阳县委书记刘亚东在首届“方苞文学奖朱光潜艺术奖”颁奖会议上的讲话

序

做好枞阳文化创新的时代课题

罗成圣

文化是一个地区的特质和灵魂。枞阳地处吴头楚尾，滨江怀湖，有着五千多年文明史、三千多年建城史、两千多年建县史，独特的区位和悠久的历史，形成了具有枞阳特色的地域文明和文化精神。

枞阳自古就是钟灵毓秀之地，教育发达，人文荟萃，名人辈出，在“安徽百位历史文化名人”中占据11位，先后涌现出“铁骨御史”左光斗，百科全书式的大师方以智，桐城派代表人物方苞、刘大櫆、姚鼐，以及将军、外交家、艺术家黄镇，中国“计算机之父”慈云桂，著名美学家、中国现代美学奠基人朱光潜，“一代大哲”方东美等一批风流人物。当代杰出人物层出不穷，以“两院”院士汪旭光、陆大道、丁汉、王福生等为代表，分布在世界各地的枞阳才俊如大江潮涌，竞展风流。

枞阳是桐城派的发源地，桐城派的代表人物及后起之秀大多生长在这块土地上。他们师徒相传，著书立说，学术宏富，形成了庞大的作家和学术群体，蔚成“何意高文归一县，遂令天下号宗师”的文化奇观。

桐城派从枞阳走向全国，影响清代文坛两百余年，南极湘桂，北被燕赵，享有“文章甲天下，冠盖满京华”的盛誉，成为中国文学史上历时最长、参加人数最多、影响最大的文派。

枞阳既是历史悠久的文化大县，又是经济快速发展的新兴地区。枞阳雄踞八百里皖江之中，位居合肥、铜陵、安庆、池州四市之间，“一带一群四区”六大国家战略叠加效应明显，区划调整后经济社会建设得到市委、市政府“五个优先”支持，已经迎来新一轮的大发展、快发展。“十三五”时期，县委、县政府将团结带领全县人民，努力把枞阳建设成为世界铜都江北副中心、合肥都市圈通江达海重要门户、长江经济带重要区域节点、现代旅游休闲养生度假重要基地。

文化包含着兼容、开放和创新。面临枞阳“十三五”发展的大开放格局，枞阳文化迎来了继承弘扬、熔旧铸新的时代课题。如何继承弘扬枞阳优秀传统文化，如何把枞阳的文化名片做大做亮，需要全球视野，需要大开放的战略，需要海纳百川的胸襟，需要枞阳时代文化的吐故纳新。毫无疑问，这需要在历史文化的根基上形成一系列创新文化体系，包括加快现代公共文化服务体系建设，实施一批文化惠民工程，提升公共文化服务供给能力；坚持以人民为中心的创作导向，深入挖掘枞阳文化时代内涵，提升方苞文学奖、朱光潜艺术奖影响力，丰富文化产品供给；大力发展文化产业，推动文化与旅游、科技等融合发展，建成一批重大文化产业项目；大力弘扬社会主义核心价值观，发掘提炼“枞阳精神”，增强全县人民文化素养和文化自觉，努力建设“文化强县”等。创新是枞阳文化的灵魂。只有不断创新，才能保证枞阳文化的生生不息，才能将文化优势转变为枞阳的发展优势。

正是在这样的背景下，“枞阳文化丛书”第一次较为系统地梳理出枞阳历史名人、古代诗文选、当代文学及剧本、民俗风情和非物质文化遗产等精粹。这套丛书的出版，既是枞阳文化建设的一大成果，又是继承和发扬枞阳优秀传统文化的重要媒介。希望更多的有识之士参与到发掘、研究和弘扬枞阳文化的行动中来，续写无愧于先贤、无愧于时代、无愧于后世的文化新篇。也希望《枞阳文化丛书》作为一个文化创新品牌，在彰显枞阳文化自信、发展自信上，形成文化创新系列和出版系列，坚持不懈地锻造文化佳作，输出精品力作，传播正能量，引导大潮流，展示枞阳文化永恒的魅力。

枞川文明生生不息，枞阳精神薪火相传。感谢枞阳大地，感谢枞阳人民，让我们共同仰望这片土地上的灿烂星空。

（作者系枞阳县人民政府县长，“枞阳文化丛书”编委会主任）

编者的话

谢思球

一个拥有2100多年历史的古县——枞阳，它的历史文化积淀必然是丰富而厚重的。姚鼐说：“夫舒黄之间，天下之奇山水也。”这里是诞生大师的地方，是大师们生活和吟哦过的土地。文学是历史发展的语言镜像，也是现实生活的心灵回声。枞阳丰富而厚重的历史文化必然会深刻地影响枞阳当代文学的发展。阅读这些精彩纷呈的文字，我们可以触摸历史，触摸时代，进而触摸这里的土地、山川、河流和人文气息。枞阳当代文学一路走来，从故乡出发，走向广阔的天地。

这本集子里收录的作品时限自1949年至2015年。编选宗旨是集结枞阳60多年间的名家名作，当然也包括充满希望的新生代代表作家的作品。1958年，谢清泉创作了民歌《堆稻》，被《诗刊》转载，引起全国性的反响，周扬、郭沫若均给予了很高的评价，后被编入《红旗歌谣》及中学课本。20世纪，孔祥彪、叶全新、吴永生、金晓武、白平、杨益生、谢思球等生活在枞阳本土的作家和诗人，在《诗刊》《星星诗刊》《青年文学》《散文》《清明》《安徽文学》等文学刊物发表了一大批作品，在散文和诗歌创作方面均取得了显著成绩；周世久、吴永生、苏生、孔令军、杨俊等人的小说创作也成绩斐然。吴永生创作并出版了“唐史三部曲”，即长篇小说《杜牧外传》《李白外传》和《父子皇帝》，长达百万言。在枞阳籍外地诗人、作家和学者中，吴昭元、钱叶用、唐旺盛、黄大明、钱红丽、江少宾、魔头贝贝、董书明等人在国内报刊发表了大量作品，其中钱叶用和魔头贝贝分别参加了诗刊社第 2 届和第 29 届“青春诗会”。著名学者王达敏先生在当代文学研究方面取得突出成就，他的专著《新时期小说论》和《余华论》引起广泛关注。年轻学人荣光启在新诗研究和当代汉语诗歌批评方面也卓有建树。

要从浩如烟海的枞阳当代文学作品中编辑一本作品选是困难的，时间跨度长，加上资料的匮乏、容量的限制，它必然是有缺憾和不完美的，编者只能勉为其难，尽力搜录能够接触到的有代表性的作品，辑录成册。摆在我们面前的这本集子，只能说是枞阳当代文学的一个侧面和缩影。通过它，我们大致能够了解枞阳当代文学的发展历程和总体风貌。

江河泻地，岁月如歌。60 多年过去了，得益于这方古老土地的恩赐，一批批胸怀梦想和富有激情的文学爱好者竞相涌现，枞阳的作家队伍不断壮大成熟。桐城派师法自然、清正雅洁的文风仍在影响着枞阳当代文学的进程与发展，先贤们遵从古人的传统道德而不懈追求的人格精神，进而形成典型的“文格”。清代著名学者周永年说：“为文者有所法而后能，有所变而后大。”这对于今天仍然生活和坚守在桐城派故土上的作家们，是一句醒世之言。枞阳是个充满诗情画意的地方，是一方值得书写传奇的沃土，当代枞阳作家应自觉肩负起文化使命，继承与融合，创新与发展，为人民抒写，为时代放歌。果如此，当代枞阳文学必然会像滚滚东去的江河，奔向蔚蓝色的远方。

目录

001 / 序　做好枞阳文化创新的时代课题　罗成圣
001 / 编者的话　谢思球

第一辑
小说卷

003 / 礼物　孔亚雷
018 / 老闸　苏　生
026 / 拉幕人　孔令军
031 / 杜牧断案服恩师　吴永生
038 / 风景　唐俏梅
060 / 骗牛　周世久
070 / 摸乎子　王建生
083 / 量江记　谢思球

第二辑
散文卷

117 / 天末怀永玉　谢蔚明
125 / 仁德大师的人间情怀　王达敏
130 / 故乡的年　钱红丽
137 / 乡村的肾　母亲的肾　江少宾
145 / 村庄三章　钱叶全
152 / 大别山之夜　叶全新

156 / 方东美：熟悉而陌生的大师 章宪法
163 / 写给母亲 张炳应
167 / 母亲的村庄 孙长江
172 / 想象鸟鸣的幸福 王志高
175 / 滴水洞情思 何愿斌
179 / 故里草木深 江习明
183 / 栀香 寒 宣
187 / 渔事 王照祥
191 / 秋天的诗经 胡 冰
195 / 豸岭的狮子灯 张正顺
200 / 诗画枞阳（外一篇） 徐连祥
205 / 糯香岁月 鲍官明
210 / 风中的村庄 汤 流
213 / 孤独的诗意 朱晓红
219 / 黄山是吾师 黄琼会
224 / 安凤岭 高 斌
228 / 树梢和房顶 钱龙宁

第三辑 诗歌卷

235 / 堆稻 谢清泉
236 / 诗二首 吴昭元
238 / 我是青年（外一首） 孔祥彪
242 / 黄河以西（组诗） 周宗雄
246 / 汉语祈祷词（选 5） 钱叶用
251 / 诗二首 荣光启
256 / 午夜锅庄（外一首） 黄大明

259 / 仰望秋天（三首） 江文波
263 / 踏进塞纳河（外一首） 史劲松
267 / 记一次郊游（外一首） 魔头贝贝
270 / 董书明的诗 董书明
273 / 喘息（外二首） 杨益生
276 / 老人河（外二首） 白　平
281 / 农民兄弟（组诗） 刘　静
284 / 我坐在一条冰冷的板凳上读诗（外一首） 黄　晔
287 / 花山记（外三首） 王汉英
291 / 标识马灯（组诗） 刘　忠
295 / 春天从窗外走过，我也想打马唱歌（外二首） 吴信原
299 / 大通古镇之和悦洲（外一首） 天　露

301 / 跋　贴近大地的呼吸 钱叶全

第一辑 小 说 卷

礼　　物

孔亚雷，著名小说家、翻译家，1975 年出生于安徽省枞阳县，1997 年毕业于上海外贸学院，现居杭州。小说及译作散见于《收获》《十月》《当代》《青年文学》《外国文艺》。短篇小说《小而温暖的死》入选“2005 年度短篇小说”，《芒果》入选“2006 中国原创小说年度排行榜”，2007 年翻译出版美国作家保罗·奥斯特的长篇小说《幻影书》。《不失者》是他的第一部长篇小说。

她已经等了十天。这是第十一天。她照例在十二点整走进咖啡馆，照例在角落靠窗的位置坐下，照例点了杯卡布奇诺。在等咖啡的时间里，她从挎包里拿出本厚墩墩的《战争与和平》，然后点燃一支香烟。她把烟盒跟打火机放到桌上。白色有 LAWSON 字样的一次性打火机。硬壳的三五香烟（它们叠放在一起，以一种微妙的角度斜躺在书的左侧）。她一边抽烟一边喝咖啡。她的动作显得既谨慎又漫不经心，令人想起无所事事的鹿。大部分时间她都在看书，偶尔抬起头望一会儿窗外。窗外是一条僻静的林荫道，阳光穿过高大的法国梧桐，在柏油路面上形成一块块光斑，光斑随着阳光的变化时而变亮，时而变淡，时而消失，仿佛某种神的游戏。咖啡馆位于市中心的一条小路上，这条路上有几家画廊、几家西餐厅、一间卖尼泊尔饰品的精品屋和一家小书店。这个时候路上行人不多，偶尔有辆汽车在落地窗外无声无息地滑过。咖啡馆里除了她，还有一个扎着马尾的外国男子，她只能看见他宽阔的后背。咖啡馆里荡漾着音量调得很低的爵士乐，低得就像有人在远方哭泣。

那会是什么呢？她想。那个老画家所说的特别礼物究竟会是什么呢？不知道。无从想象。她唯一知道的是她还要继续等下去。她答应他等一个月。一个月，四周。每周一至周五的中午十二点到下午两点（跟她给他做模特的时间一样）。为什么要这样？不知道。她没有问他。他只是说那是必需的——对于那个礼物来说。是的，这听起来有点荒谬。但再荒谬的话从他嘴里说出来都显得理所当然（他似乎掌握了某种让别人无条件信任他的秘诀）。不过反正她已经习惯了午休时间出来透透气，老是闷在空气不畅的格子间里让她觉得心情和皮肤都变得粗糙不堪。这样消磨掉午间的两小时也不错：坐在明亮安静的咖啡馆，喝咖啡，抽烟，看书，同时等待。

两点差五分，她扬手叫服务生结账。两点钟后，她走出咖啡馆（玻璃门被推开时发出清脆的叮当声）。她在门口站住，做个深呼吸。不知为什么，没等到反倒让她松了口气。随着时间的推移，开始的期待正在溶化成淡淡的恐惧。一种害怕收到的礼物会让自己失望的恐惧。与其收到一件自己不喜欢的东西，她想，还不如这样等着有意思。她机械地迈开脚步，走得既不太快也不太慢。空气中散发着秋日午后特有的旧旧的气息。从咖啡馆到她上班的地方走路要二十分钟。从春天到秋天，这条路线她已经来来回回走了不下一百遍（画家的画室就在离咖啡馆不远，与这条小路垂直的一条小巷里）。小路走到尽头拐个弯，繁华的闹市区扑面而来。她瞬间就被汹涌的人潮吞没了。成千上万的脸孔像无数浮在海面上的花瓣那样起伏流动。各种噪声——车声、人声、巨大电子屏幕上的广告声——汇集成一种带有宗教意味的永恒的嗡嗡声。她随波逐流，行走不止：走过高楼投下的阴影，走过钢琴琴键似的斑马线，走过万花筒似的各色店铺。她消失在一幢大厦的入口。她走进位于十七层的办公室。两点半，从天花板流泻出相当于上班铃的钢琴曲（《致爱丽丝》）。她轻轻叹口气，手指灵巧地拿发带把长发束到脑后，然后小心翼翼地——仿佛在举行一个小而神圣的仪式——用橙色炭笔在台历的 11 月 6 日上画了个“×”。

她是在一次摄影展的开幕酒会上遇见那个老画家的。她有个远房表哥是搞行为艺术的，当他偶尔——极为偶尔——缺少女伴的时候，会叫上她参加一些艺术活动。那次是一位德国女摄影家的主题摄影展，名为“石头与花朵”。展览分两部分：一部分是黑白的鹅卵石照片，另一部分是彩色的花卉照片，都是以极近距离拍摄的无比清晰的大幅特写。鹅卵石也好花也好，全都无可避免地令人想到女性的身体器官（圆润的鹅卵石让人想到乳房和臀部，张开的花蕊让人想到女性生殖器）。简直不可思议，她想，完全属于大自然的东西却散发出如此强烈的富有人类感的性意味！然而，奇怪的是，这些照片却又丝毫没有色情的感觉，至少对她来说是这样（她不知道男人会怎么想）。相反，当她细细地、一幅一幅地看完所有作品，她感到一种难以形容的哀伤。回过神，她发现表哥已经不见了——大概有了新的猎艳目标。于是她在来宾中转了一圈（没有一个认识），拿了杯葡萄酒，走到无人的吧台角落，一边翻看摆在那里的摄影集一边小口啜饮葡萄酒。

他就是那时走过来跟她搭话的。他看上去很老，老得看不出具体年龄。从眼神看只有五十岁，从头发看有七十岁，从皱纹看则有一百岁。他穿着阿玛尼牛仔裤和一件显然很贵的黑衬衫，身材瘦小，仿佛一枚包装精美的果核。他跟她搭话的方式是近年来她遇到的男人中最具绅士风度的，她几乎怀疑自己是否应该像沙皇时期的贵族小姐那样伸出手好让他行吻手礼。

他们这个那个地聊了一会儿。天气。酒。上海。他说他是个画家。

“我刚回来。”他轻微地动了一下手臂。

我刚回来？她觉得这种说法有点奇怪。他刚从哪儿回来呢？她本想问一下，但还是没问。她从小就不善于发问。她只是露出表示很愿意同他说话的微笑。

“事实上，”他说，“我正在寻找人体模特。我觉得你很合适。”

“模特？”她吃了一惊。人体模特？

他点点头。

“我适合……做模特？”

他耸耸肩。“对我来说很适合。”他停顿片刻，看着她的眼睛，“愿意试试吗？”

她一时不知该说什么好。她从未想过要做人体模特，就像她从未想过要登上月球。

“这个……我要考虑一下。”她朝他笑笑。

“当然，当然。”他再次点点头。他用手指挠挠自己的右边眉毛。她注意到他的眉毛很浓，像灰白色的松针似的一根根竖立着。

“考虑一下。”他接着说，“认真考虑一下。我年轻时也做过人体模特，怎么说呢，一种难得的人生体验。做过就知道了。”他拿过吧台上的签字笔，在画廊名片的空白处写下自己的名字、地址和电话号码。她接过名片，瞄了一眼地址，发现离自己上班的地方不远。

“顺便问一声，你对这次展览感觉如何？”

她想了一会儿。“很忧伤。”

“忧伤。”他重复一声。他的头微微向左倾，仿佛在倾听什么声音。“唔。很希望再见到你。”说完他略一欠身，转身离开。

老人走后，她觉得世界似乎有点小小的失衡。她喝了几口葡萄酒，调整了一下呼吸。做人体模特？她在画廊里又转了一圈。那个老人已经不见了——就像从未存在过。为了确认自己刚刚看见和听见的并不是幻觉，她不禁好几次从口袋里掏出那张名片。

酒会结束的当晚，她回到家，冲完淋浴，站在浴室镜子前盯着自己的身体看了好半天。普普通通的身体，普通得近乎平庸，普通得令人心碎。乳房偏小，大腿偏粗，就身体而言手臂偏长。当然，不算难看。但跟大多数人一样，她觉得自己还是穿上衣服更好看一点。这样的身体有什么资格做人体模特呢？她难以理解。在她印象里，做人体模特应该更有特色一点才对。那个老画家究竟看中了她什么地方呢？对我来说很适合——她想起他的那句话。他说话的方式有点怪怪的，她觉得。但她又本能地喜欢他。不像别的男人，她感觉不到他有丝毫的侵略性——或许是因为他太老了。不过，即使如此，想到要在一个陌生人面前脱得一丝不挂，她还是觉得无法接受。她用浴巾裹住身体（不知为什么，镜中的身体看久了就像变成了别人的身体）。不，她在心里说，那不可能，我不可能——也没必要——去做什么人体模特。

自从她成年以来——她今年二十八岁——只有两个男人看过她的身体。一个是她大学时的初恋男友，他们是同班同学。他们没有做过爱，或者更确切地说，他们不会做爱，相互抚摸就已经让他们很满足了（最后她总是用手帮他解决）。大四时，他随家人移民去了澳洲。她的第二个男朋友是她以前单位的同事。大学毕业后，父母托人把她弄进了一家政府机关单位做文秘，虽然她对这工作毫无兴趣，但一来父母很热心，二来她也没发现有更好的工作，因此她想怎么样都无所谓。他比她早进去几年，长得高大方正，为人热情上进，领导也好同事也好朋友也好，几乎没有不喜欢他的。他们谈了三年恋爱。一场跟她的文秘工作一样平淡无聊的恋爱，后来她想。但当时她是很认真、很努力地在谈，他们已经到了谈婚论嫁的阶段，觉也睡了，双方父母也见了，每到周末就一起四处去看房子。就在这时他被调去了北京。她当然不愿意他去，但她嘴上什么也没说，只说随便他。她知道他很想去。他一心想当官，有时她甚至觉得为了往上爬他任何事都做得出来——任何事。他去北京一年后他们分手了。大家都替他们惋惜。她却觉得松了口气，那种感觉就像高中时终于考完了期末考试，有一种几乎令人愉悦的失落。我为什么每次失恋都不难过呢？她问自己。难道那根本不是真正的爱？那么真正的爱应该是怎样的呢？她不知道。总之，分手几乎没有给她带来任何伤害，这让她觉得既幸运又不幸。之后不久她从单位辞职了，她决定拿本来留着结婚用的积蓄去国外读书，她想出去看看世界。但等她辛辛苦苦考完GRE，“9·11”爆发了，她申请去美国的签证被拒签。她在家闲了几个月，最后闲得头昏脑涨不知所措，只好再去找工作。凭着过硬的英语——拜GRE所赐——她找到了现在的工作：在一家私营的外贸公司做总经理助理。工作很忙，经常晚上要加班到八九点钟，但很充实（从中她体会到了某种从未有过的、类似于自豪的感情)，且收入是以前的三倍。这期间也有几个男人追求她，她也同其中一两个不深不浅地交往过，但始终没有确定恋爱对象。她对谈恋爱越来越提不起劲。说不上为什么，她觉得好像所有恋爱谈到后来都差不多：吃饭，看电影，牵手，接吻，然后呢——上床，争吵，和好，再争吵……就像事先设置好的电脑游戏。为什么一定要找个人来破坏自己美好的单身生活呢？她在市郊一个环境幽雅的住宅小区租了套小公寓，每天乘地铁上下班，周末则睡懒觉、煮咖啡、听音乐、看影碟，照菜谱一个人津津有味地做饭，偶尔也会约女友去逛街，或去美术馆看展览。随心所欲，自由自在。至于性，对她来说就像扁桃体一样可有可无——或者不如说没有更好。只是，有时半夜醒来，在一片漆黑中，她会产生一种奇异的感觉：仿佛自己正身处另一个世界。她明白自己不可能永远这样下去。她不是那种会一辈子单身的人。不管愿不愿意，她都终将结婚生育，相夫教子。那既像是一种希望，又像是某种绝望。未来到底会怎样？她会遇见什么样的人？她身上会发生什么事？一切都消失在时光的黑暗中。除了等待，她别无选择。

她最终决定给那个老画家做模特是半个月之后的事。她本来以为自己很快就会忘了那个老人的话。但结果正好相反，那个老人的提议像双不合脚的鞋似的让她无法安宁，她几乎时时刻刻都在想着它——听起来可能有点难以置信——工作时想、吃饭时想、睡觉时想（虽然表面上看一切都一如平常）。一个礼拜后，她意识到为了避免患上神经衰弱，她必须再认真考虑一下。其实只要稍加考虑，她就不得不承认：她很想去。为什么不呢？就当是一次小小的、安全的冒险。那个老人不至于做出什么对她不利的事情。她什么也不会失去。再说，她又有什么好失去的呢？也许开始会有些尴尬和不习惯，但那同时也是一种小小的刺激和挑战，不是吗？一种难得的人生体验，他说。而那正是她现在所渴求的。她渴求着去体验什么。但前提是不能受到伤害。所以，她不会去吸毒、滥交或者加入什么神秘团体。她不是那种可以不顾一切的女孩——虽然有时候她很羡慕那样的女孩。另外，还有个问题她不能不考虑：如果她去做人体模特，那就意味着她的裸体会被留在画布上，会被人看到，会被人观察，并欣赏——大概。那让她感觉有点不安，但也很难说有什么不好。她上网查过，他是个久居海外、风格独特的油画家，为人低调，在艺术圈享有盛名。通过艺术，她进入了永恒——至少在某种意义上——这有什么不好？

她又花了一周时间才彻底说服自己。她打算不把这件事告诉任何人。她拨通了老人留下的电话，她很怀疑他是否还记得她，但从他接电话的语调（立刻听出了她的声音），似乎他们昨天才见过。她告诉他自己愿意试试。他们约好第二天中午去他住的地方见个面。挂上电话，她发了一会儿呆。原因说不好，但她总觉得，从一开始他就知道她会去。

那个老人住在一个老式的居民小区，一栋五层红砖楼房的一楼。原先是两套的小开间公寓被打通，合并成了一套，所有能拆除的隔断都被拆除了，因此整个空间显得比实际更大。房间布置得很特别：水泥墙壁，水泥地面，阿拉伯花纹的小地毯，高大的绿色植物，白色的宜家布艺沙发，原木餐桌，墙上挂着几幅大色块线条简洁的抽象派油画，画架靠墙角放着，旁边一个带滑轮的案几上堆着五彩缤纷的颜料和调色盘。没有电视也没有电脑。东西（书、CD、画册、香烟、奇怪的小摆设，等等）放得有点乱，但乱得让人很舒服。屋外有个小院子，对着院子的那堵墙被改成了旧厂房里那种钢结构的落地玻璃长窗，从里面望出去，院里均匀地铺着一层灰白色的碎石，角落种着两株高得像树一样的芭蕉，旁边摆着一条褪色褪得厉害的蓝色木头长椅，椅子因为风吹雨打已经变得破旧不堪，看上去仿佛随时都会散架。

“一个朋友的房子。”老人说，“临时住住。他去墨西哥了。”

他们坐在餐桌旁，一边喝新煮的咖啡一边说话。他们聊了一会儿各自的情况（他七十八岁，常住纽约，几十年没回国了，这次回来是为了看病——他没说什么病——顺便小住一阵）。他提到做模特的一些注意事项。（“最重要的是放松，”他说，“——无限的放松。”）他们定下了作画的时间（周一至周五的中午十二点到两点）。他就报酬征求她的意见（高得出乎意料，她欣然接受）。

“我很高兴你能来。”告别时他说，“这对我们俩都有好处。”

对我们俩都有好处？她一时有点反应不过来。她不知说什么好，于是什么都没说，只是朝他笑笑。

那是四月。接下来的几个月（夏天时，他去欧洲待了两个月，他受不了上海的炎热，九月中旬他又回来了，一直住到十月下旬离开），她每个工作日的午休时间都会去那里待上两个小时。在那两个小时里，按照老画家的要求，她赤身裸体，斜靠着坐在白色宜家沙发的一角。她眼睛低垂，视线投向地面，仿佛陷入了某种沉思。沙发的另一头，立着一个同样赤身裸体的男性人体模型，就是服装店里用来展示服装的那种，有鼻子和嘴巴，但没有眼睛，也没有下体，他的头微微侧向她这边，其视线——虽然没有眼睛，但仍然能感觉到他的目光——与她的视角形成一个交叉。她，男性人体模型，白色沙发，构成了老人所画的那幅画的全部。开始几天她多少有点不习惯，虽然空调把室温调得恰到好处，她的皮肤还是起了一层鸡皮疙瘩——很难说究竟是因为冷还是因为紧张，心跳也骤然加速。不过由于事先已经做了充分的思想准备，加上老人作画时极为专注，没过多久——大概一个礼拜——她就几乎完全适应了。每过半小时他们会休息十分钟，她披上特意买来的浴袍，和老人一起喝咖啡，抽烟，听格伦·古尔德弹奏巴赫的《戈德堡变奏曲》，随意地聊天。老人作画跟休息时感觉判若两人。一旦拿起画笔，他就像进入了另一个世界，在那个世界里，只有他、颜料、画笔和画布，其余的一切都不存在。当然，他是在看着她画，他是在画她，但给她的感觉却仿佛他在画别的什么东西——藏在他内心深处的什么东西。她不过是个媒介，一个“对他来说很合适”的媒介。至于为什么合适，她也不知道。她始终想不明白他到底看中了她哪一点。

不过，正如老人所说，那的确是一种相当奇特的体验。她这辈子从未像这样一动不动什么都不做地待过那么长时间，而且——更重要的是——还光着身子。跟洗澡或做爱不一样，这种裸体是公开的、非实用性的，具有某种类似于大自然般的展示感。毫不夸张地说，她从未如此强烈地感受到自身的存在。那里面既有某种不知所措的幸福，又有某种面对自我的悲伤。有一次——仅仅一次——她甚至莫名其妙地哭了出来。她静静地坐在沙发上，脑中一片空白，跟老人一样，她也完全沉浸在自己的世界里。周围的一切正在慢慢消失。像灵魂出窍那样，她仿佛飘离了自己的身体。不知道过了多久，回过神来，她发觉自己正在轻声哭泣。但老人似乎根本没注意到，或者假装没注意到。她没有动。泪水流过她的脸颊，她的乳房，她的小腹。她的皮肤清晰地感受到泪水的温度，那就像是她小小灵魂的温度。

那幅画终于画完的时候，他们举行了一个微型的庆祝晚宴。地点就在他家。她动手做了几个拿手菜，他开了一瓶夏天从法国带回来的红酒。事实上，这同时也是一个告别晚宴。他已经买好了第二天回纽约的机票。经过四个月的相处，他们已经形成了一种亲密而默契的关系。那种关系很奇妙——该怎么形容呢？她想——就好像两个人躲在世界某个不为人知的角落，分享着某个不为人知的秘密。不是什么了不起的秘密，甚至可以说微不足道，但确实是秘密。

吃完饭，他们手里捧着葡萄酒杯，肩并肩地站在刚完成的画作前看了很久。

那幅画跟她最初脑子里想象的完全不同。整幅画的背景是浓雾一般的乳白色。她，沙发和男性人体模型，就像三座岛屿，静静地漂浮在那片乳白色里。那片乳白色弥漫着，仿佛要吞噬整个画布，甚至要溢出画布。但同时每一个细节又都显得极为精确：沙发的绒褶，她腰部的曲线，模型的塑料质感。他们看上去如此清晰，却又好像随时都会消失。

她注视着画上的自己。不知为什么，她觉得那既是她，又不是她。

“怎么样，有什么感觉？”老人对着画布问。

“……很奇妙，”她停顿片刻，“就像一切都在慢慢消失。”

“就像一切都在慢慢消失。”他重复一遍。如同在重复一句诗。

他们沉默了一会儿。然后几乎同时回过神来，同时举起手中的酒杯喝了口酒。

“这恐怕是我的最后一幅画了。”老人嘟囔着，仿佛在自言自语。

她不知该说什么好。

“对了，你读过《战争与和平》吗？”

她摇摇头。

“应该读读。前几天闲着没事，我列了个清单，”他转过头看着她的眼睛，“把我想最后再看一次的书和电影都列了下来。伯格曼的《假面》，安东尼奥尼的《夜》和托尔斯泰的《战争与和平》，等等。一边享受这座星球上最美好的产物，一边静静地等待死亡的降临。不错的道别方式，你不觉得？”

“不过——”

他摇了摇头，又喝了口葡萄酒，似乎一切都不值一提。“死并不可怕。可怕的是未来。你永远不知道未来会发生什么。”

他朝她转过身，举起酒杯。

“敬未来。”他说。

“敬未来。”她强迫自己露出一点笑容。

他们碰了碰杯。

“不过，对我来说——”他低头看了看杯中琥珀色的液体，“对我来说，未来已经是另一个世界的事了。一切都在慢慢消失，就像那幅画。但你不一样，”他转过头凝视着她的眼睛，他的眼神温柔得就像在看着自己心爱的小狗，“不要担心，孩子。你的人生才刚刚开始。一切都在慢慢显露。”

一切都在慢慢显露。她在心里默默重复一遍。如同在重复一句诗。

然后，他说要送她一件礼物。

她已经等了二十九天。这是最后一天。她照例在十二点整走进咖啡馆，照例在角落靠窗的位置坐下，照例点了杯卡布奇诺。在等咖啡的时间里，她从挎包里拿出本厚墩墩的《战争与和平》，然后点燃一支香烟。她把烟盒跟打火机放到桌上。白色有 LAWSON 字样的一次性打火机。硬壳的三五香烟（它们叠放在一起，以一种微妙的角度斜躺在书的左侧）。她一边抽烟一边喝咖啡。她今天没有看书。她只是静静地、专心致志地等待着，就像游泳时整个身体潜入水底那样，她让自己整个身心都沉浸在等待中——她甚至能感觉到时光在轻轻地来回荡漾。低低的爵士乐声一直在响，听上去恍若来自遥远的另外一个世界。

她继续静静地，静静地，等待着。

*

“然后呢?”我尽量使自己的语气显得不那么好奇，“你等到了吗？——我是说礼物。”

“回答既是 yes 又是 no。”她从烟盒里抽出一支烟点燃。白色有 LAWSON 字样的一次性打火机。硬壳的三五香烟。“如果你指的是那种有精美包装盒、外面扎着丝带的礼物，那么回答是 no；但如果你指的是更广义的，包括无形的精神层面上的礼物，那么回答是 yes。”

“那么——那是什么呢?”我也从烟盒里抽出一支烟，但没有点燃，“那个广义的、无形的、精神层面的礼物?”

她脸上露出奇妙的微笑。她似乎不仅仅是在对我微笑，她也在对燃烧的香烟，对咖啡杯，对深绿色的桌布微笑。

“你觉得呢？你觉得那会是什么？”

“《战争与和平》。”我脱口而出。

“《战争与和平》？”

“他让你看完了《战争与和平》，不是吗？”

她点了点头。

“说的也是。”她抬起头看着我，“看来每个人都有自己的看法——对于广义的、无形的、精神层面的礼物。”那个微笑的余波仍然留在她的嘴角。

“该你了。”我说。

她深深吸了一口烟。我想象那团烟雾进入她的喉咙，跌入她的体内，落在她的肺部。

“大概一年后，一年后的秋天，我收到一家画廊寄来的请柬，邀请我去参加一个画展的开幕式。请柬上写着‘等待：某某某回顾展’。”她把回顾两个字说得格外重。

“我意识到他死了。那个老画家。我愣愣地坐在沙发上，发了半天呆。说实话，我几乎已经忘了他。当然，不是真正的忘记，只是很少想起，你知道，整天忙这忙那，脑子里就像塞得满满的乱七八糟的抽屉，根本没时间整理。”

“我去看了画展。”停顿一会儿，她接着说，“坐地铁去的路上，我一直在想那个画展的名字。等待。你不觉得一个回顾展取这样一个名字有点奇怪吗？”

我点点头。

“结果那是他最后一幅画的名字。”她把烟灰轻轻弹落到烟灰缸里。

“就是你做模特的那幅？”

她摇摇头。“另外一幅。尺寸比那幅要小得多。大概一米乘八十厘米的样子。不过，”她停顿一下，“画的也是我。”

我知道她会继续说下去，于是我等待着，我手里的香烟依然没有点燃。

“画的是我坐在咖啡馆里一边抽烟一边望着窗外。当然——是穿衣服的。我一眼就看出，那幅画画的正是我去年坐在咖啡馆里等待那个特别礼物时的情形。所有细节都吻合。搭在椅背上的风衣，摆在桌上的《战争与和平》，旁边的烟和打火机，阳光投下的影子，甚至我剪短的发型——我给老人做模特时留的是长发，他走后我才剪短的。”

“就是我现在坐的这个位置。”她坐直身体，视线投向窗外。窗外是盛夏烈日下的林荫道。“就像我在不知不觉中又做了一回模特。而他就在窗外——”她用手指指窗外斜对着她的人行道。“但那是不可能的，你明白吗？他那时已经回纽约了。而且我也没在窗外看见过任何人。”

“也许他请人帮他拍了照片。”

她再次摇摇头。“他不是那种会对着照片画画的画家。我记得有一次他对我说，他从不对着照片作画，他一定要对着活生生的模特，否则画里就会缺少点什么。那是他的原话。缺少点什么。”

“一个谜。”她莞尔一笑，“一个小小的谜。当然，有很多种可能，可以想出很多合理的解释。但我宁愿让它继续保持神秘。你明白我的意思吗？”

我点点头。虽然很难表达，但我想我明白。

她掐灭香烟，低头用银色的小勺子慢慢搅动杯中剩余的咖啡，搅出一个小小的漩涡。

“我至今依然记得那幅画带给我的震撼。我在那幅画前面一动不动地站了足足有好几个小时。我觉得自己好像变成了一块石头。怎么说呢，那幅画里有某种与我紧密相关的东西，那里面浓缩了我二十八年——不，二十九年——人生的全部秘密。”她抬起头，看着我的眼睛。“那一瞬间，我突然明白了老人送给我的礼物是什么。”

她停下来，似乎是为了调整一下呼吸。

一切都好像突然停止下来。地球的自转。吧台里的咖啡机。音乐。时间。一切。

“那个礼物——”她说，“就是等待。”

（原载于2008年第6期《人民文学》）

老　闸

苏生，男，安徽省作家协会会员，在《安徽文学》《青春》等杂志发表小说多篇。

“别耍疯了，伙计。要是花花还在，我可要讨厌你。那时候它可不像你。我们走了好多天——哼，走了好几天……伙计，听见了吗？走了好多天……可我们干吗要走啊……活见鬼！后来我累……后来我懊悔了……你在听吗？伙计……”

是个好天气。

没风，暖暖的，天空澄碧如洗，唯那片林子的上空，淡淡地抹几朵云絮。极远的地方，是被正午的阳光照耀得紫气迷蒙的山峦。

老人微微眯起眼，环视了一下。四野笼罩在一派安宁和谐的氛围里。他松软地坐在小竹椅上。面前是个小方凳。凳上摆着：一只酒瓶，一只酒盅，一只瓦碗。碗里盛着鱼冻子。他喜欢吃鱼冻子。冬天或初春时节，将鱼剔骨去尾，放几块冰糖，在文火里炖，等炖出乳白色的汁，再添上酱醋，滴上几滴白酒，捣碎搅烂，搁在风头里，结上冻子。这吃法太麻烦，他年轻时并不喜欢，可她喜欢，于是他也喜欢上了。啧啧，她炖的鱼汁多鲜美呵。“这样可存放得久长些。”可是人呢？老人呷了口酒。一只黑猫蹿上凳子，坐着，欢快地摆动尾巴。老人的筷子凝在半空。他望着这只看似和他一样年老的猫，嘿嘿地笑了：“老伙计，吃！”

这条河从老远老远的地方流过来。他默默地望着这河。河水偶尔泛起一些白色的气泡，又很快地破碎了。他时常感到这河水在他行将就木的躯体内流动。很多年过去了，这条河似乎没啥力气了，显得瘦削慵倦。那时候可不同，春洪来临之际，可没安静的日子，洪水夹着沙石，訇訇的，发出闷声。浪涌向闸门，哗哗的，撞在石墩上，摔成粉末。大大小小的船只，候在高高的坝下，排成一条龙。准备过闸入江。那时候可热闹啦！

老人慢慢地呷酒。他喜欢慢慢喝。年轻时一口气能吞下半碗，三碗烧酒不在话下。上了年纪啦，那股拗劲淡了。悠着点，也别有一番滋味。偶尔，他夹一筷头鱼冻子放在凳角，那黑猫则喵喵地叫着将它吃掉。“吃吧，伙计。”老人柔声说。他望着前边。那是条沙石马路，阳光下，灰白灰白地泛着毫光。沿着这条马路走，三十里外，是座小城。若是好天气，在夜晚，隐隐约约地可以望见一片杂色的光，朦胧地闪烁，好似一只大船正朝这儿驶来。老人背面，是条窄窄的土路，缘着山麓，蜿蜒北去。他时常这样直勾勾地望着，望得眼窝里发酸。此刻，那条马路躺在阳光里，光溜溜的、静静的，不见行人，无声无息。

“吃。”老人轻轻拍拍那黑猫的脑袋，说。他呷了口酒，咂巴着嘴，仔细品着。一缕风徐徐吹来，卷起薄薄的沙尘，老人合上眼皮。林子光秃秃的，树叶都落尽了。枯叶在地面沙沙地爬动。那黑猫像是瞧见了什么，呼啦一下窜去。老人怕冷似的缩了下身子，“走了，也不打个招呼……”他叹了一声，扭脸望着老闸，闸下是河。闸纹丝不动，河水倦倦地流。

那时候，这条河充满了嘈杂声，河很宽，河里有很多船，船上有人，岸上有孩子，光着屁股，赤着脚，蓝蓝的天空下，盘旋着很多银白色的鱼鹰。那时候，他们常在这儿网虾、捉蟹。河岸边，林子很繁茂，鸟儿飞来飞去……“那是什么鸟?”

“不是鸟，是山鸡。我打一只给你。”

“不要打，让它飞吧。”老人出神地望着。林子光秃秃的，阳光下，泛着一片灰褐色的光。

老人瞅了眼猫。那猫正捕捉一小片被风旋起的枯叶，玩得挺高兴。四野静悄悄的，阒无一人。老人想起了什么，站起来，朝河边望去。那张罾立在平静的河水中。老人每隔个把钟点去一趟。他朝手心吐口唾沫，搓搓手，拾级而下。

没鱼。

“没鱼，伙计。”老人重又坐下，继续饮酒。对面那根柱影儿长了点，日头偏西了。

“那会儿呀，鱼可多啦!”老人说。

那只黑猫玩腻了，无精打采地踱步回来，蹲在他脚边。

“嘿!那年，咱捞了条大鱼，你猜有多大?”老人呷了口酒，“呃，呃，有半人高哩!”那只黑猫斜卧着，打着呵欠，晒着太阳。

“吃了一个礼拜……”

太阳静静地照着。林子里传来鹧鸪单调的鸣叫声。河水悠悠的。道路微微泛白。远山渺茫。

老人仿佛刚刚发现:这闸老了，隐隐地透出几分荒凉。水泥栏杆因长期日晒雨淋而风化剥落。有两扇闸门是紧闭着的，其中一扇留下一道长长的裂痕。石墩下沿，稀稀落落地生着些青苔。河水平静且悠闲。老人望着，那长长的裂痕似在不断扩张，依稀听见洪水撞击闸门的沉沉响声。

老人慢吞吞地呷酒，神情显得有点儿恍惚。阳光均匀地洒在闸上。

他觉得胸腔里有股热气，便解开夹袄的纽扣。那只黑猫醒了，正舔着前爪，洗脸。

“那时候——”老人才说了半句，忽然僵住了嘴唇，倾听片刻之后，抬起头：远远的，有个黑点儿沿马路窜来。近了。是辆红摩托。一男一女。那女的搂抱着男人的腰，头发被风掀起，往后飘。

老人只瞥了一眼，自顾自地喝酒。那摩托“突突”地欢叫，飞快地打他身边一擦而过。蓦地，欢叫声戛然而止，老人抬头一瞧，熄火啦，在那条土路的拐口。

那男的蹬了蹬脚踏，突突几声，没用。

“咋回事儿？”那女的问。

“谁知道。估计没啥大问题。”那男的答道。

那男的、那女的就曲着身子，绕摩托车转，这儿瞧瞧，那儿望望。

“嗨，你就耐心修吧。”那女的说道，用手指撩了撩散乱的头发。“嗬！今天真暖和……”

老人望着他们。一边喝酒，一边同猫聊话。

过了会儿，那男的走过来。

“您老有扳手吗？”小伙子问。

老人站在他们背后。那姑娘身上散发出一种香味，扑鼻而来。

“会修吗？”老人问道。

“会一点儿。”小伙子答道。

老人“哦”了声，站在那里，看。

阳光静静地照着。那只猫忽快忽慢地打着旋儿，在玩弄自己的尾巴。

“闸上就您老一人儿？”那姑娘忽然抬起眼睑，问。

“嗯。”

“哟，太孤单了！”

“习惯了。”老人淡淡地说。

“这河水怎么这样浅？”

“原先可不是这样儿”老人说，“你们上哪儿去？”

“回家看看。”姑娘说，“呶，是上他家去。”姑娘笑笑，不好意思似的。

小伙子蹲在地上，皱着眉。

“你告诉小李了吗？”

“没来得及，他们可能知道。”姑娘说。

“你们都在城里工作？”老人问。

“嗳。小李也真有意思！”那姑娘望着小伙子凌乱的头发，说。

“城里——”老人迟疑地挨近他们。

“她说你有男子汉气派，说你幽默诙谐，她一见你就忍不住笑……”姑娘没有注意到老人，仍吃吃地笑着说。

“城里的模样变没变？”老人稍稍提高了嗓音。

“没大变……”

“戏园子还在后街？”

“不咧，移到新街去了。”姑娘回过身来。

“程家的小面馆还兴旺吧？”老人问。

“掌柜的死啦。癌病。”

“呃呃，可惜、可惜。”老人搓搓手，惋惜地说，“他家的小阳春盖整条街哩……”

“怎么样，能修好啵？”姑娘问。

小伙子额头上沁出些细密汗珠。他咧咧嘴，笑笑，未置可否。

“他会修么？”老人问姑娘。

姑娘惘然地望着远处……

“还剩几里地?”老人问。

“十里。”

“光景早咧。”老人眯眼望望太阳，对他们说，“歇会儿吧。”

“再试试。”小伙子不甘心地说，直起身，又踩了踩脚踏，摩托车泣泣地，又熄了。

“这下可糟了……”姑娘焦急地望着他。

“急也不顶事儿，还是歇会儿吧。”老人说，探询地望着两个年轻人。

“这儿真美呵!”姑娘发着感叹。

“嘿……林子里有山鸡，有兔。”老人说。

“噢，太好了!”姑娘用肩膀碰碰小伙子，天真地笑着说，“喂，以后我们年纪大了就上这儿住，好吗?”

“住这儿?”小伙子说，“亏你想得出!”

老人望着远山。

春天来临的时节，山林里有很多小白蝶，他喜欢在那儿溜达，嗷嗬嗬地呼唤，而后听山的回音。累了，就懒散地躺在草丛里，枕着那杆土枪，呼呼噜噜地睡上一觉。有好多次，他的梦里出现了那种神秘而遥远的回声。

“今儿个赶集吧?”老人望着小城的方向，问。

“嗯。”

“城里热闹吧?”

“人就像蛆一样多!”

“你看到过山鸡吗?”老人转过头来，定定地望着姑娘问。

“没看过。”

“哦……那时候……真可惜……”

“山鸡一定很美吧?”

“嗯。你们——，你们喝水吧。”

“您一个人守闸？”

“原先两个。他死啦。”

“您在这儿有好多年了吧？”

“嗯。那时候这儿船很多……”老人漠然地望着那条河，说。

“那现在……为啥成了这个样子？”姑娘不解地睁大了眼睛。

“我也不清楚……”老人摇摇头。

“听说那年发大水，分洪将河改道了。”小伙子答道。

“什么，改道了？！”老人忽啦一下站了起来，“改道了？”老人懦懦地自语。

“这老闸不是早就不用了吗？”小伙子转向老人，说，“你还守着它干啥？”

老人没搭话，他愣愣地望着老闸。

那柱影儿拉得更长了……

“时候不早了，”姑娘看了下表，说：“怎么办？”

“急也没用——”

“没用、没用，总得想想法子呀！”姑娘焦躁地说。她望着小伙子，哀怨地嗔道：“都怪你。我是说今天不走，可你——，这下好啦，看你怎么办！”

“怎么办？我有啥办法……”

“那你——”

老人默默地望着他们。

“我没本事，好，我没本事，那你去修！”小伙子将扳手摔在姑娘脚边，气呼呼地大口大口吸烟。

“你——”

“唉，好啦好啦，别吵了。”老人劝道。

“什么事都怪我……”小伙子咕嘟着。

“赌气真没意思，真的。”老人对小伙子说，“要耐着心火，好好待她……日子还长着呢……”

起了阵小风，空气里微微有几分寒意。

“城里戏园子里常演戏吧？”

“有时演……”姑娘望着蹲在摩托车旁的小伙子，答道。

“都唱些啥？”

“不晓得……”姑娘站起来，“喂，修好了吗？”

“快啦。噢，好啦！好啦！”

“啊！谢天谢地……那我们走啦，您歇着吧。”

“好、好。”老人点点头。

小伙子跨上车子，姑娘从背后搂着他。老人站着，迟疑了片刻，突地赶上去。

“我……我想打听一下，程家隔……隔壁……那个裁缝还在不在？”

“不清楚，没听说那儿有裁缝铺啊？”

“是啊，好多年了，兴许她已不在了……”老人喃喃地说道，声音渐渐低落。

“你要打听谁，叫啥名？”

“算啦，你们走吧，没什么啦。”

老人挥挥手。摩托车载着他们一溜烟走了。隐隐约约听到突突声。天色暗了。暮霭弥漫了山坳。四野复归沉寂。老人倏忽想起了什么。

“喂，伙计！”

那只黑猫蜷伏在竹椅边。四周空荡荡的。老人望望酒瓶，还剩下一点点。

拉 幕 人

孔令军，男，1963 生，安徽省音乐家协会会员、安庆市音乐家协会副主席、枞阳县文化馆馆长。长期从事“非遗”研究工作。组织实施了枞阳县非物质文化遗产的田野调查和编辑工作，主持了《东乡武术》《枞阳胡琴书》《陆家湾老龙灯会》《浮山的传说》的申报工作。

[一个大跨步，云手，嘣、咚、呛，亮相——观众席上爆发出热烈的掌声——转身，踢腿，鹞子翻身，一声韵味十足的叫板——“轰”的一声，掌声雷鸣。]

这是哪个猴年马月的事了，想这些干啥，你这个又驼又跛的家伙！怎么尽想这档子事……

离开演时间还早，他坐在上场门台角的那堆破旧的道具箱上，眯缝着眼。

演员和观众都还没来。

四周静悄悄的——道具，布景，那张猩红色的大幕以及顶上那颗硕大的木滑轮还有从它肚子里穿过的幕绳——都纹丝不动。昏黄的灯光下，舞台上的一切显得格外虚假。他一个人无缘无故地笑起来，端着那把油黑发亮的泥茶壶悠悠地抽了一口。

[得得切得依得呛——得得切得依得呛！一个小翻，云手——手到眼到，抬腿，踢，眼睛正视前方，扑灯蛾转三锤，归位……]

真是混蛋！怎么老想这些。他冷漠地扫视四周，天幕、假树、桌子、椅子，心里很恼火。三十多年前，他装台时，不慎从天桥上摔下来，那一刻，整个世界猛地翻转过来，将他直挺挺地甩出去，掉进了一个无底深渊。

你早就不是演员了，再也不会在这台上唱戏了。你是驼子、跛子，知道吗？混蛋！你只是个拉幕的，一个拉幕的，知道吗？一个可怜的旁观者！属于你的只有那张幕，不，连幕也不属于你，赶明儿换上电动的，你就该滚蛋啰，滚蛋，嘿嘿，滚蛋！

可是我为什么不能想呢？老家伙，你说，我为什么就不能想呢？你说呀，说呀。好了好了，你想去好了，我才不管呢。

[嘣、咚、呛、大，“俺乃一粒……”]

等他醒来，预备铃已经拉响。他知道，再过一会儿他拉开了幕，所有的聚光灯将同时开启，整个舞台会比白昼还亮，那些虚假的道具便会骤然变得真实。他放下茶壶，悠悠站起来。

第三遍铃声刚停，开场锣鼓响了，节奏越来越快，一槌紧一槌。舞台上，所有的人屏住呼吸注视着他。在那红色的台柱旁，在那堆旧道具箱前面，他，那个驼背跛脚的老人庄严地伫立在那里。他面色潮红，呼吸急促，努力地挺着胸膛，仿佛一下子又成了主要演员。这一刻，他觉得自己比帝王还要富有。

都准备好了吗？他询问的目光威严地环顾舞台上的各个角落，那么就开始吧。他仰头向上，举起颤抖的手抓住幕绳。那根绳啊！打满了死结，疙疙瘩瘩的。他一下子晕眩起来，那颗吊得很高的木滑轮哟，此刻竟这般近。无数轮日月，无数枚忽明忽暗色彩斑斓的亮点，快速地打眼前掠过。他伸长身子，紧紧抓住一个死结——刹那间，他恍惚置身于一个熟悉的深渊中，正奋力向上攀登，他爬呀爬呀，怎么也爬不上去。三十多年了，他一直没有爬上去，只是在原地徒劳地重复一个动作罢了。

大幕徐徐升起。

所有的目光都转向舞台了。他茫然若失地回到那堆破旧的道具箱上，神情黯淡。顷刻，他的眼睛又放出光芒。

第一个人物上场了，一个跨步，嘣、咚、呛，亮相——观众中爆发出掌声。

这动作做得太平了，他惋惜地叹了口气。

——转身，踢腿，鹞子翻身——

哎呀，臭臭，臭！这个动作太臭了！他使劲捶了一下膝盖，碰翻了脚边的泥茶壶。

哦——呀！大，“俺乃一粒……”

叫板的韵味再足点就好啰。

他坐在那里，上身前倾，眼睛痴迷地盯着演员的一招一式，心里和演员一起念着台词。三十多年来，剧团演了多少本戏！每本戏的台词他都会背，背台词干啥！不知道，反正没别的事可干。每天晚上，他都坐在道具箱上，心里和演员一起背台词，做动作，以至散戏后，他比真正的演员还累，别人当然不知道，还以为他在打瞌睡呢。累点好，他心里说，免得夜间在梦里拿大顶。

［大巴大巴呛呛呛——踢腿，云手，抬脚飞腿小翻，亮相，嘣！咚、呛——叫好声，口哨声，鼓掌声，顿脚声嘈杂地混在一起……］

演员和观众都走了。

剧场内空荡荡的阒无一人。台上一片狼藉，刀、枪、木枷胡乱地扔在一起，那盏昏黄的照明灯静静地悬在台中间。一切又变得虚假起来。

只剩下他一个人，他慵倦地靠在那里，垂着头，耷拉着脑袋。脚边曲泥茶壶已经空了。

恍惚中，他大声念了句台词，自己吓了一跳。他睁开眼睛，懵懂地看着四周，迷迷糊糊耳边又响起唱腔旋律，那是剧中最漂亮的一段。他犹豫了半天，终于站起来，踮着脚，小心翼翼地拉起了那张沉重的大幕。

在台中心，他头脑里一片空白，世界迅速退去，变成极遥远的一点，最后终于消失。他突然一个跨步，大幅度地拉了个云手，嘣、咚、呛！又摆好身段来个鹞子翻身，驼背和跛脚妨碍了他，没能转过身来，险些栽倒，他踉跄着立稳脚跟，亮相！一声韵味十足的叫板，大大：

俺乃一粒铜豌豆，
你锤也锤不扁、磕也磕不碎，
纵是下油锅、入蒸笼，
我依然是我，
炸不爆、煮不烂
——响当当的一粒铜豌豆！

［“轰”，观众掌声雷鸣］

大巴大巴呛呛呛呛——踢腿亮相云手亮相小翻亮相飞腿亮相，最后，鹞子翻身——。亮相，嘣、咚、呛！

［掌声一阵高过一阵，夹杂着口哨声和喊叫声，他接连谢了两次幕，掌声仍不停息，他激动得涌出了泪水］

泪水模糊了他的眼睛，他朝台下的空座椅鞠一躬，又鞠一躬。

“嗒”，前门响了一下，他慌忙坐回原来的位置，端起了那把空了的泥茶壶。并没人来，耳边又响起铿锵的锣鼓声。

不知什么时候，他睡着了，在那堆破旧的道具箱上，他舒适地斜倚着，发出均匀的鼾声。在他的旁边，悬挂着的那根打满死结的幕绳一动不动。

（原载于《雨花》1992年第3期）

杜牧断案服恩师

吴永生，男，1952 年生于枞阳汤沟。1986 年正式发表文学作品，其散文、短篇小说和影视剧本散见于《中国交通报》《中国水运报》《中国物资报》《安徽日报》《安庆日报》和《清明》《延安文学》《安徽新戏》《振风》等报刊。早年出版短篇合集《初雪》《西窗雨》《弄潮岁月》。2011—2013 年，分别出版长篇历史小说《杜牧外传》《李白外传》和《父子皇帝》。作品获省市文学奖多次，《父子皇帝》获 2014 年安庆市政府文学奖。现为枞阳县作协名誉主席。

监察御史牛僧孺，此番奉朝制巡视江南诸道州，那朝制写得明白：三品及以下的官员任凭提调或罢黜，三品以上的官员哪怕是皇亲国戚，均可拜本严参。由此可见武宗皇帝对此公倚重之深。他原本是宰相，在河煌论战中输于政敌李德裕，被迫左迁御史。虽说是左迁，但宰相待遇不变，官场上仍称他史相大人，这种称呼不仅未含贬义，反而提升了他的威严。这年春天他刚满花甲，虽然生得五大三粗，却也恰到好处。须发是白了，但由于保养得好，那宽阔的脸膛红红的，皮肤嫩嫩的，同僚们都说他的面皮风都能吹得破。对此，他微微一笑，不置可否。

他此番巡视江南，甘冒风波之苦是自找的，其目的有二：一是内弟刘半州，被自己的得意门生杜牧逐出池州城，内弟有家难归，自己也没有面子。日前，杜牧曾密函致意，说刘半州在池州城仗势欺人，无恶不作，霸占杏花村，高价卖井水，强奸民女，纵奴行凶，私设牢房，且与江匪山贼有串通之嫌。凡此种种，罪在不赦。他要恩师大义灭亲，将其押送池州城听审。对此，牛僧孺似信非信，总觉得内弟没有造反，没有杀人，因而也就不犯死罪。既然没有死罪，那将他的全部家产充公，似乎也不近情理。俗话说，打狗看主人。杜牧明知刘半州的背景，为什么就不能遮护若干呢？为此，他要实地考察，了断此案。遗憾的是：杜牧的密函因过于保密，没有说明一桩足以让刘半州砍脑壳的事，因而误导了牛僧孺，也为自己的仕途制造了不顺。二是借此看看杜牧还是不是自己线上的人。不久前，杜牧就平定池州境内江匪山贼一事，上书李德裕，虽说是公文，但字里行间对李相有俯就之意。端倪初露，后患无穷，值李党渐渐得宠之际，如得杜牧这帮刺史助力，那也非同小可。他暗自打定主意，一旦查访属实，那就痛下杀手，轻则调离池州，重则贬官闲置，总之不能让自己的学生为政敌所用。这也是一石二鸟之计，既除了心腹之患，又结了内弟大案。在临行前，他向武宗皇帝请辞，并没有露半点口风，情况不明，他也不愿贸然行事。

牛僧孺对杜牧确实是有大恩的。他在扬州节度使任上，就提拔杜牧做推官，继而掌书记，耳提面命，朝夕教诲，那杜牧便渐渐显示出吏治才能。杜牧生性风流，一入扬州便如鱼得水，与之相好的青楼女子就有张好好、李圆圆等人。特别是对张好好，杜牧动了真情，除题诗赠送外，还答应替她赎身，纳她为妾。过度劳神自然会影响政务，牛僧孺看在眼里急在心头。为了挽救这个很有才华的学生，他要幕僚韩倬夜夜跟踪杜牧，记下他的行止，然后对其断然棒喝，大意是说老夫今日叫你掌书记，日后说不定就掌朝纲。你如此放浪形骸，大伤风化，怎可重用？如不幡然悔悟，痛改前非，你就趁早卷铺盖吧！杜牧这才慌了神，于是临渊却步，但对张好好还是藕断丝连。为防他死灰复燃，牛僧孺来个釜底抽薪，推荐杜牧外放黄州刺史，限期赴任，不得违误！硬是活生生地拆散了这对野鸳鸯。据说，杜牧在黄州又纳李氏为妾，并且有了身孕。杜妻裴夫人是有名的醋罐子，又是诰命夫人，一日得知此情便登殿面君哭闹不休。唐律虽然不禁州官纳妾，但后院起火，吵到金銮殿上毕竟不雅。武宗皇帝要牛僧孺拿主张。牛僧孺恨铁不成钢，再次推荐杜牧到池州，并且不许李氏随行，就这样“糊平”了这桩风流案。

当刘半州哭哭啼啼地向姐夫控告杜牧横刀夺爱，与池州杏花村酒家女杏花苟且之事后，牛僧孺深信不疑，他喟然长叹：“唉——这个杜牧之，真是石灰稻箩啊，所到之处都要留下斑迹。”

池州城西有个很不错的去处，叫秀山门，登上秀山门城楼，可俯视门前的广场。每逢盛大节日，州县官员都要登楼举行庆典活动，与民同乐。这些活动主要有灯舞、踩高跷、傩戏等。特别是傩戏，被誉为戏剧鼻祖，是池州一绝呢。闻名遐迩的杏花村也就在眼前。时值杏花盛开的季节，十里杏花灿若云锦，游人络绎不绝，或饮酒，或听歌，或赋诗……流连忘返。再就是池州城的两大河流——秋浦河和清溪河在这里擦肩而过。李白诗云：炉火照天地，红星乱紫烟。赧郎明月夜，歌曲动寒川。描绘的就是秋浦河畔冶炼盛况。清溪河的源头在青阳、秋浦、石埭三县交界处的平天河那儿，太白也有诗文描述。清溪河流经万罗山时变宽变深，太白当年就坐在万罗山上垂钓。人们为了纪念他，便在此处修建“太白钓台”，供游人瞻仰。此外还有“昭明太子庙”和太子观鱼的“玉镜潭”，也都在附近。所以说，城西是人文景观荟萃之地。

吃过早饭，杜牧得知牛僧孺及其卫队已过了马衙，便着装正冠，率领州县官员来到秀山门广场。他要在这里举行迎接仪式，表达对恩师的尊敬。他有点遗憾：孟迟督学在外不能赶回，否则此番引见一下，如得恩师青睐，那对他今年秋试肯定是大有裨益的。

将近午时，御史卫队浩浩荡荡地朝秀山门赶来。走在最前面的是四对“肃静”“回避”的旗牌，中间有一乘八抬大轿，轿旁有顶盔贯甲骑高头大马的二中军护卫，后面是杂役随行人员。这些人都不说话，一副庄重样子，益发增添了森严、肃穆的气氛。

对于当朝一品大员，除杜牧和军事判官薛举外，其余官员就连司马姜文都没有见过，因此心中忐忑，连大气都不敢喘。杜牧心中有事，较之平时也有几分紧张。

大轿缓缓落地。随从掀开轿帘，搀扶牛僧孺出轿。

杜牧及全体官员刷地跪下。

“池州刺史杜牧，偕同州司马姜文、州军事判官薛举及全体州县官员，跪迎史相大人!”杜牧大声禀报，乘机溜了恩师一眼。三年不见，他发现恩师又胖了几分。

牛僧孺笑容可掬地走到杜牧面前，牵了他的手臂，亲切地说：“贤契请起。尔等众官，都请起吧!”

杜牧起身后，州县官员才纷纷起立。杜牧挽着牛僧孺，动情地说：“三年不见，恩师风光犹胜当年，真乃国家之幸也！恩师一路辛苦，请进府衙安歇吧。”

“好，好。”牛僧孺连连道好，在众人簇拥下走进城门。

府衙正堂，在“臣心如水”的长匾下，公案后摆放着三张红木靠椅，通常是刺史、司马和判官坐的。此刻，杜牧要牛僧孺坐主位。牛僧孺说我虽然是当朝一品，来到这里却是客。你虽然只有四品，又是我的学生，但你是主人，强宾不压主嘛，说话时他径自在杜牧上首坐下。杜牧无话可说，只得坐主位。司马和判官知趣地坐两厢陪位，公案上就空了一张椅子。

牛僧孺呷了两口茶，很感慨地说：“贤契呀，你外放黄州，接着刺池州，不到年把的时间里，把个池州城治理得花红柳绿，道不拾遗，很不易呀！”

“恩师过奖了。”杜牧赶紧站起，说，“学生做得很不够。目下修平天湖大堤，经费奇缺，怕湖堤未成，公座将移，又功亏一篑啊。”

“坐下说，坐下说。嗯。”牛僧孺呷口茶，合上盅盖，缓缓说道，“州官一任两年，时间是紧了点。老夫已奏明皇上，请求延长州官任期，想来会有好结果的。至于修堤费用嘛，嗯，多想想办法吧。国家还有战事，也顾不到这里了。”说着，牛僧孺面露不悦之色，心想，你将刘半州的家产都充公了，还会缺钱吗？他哼了哼，隐而不发。

“恩师明镜高悬。”杜牧说时，又小心翼翼地坐下。他觉得同恩师并座，真是别扭极了。

“牧之呀，”牛僧孺亲切地叫着杜牧表字，却转了话题，“老夫沿途所见所闻，你的政声还不错，是为民做主的。只是对贤契断案，外间颇有微词，老夫想当堂听听。二中军，你俩到衙门前看看，拉个把人来告状。”

二中军不敢怠慢，道个“是”，出堂而去。

杜牧皱皱眉，有些不安，他不知道牛僧孺葫芦里卖的什么药。

二中军也为难了——拉人告状，这也是闻所未闻的事。他们嘀嘀咕咕，不知究竟拉何人……

一个打赤脚、一手拎药袋一手捏着新鞋的中年人，从衙门前走过。

怪哉——打着赤脚，有鞋不穿，就拉他！二中军略一商议，急步来到中年人跟前，大声说："你——跟我们走一趟！"

"我，我身犯何事？我的老娘病着，急等用药呢……"中年人愕然地说。

"进去就知道了！"二中军不容分说，拉着中年人进了衙门……

府衙正堂，那中年男子跪着哭诉："杜大人，我是个老实人。我娘病重在身，我是进城给她抓药的。我一没偷，二没抢，不知身犯何罪，被大人抓了进来？"

杜牧思忖着，瞟了瞟恩师。

牛僧孺更显老辣，他不动声色，自顾喝茶。

大堂之上最怕冷场，杜牧只得拍拍惊堂木，喝道："下跪的，抬起头来！"

中年男子抬起头，可怜兮兮地望着杜牧。

杜牧只能假戏真做了，他大声说："你好大的胆子，自己做错了什么居然装起糊涂！本府告诉你，你赤脚卷裤，有鞋不穿，是一味爱惜你女人的针线，不怜惜爹娘给你的肤体。身体发肤，受之于父母。你实属宠妇欺老，有伤风化，本应责打十板，念你无知初犯，故申斥记过一次，以后不准再犯，穿鞋走路回家吧。"

中年男子幡然醒悟，起身朝杜牧打躬作揖，惭愧地说："谢大人指点，小人下次再也不敢了。"他穿上布鞋慌慌地走下堂。

杜牧心中有点恼火，他朝牛僧孺拱拱手，说："牛大人，恕学生无礼了……"

"讲，当讲无妨。"

杜牧深沉地说："二中军，你们乃朝廷命官，方才所为，可知罪么？"

二中军瞠目结舌，面面相觑，显得无措。

"这……"牛僧孺一怔，一时竟无话可说。

杜牧继续说："二位中军无故抓人，一伤百姓身心，二败府衙声誉，知法犯法，罪加一等。押下去，每人责打二十板。"

衙役一拥而上，扭住二中军。

"杜大人，这可不关我们事呀……"二中军朝杜牧大喊，一面挣扎着。

牛僧孺站起身，笑着说："贤契，我真服了你。只是二中军所为，是受老夫指使，你就看在老夫薄面上，饶了他们吧。"

杜牧亦站起，故作轻松地笑道："得罪大人了。"

牛僧孺突然脸色一沉，抄起惊堂木，狠狠一拍："带刘半州——"

啊，这厮果然来了——杜牧心中一惊，他想：今天这一关怕不好过……

（选自长篇小说《杜牧外传》，安徽文艺出版社出版）

风　景

唐俏梅，女，枞阳县作家协会副主席，安徽省作家协会会员，在《清明》《安徽文学》《作家天地》等文学期刊发表小说多篇。

一

林希希与宁凯之间的关系，起先就是住在同一个城市的两个陌生人。当然，这指的是一个月以前的关系了。如今，俩人之间已经零零碎碎地见过几次面，关系说不上有多近，但肯定不能再称之为陌生了。尽管宁凯在他们第一次正儿八经约会后，承认先前那些零碎的见面都是他有意创造的，但林希希内心还是不能把他们之间的几次偶遇等同于异性间的神秘邂逅，怎么看都是纯属无意的偶然，缺少那种故意的浪漫。

当然，生为女人，追求浪漫是无可厚非的，就相当于一个女人她想对你柔情似水你总不能指责她天生就是水性杨花吧。但她心里的这点小九九又不能对宁凯说出来，毕竟他们之间的关系还没到那一步。说吧，怕宁凯看轻了她，觉得现在的她不过就是一打着小资旗号的待嫁大龄剩女；不说吧，她心里又过不了生为女人那点小情小调的坎。

据说男人都喜欢把女人比作花，尤其是猎艳中的男人们，他们眼里看到的女人，个个姹紫嫣红千娇百媚的，哪怕是零落成泥碾作尘，也唯有香如故。而女人如花花似梦，林希希觉得如此一来女人的角色就太过虚幻了，更何况花只不过是世间万物的一种形态，还不足够摇曳出女人该有的万种风情。世间最经久的风情莫过于千变万化的风景。站在低处，赏心悦目是一种风景；站在高处，枯木逢春更是一种风景了。这才是女人应有的形态。也许正是这种偏于自恋的情结，让她这些年总在等待，等待传说中能欣赏她这抹风景的王子出现。她坚信，女人这辈子都得有位自己的白马王子。

王子都是优雅的。林希希每次一想到自己即将奔三的年龄，或多或少有点繁华将尽的忧伤，她倒不是忧伤自己红颜渐老，而是忧伤再这样下去，自己的王子还能不能骑得了白马。

与宁凯初次见面，是在表姐三十岁的生日宴会上。表姐做的是服装生意，宴会上基本都是她生意场上的朋友，商人间的油腔滑调与虚与委蛇使得这场宴会看似高潮迭起，但实际上俗不可耐。林希希最烦这种应酬，假笑到底真累到底，要不是表姐死缠烂打地拉着她来，她肯定是能有多远就躲多远的。表姐的意思其实再明白不过，她是要亲自帮林希希在花败之前觅得个金龟婿。

表姐说，女人一过三十，身上所有的好东西都往下掉了，哪怕是宫廷秘方锦衣华服挡也挡不住，到那时你还凭什么自信自恋，都只怕是花自飘零水自流，落得个自怨自叹而已。至于白马王子，那是自欺欺人的把戏，用来骗骗小姑娘的眼泪罢了。

林希希对表姐的论调不置可否，万事还有它的不可预见性呢，做不了理想青年，保留梦想总还可以吧。

表姐又说这是什么年代了，谁还敢轻易说自己拥有梦想，梦想再丰满，现实却无比骨感啊。

表姐的打击令林希希越发觉得愤愤不平，但大龄剩女的标签终究令她失了些底气。平心而论，她虽姿容清秀，但也还算不上标准的美女。只是她体形高挑又有杨柳蛮腰，尤其爱穿尖头细脚的高跟鞋，平日站立落座都习惯挺胸收腹，这就让她拥有了既让女人羡慕嫉妒、又让男人心醉神迷的S形身材，任何时候放在人堆里都是扎眼的。如今大街上的许多美容院都在奇招频出的广告中诱惑如何帮女人打造美体，林希希觉得这些后天措施除了吸金不见得就有什么实际效果，对自己天生的这副“衣服架子”时不时就有点窃窃自喜的念头。天然去雕饰，这也是林希希对人生的态度，你侬我侬的友谊，郎情妾意的爱情，举案齐眉的婚姻，一个女人一辈子能活成这样的风景，那就是一个女人成功的史诗了。

宴会上，林希希尽管行为举止刻意低调，但她的靓丽依然不能让她在这狼烟四起的人群中甘做一朵寂寞的烟花，这让她的低调，似乎就成了一种刻意隐藏的高调了。席间，不时有男人用荷尔蒙过剩的眼神骚扰于她、缠绕于她、困扰于她，像她这种心气颇高而又不再稚嫩的女人，对于这群男人骨子里的贱性既一目了然又不屑一顾，入不了她法眼的男人也就提不起她的精神，自然也泛不起一点逢场作戏的心思。她自顾跷着白生生的兰花指一点一点地吃菜，偶尔抿点红酒，朱唇闪烁、顾盼生辉的却是对菜不对人，丝毫不待见那些四面八方乱飞过来的目光。

表姐冷眼看着她的懈怠，用脚在桌底下踢了踢她，没理她假装茫然无辜的眼神，赶紧接过林希希对面一个长相敦实并且欠缺点帅气的男人饶有兴趣的目光，就开始介绍起她，这是我表妹，光荣的人民教师，气质如兰的美女。

林希希一怔，没想到表姐这样直接又肉麻，只好斯文轻飘地对着那个男人的目光笑了笑。

表姐接着介绍，这是我哥们，服装批发城的宁老板，年轻有为的才俊啊。

这个男人就是宁凯。

虽然林希希的笑容似是而非的，他却实实在在地咧嘴笑了笑，一口白牙亮闪闪的。肯定是中学老师吧？

林希希有些发愣，不得不承认他的笑容非常阳光，瞬间让他的脸生动了许多。她讨厌用什么阳光男孩来形容一个男人，那样子会减弱一个男人作为雄性动物的刚性与力度，但宁凯的笑容真的很温暖，无端令她想起人情淡薄冷暖自知。尤其是男人能拥有一口齐整的白牙，更令她顿生好感。他的笑容轻易就覆盖了她，不轻不重，不偏不倚。那时刻，林希希看着宁凯，神游间就有些看着白马王子的味道了。这倒是她始料不及的，她本来以为这满屋子除了铜臭味就是男人的汗腺味了，本来以为像宁凯这样算不上帅气的男人，根本就不可能是她的菜。

表姐故意一惊一乍的，哥们，你还会看相啊。

宁凯无形中得到了某种认可与鼓励。这简单啊，小学老师是孩子王，难有林小姐娴雅的气质，大学老师那得念到女博士吧，再去教大学生，得有多老啊，林小姐还这么年轻灿烂当然不可能了。

灿烂？这词放在二八年华的小姑娘身上应该正合适吧，不过听着还挺新鲜的。林希希又想到宁凯刚刚的笑容，觉得有点不谋而合的默契了。她还是轻飘飘地笑了笑，但这次她蓄意笑得优雅一点，算是礼尚往来吧。她没有把宁凯的这些话看成是这个男人耍的小聪明，倒觉得这是一个陌生男人对一个陌生女人的一种赞美，要说是一种讨好也行，内心颇惊讶于他把尺度掌握得如此自然，让她不觉得受宠，也不觉得受惊。

这时，旁边有个男人端着杯酒晃了过来。林希希根本来不及看清他的脸，只觉得一股酒气挟着一堆阴影很鲁莽地就侵占了她的视线，禁不住抬手掩了掩嘴。

原来是表妹啊。你姐是我姐，我姐的妹妹也就是我的妹妹了。这个男人嘎嘎的笑声听起来非常突兀。

表姐也在一旁爽朗地大笑，少套近乎啊，我这妹妹可不是那么好搭讪的。

宁凯自是与那男人相识，从对面绕过来，扶住他说，老弟兴致很高啊，酒不高吧？

那男人趔趄着甩掉宁凯的手，仍旧高门大嗓的，像是玩笑又像是挑战地说，你小子，可别在这假装斯文勾引我妹妹啊。

宁凯没有作声，默默地看了看林希希，半推半扶地带着那男人回到他的座位上。那男人借着酒意还在抒发他的感叹，都说漂亮的女人悦目，成熟的女人悦心，你看我妹是不是既悦目又悦心啊。说完他仍旧直勾勾地隔空盯着林希希看，手上依然傻帽似的举着个空酒杯。

宁凯又默默地朝林希希看了看，还是没有作声，眼神中却有了隐隐的不屑。林希希谁也不想理会，低头夹起一筷子麻辣粉丝放进嘴里慢嚼，这股麻辣味令她的口腔霎时有了种肿胀的感觉，味觉上的刺激倒也将那男人带过来的酒气冲淡了不少。她看着那盘粉丝，脑中想起一句话，禁不住想调侃一下宁凯，就为了他刚才眼中的那一点点不屑吧。

哎，你知道人生中最难吃的三碗面是什么吗？

宁凯愕然。表姐却突然插了进来，什么三碗面啊？你俩咋聊上吃的了？

表姐的这一咋呼让俩人不由得相视一笑。

宁凯纠正道，准确地说应该是男人一生中最难吃的三碗面。你们女人都喜欢节食，大不了不吃也罢，不用考虑这方面的。

别说那么多不靠谱的，到底是什么三碗面啊？表姐有些着急了。

人面、情面、场面呗，你说这是不是三碗面啊？

林希希的笑不再轻飘飘的了，她心内颇惊讶于宁凯与她的相通。她对他，显然不属于一见钟情，但他对她，起码还能做到一拍即合的。

二

那次宴会后，不需要再浪费表姐的心思，他们两个互有好感的陌生人自然地就把后续工作给衔接上了。当然，衔接得并不是太如意，因为它好像并不是林希希想象中的样子。

第二次见面是在林希希任教的市一中校园里。那天，她长发披肩长裙飘飘长身玉立，如果有某种浪漫的邂逅发生，她的魅力值也已经足够惊艳了。只可惜，宁凯的出场有些狼狈，他虽西装革履，又开着锃亮的奥迪 A6，却被学校的门卫大爷在校园的林荫道上一路追赶着迫停了。

门卫大爷黑着脸训他，瞧你人五人六的，一样缺乏教养。不知道校园里是禁止校外无关车辆进入的吗？以为就你那车能跑吗？我这两条老寒腿照样能追上你。

宁凯面红耳赤地下了车，不知是气愤使然还是尴尬使然，反正他就这样面红耳赤地站到了林希希的面前。林希希一时也尴尬起来，她怎么也想象不出她与宁凯的首次邂逅会是这般境地。宁凯大概也没想到就这样碰上林希希，他勉强咧了咧嘴角，一口白牙依旧，却没有那种阳光般的笑容让林希希如沐春风了。

他仓促地对着林希希伸出手，说了声，你好。

此刻林希希的眼神又有了那种轻飘飘的恍惚，不好对视他，又不好忽视他，她丝毫没有想着要借助某种神态去掩盖她的那种猝不及防。她的犹豫非常明显，但为人师表的修养还是让她优雅地伸出了白生生的右手。他们只是礼节性地握了握，蜻蜓点水般，很快松开，即便如此林希希还是感觉到了宁凯一双大手的温度与力度，只是相对无言，让俩人看上去都有些意兴阑珊了。

一旁的门卫大爷见本校的老师都与人家握上手了，也不好再作追究，招呼宁凯赶快把车开出校园就转身离去。这时，车的后门被打开，从里面钻出一个十四五岁的女孩，打扮时尚超酷，长相倒干净秀气，动静之间有着她这个年纪小女孩们身上那种特立独行的叛逆与娇嗔。

她斜着眼看了看林希希，对宁凯嬉皮笑脸地说，今天可是美女救英雄，相看两不厌啊，说完打了个响指准备离开。

宁凯见状急忙拉住她，讪笑着对林希希说，我姐姐的孩子米儿，今天刚转来你们学校，以后麻烦你多照顾下。

小女孩毫不领情，冲林希希挤了挤眼，你可以想着怎么管他，但可别想着怎么管我！

她说完就跑开了，一秒钟内又返回来，抱住宁凯狠狠亲了下他的脸颊，答应我的事儿别忘了啊，我的 iPhone5 指望你了，不然我就要在第一时间返回你们那个社会大舞台自己挣去。

宁凯感觉挺无奈的，这个外甥女他一直很溺爱，小女孩撒娇似的强吻他也习以为常，但今天却有了一种莫名的惊慌。

真拿她没办法，仗着撒娇耍赖啊。他偷偷地瞄了眼林希希，担心她因为不了解而心生嫌隙。

被小女孩这么一闹，林希希感觉心里那朵名叫期望的小火花终于扑地一下熄灭了。她想，他的出现原来如此啊，难不成这次连邂逅都算不上，顶多只能算是一次偶遇？

过了几天，林希希就忘了这首次偶遇的尴尬与失望，人总是对陌生的人很宽容，对熟悉的人很挑剔，也许他对她来说还属于一种陌生人吧。

可就是这次不痛不痒的偶遇，让林希希觉得此后她与宁凯的每一次见面都充满了戏剧性。一个月内，他们就偶遇了多次，地点不尽相同，校园、步行街、咖啡店，甚至在一个店里洗头发时他们都能遇到。这从统计学和概率学上来看，都出乎异常，让人难以置信。林希希拒绝用缘分俩字来形容，他们的第一次见面就有表姐牵线搭桥的成分，现在再给那些莫名其妙的相遇贴上个缘分的名头，也太令人觉得别扭了。她自己不承认这是什么缘分，心里还担心宁凯会不会说出这字眼，他要是俗到把一月之内他们的偶遇总结成一句缘分来感叹，林希希就觉得太绝望了。林希希肯定就得远远离开他。而她内心里，又是不舍得这么快离开他的。这种不舍得听着像是一种真情流露，但实际上更接近一种不甘心。

林希希就是抱着这样一种患得患失的心态，继续着她在人群中与宁凯的偶遇。而宁凯，到底也如她所愿，没有说出那让她担惊受怕的“缘分”俩字。有时，她也想，真要说是缘分，那他俩应该算是世间什么样的一种宿命？这样想着，她突然心里就觉得有些失重。

与宁凯之间这种似是而非的情感模式，越来越令她凭空多了些许烦闷。有天晚上她想找个朋友倾诉点什么，可想想又不知道找谁好，她这个年龄的女人已只剩下点青春的尾巴，如果再为这些捉迷藏似的小事情伤怀感叹，怕是连闺蜜灵子都要嘲笑她了。无奈她上网溜达，登录 QQ 一看，大半好友头像都灰头黑脸的，她有些泄气，感觉自己就像是被人遗忘在了角落。刚想下线，就见一个好友的头像适时亮了起来，浮出来的签名倒也吸引了她，“郁闷中，生人勿扰，熟人勿找。”她再仔细一看，这不就是灵子的QQ吗？这个风风火火的丫头也有郁闷的时候？

她忍不住发了个“?”过去，甭管什么生人熟人的了。

灵子很快回话，寂寞了？聊聊？

知道什么是寂寞吗？

寂寞就是你想说话没人听，有人听时你却没话说了！

这丫头，说得还真犀利呢。那你的郁闷又怎么解释？

那只是某一阶段情绪不良的产物，过期作废了。

前段时间，灵子好像是开始了一段恋情，林希希担心她是不是在为情所困，听她这么一说，应该是恢复正常了。

你那个他表现怎样？

他能怎样？表现好我拿他当唐僧供着，表现不好，我准把他当唐僧肉吃了。

这才像你嘛！你若安好，便是晴天。林希希发了个龇牙咧嘴的笑脸过去，心里瞬间空阔了些。

灵子确实是个开心果女孩，比她要小，她们虽然都是80后，但一个是80初，一个是80末，中间隔着段不长不短的年华。林希希曾对灵子感叹过，你的青春还可以疯狂地奔跑，而我的青春已快华丽地跌倒了。俩人在同一个中学任教，她教语文，灵子教体育，一文一武本属于两条线上的人，但她们有一个共同之处，就是都属于美女，而且都是单身美女。灵子进校的时候，林希希已是一中校园里的资深美女了。不可否认的是，女人对于异性之美可以近距离欣赏，但对于同性之美无疑都是有些疏淡与防范的。灵子之美对她来说形成了一种无法逃避的压力，尤其是一中里那些一直自觉被她的美丽遮蔽着的女老师，像是终于找到了种翻身的快意，只要有机会总要在她的耳边不停地赞扬灵子的清纯甜美，想以此来攻击她的自尊与自信。美倒成了一种杀伤力，它的硬度越来越硌痛林希希的好奇，心里倒也盼着能看看这个被大家不断传说的美女究竟是何种尤物。可是令她想不到的是，灵子居然自己找上门来了。那天是周末，她正一个人在二楼的教工宿舍里细致地做菜，她做了道糖醋鱼，这也是她平日最喜欢吃的菜，许是做得多了，功夫日渐见长，鱼起锅时那股酸酸甜甜的味道迷漫了教工楼道，她自己也陶醉地端起来放到鼻尖闻了又闻。这时一个人影闪了进来，边鼓掌边赞不绝口，姐姐果然是绝代佳人啊，既上得厅堂又出得厨房。说完不待林希希相问，她自报家门说她就是灵子。灵子俏皮的话语与活泼的劲头一下子就将她们间的陌生感击破了，生出种惺惺相惜的感觉，林希希也爽快，莞尔一笑，拿出两副碗筷，对她做了个邀请的姿势。

她们间的友谊由此展开，而且像男人们一样是从吃吃喝喝展开的。这种一拍即合的友谊一开始就因为有了烟火气息，竟相处得非常自然。

林希希想起与宁凯之间也曾出现过的那种一拍即合，又有些黯然。她问灵子，为什么爱情总让人既生希望，又生失望呢？

希望是火，失望是烟，爱情就是一边点火，一边冒烟。说到底，爱情也就是一种生活状态。

谁说恋爱中的女人都是傻子？林希希很喜欢灵子的这个比喻，她有些自愧不如，她这个学中文的倒显得徒有虚名了。

老实交代吧，最近都有什么动静？灵子开始在那头引诱她了。

动静不大。但确实有个不断出现在我的生活中却让我捉摸不透的男人，我根本都还不了解他。林希希不想回避，她不正是想找人聊聊吗？

想完全了解一个男人？那我劝你最好别做他的恋人，而是做他的朋友。

有时，我觉得我们之间似乎连朋友都还不是。

那恭喜你。如果你们真做了朋友，估计你在他眼里也就不是女人了。姐姐啊，女人长得漂亮还不如活得漂亮，有感觉就得行动啊，你还真想让自己的青春从此华丽地跌倒而一蹶不振吗？女人更要学会把握，把握好了你才是男人眼中的姹紫嫣红，把握不好，你就只能是男人梦中的惊鸿一瞥了。

灵子的话不由得让林希希陷入了长久的沉思之中。

三

宁凯正式向林希希发出约会邀请时，林希希竟然有些泫然欲泣。她觉得一个月来那些不明不白的偶遇总算有了光明正大的出处，有了些男女间欲擒故纵的前奏，最重要的是，让她有了扬眉吐气的底气。她稍一沉吟就爽快地答应了，他们之间已不算陌生，太过矜持已不适合他们之间的距离，会显得坚硬又沉闷，沉吟即可，软硬兼得，而且这两个字林希希非常钟爱，想来就有那种山雨欲来风满楼的意味儿。

下午学校五点半放学，宁凯开车来接林希希。来得早了点，他把车停在离校门不远的一个高档小区边，顺便看看风景，这是宁凯一个比较独特的习惯。他的观点是，世人眼中的风景都算不得是真正的风景，真正的风景是人，人才是这世间最大、最变化多端的风景。在别人不知晓的情况下去看他（她），才能看到最接近真实又自然的风景。林希希要是知道宁凯的风景不仅容纳了她的风景，更超越了她的风景，不知道该作何设想了，这个男人是她的知己呢还是她的劫数？

处于风景当中的宁凯是充满想象力的，惯常情况下他很陶醉于这种想象之中，想象有多远，风景就有多远。比如，他现在看到的是一个正阴郁着脸把车开进小区车库的男人，你不知道他是工作中受到了困难压力还是不想回家面对索然无趣的妻子。正在猜测的时候，他又看见那个男人停下车接了个电话，继而马上笑容满面神采飞扬地倒车，家门都不进又驱车旋风般离开。是工作中压力解除翻身做人了，还是有异性相约共赴温柔之乡去了呢？这些都是看不尽也猜不透的风景。再比如，他又看到一对年轻夫妇一道下班回家，说说笑笑的十分默契恩爱，下车时丈夫帮妻子打开车门，上楼的时候还帮妻子拎着皮包。这温馨的情景还没回味完，他一抬头，碰巧又看到这夫妇俩，他们的家在三楼，阳台窗户开着，能看到他们在屋内不停地说话，玻璃上的喜字还很鲜艳，应该是新婚不久，怪不得那么恩爱。他正感叹着，不期然那对夫妇说着说着，那个男人突然动手抽了妻子一嘴巴，那女人捂着脸跑进了卧室。风景戛然而止。宁凯很震惊，这风景的转变也太令人咋舌了，完全不是柳暗花明又一村，而是山重水复疑无路了。他最反感男人对女人动手，既暴力又无能。他霎时没有了看风景的兴趣，悻悻然发动车子去接林希希。最近一个月来，他在欣赏这个女人雌性特点的同时，也习惯地把她当成了美丽的风景来观赏：观赏她茫然受惊的样子，观赏她沉稳优雅的样子，观赏她逛街休闲的样子，观赏她小资品咖的样子，还有她披着湿漉漉的长发，躺在美发店的转椅上让人揉捏太阳穴的样子，都让他觉得很亲切，很随性，完全是生活中原汁原味的女人样子。尤其是看到她湿着长发的那一刻，他心跳得非常厉害，觉得她太性感了，有种让人惜之怜之却都不得要领的性感。许多女人也许以为只有对着男人袒胸露臂，或者长得丰乳肥臀那才叫性感，其实在男人眼里，女人的性感可以是一种神情，一种仪态，甚至一种呢喃。

宁凯到时，林希希也刚刚到达校门口，他们俩不约而同相视一笑。

林希希今天盘起了长发，在脑后随意地绾了一个髻，略施粉黛，挺职业女性的打扮。这也是她的一点小伎俩，和接到约会电话时沉吟的程度差不多吧，看似不着痕迹，实则心中气象万千。轻扫蛾眉的淡妆既为她的美丽加分，也显示她是一个优雅精致的女人。绾起的长发又略略收敛了些她对此次约会的看重，把重点引向腹有诗书的气质一面。

真是个聪明的女人。聪明又不张扬的女人应该还会是个可爱的女人吧。宁凯收回那副看风景的眼神，换上一副男人看女人的眼神，起身准备为林希希打开车门，林希希却摆了摆手，她选择了后座一侧，与宁凯呈对角。这虽然是一前一后的距离，却是侧前与侧后的位置，较之于副驾驶的位置，这个位置与他们目前的关系恰如其分，不会过于亲密，也不会过于生疏。

宁凯不由得暗自想笑。不过他内心挺欣赏林希希的做法，女人不需要太聪明，但要有点小智慧的，虽然说起来没什么，细细思量起来就活色生香的，可以有许多潜在的剧情。在他看来，林希希的这点小智慧是介于贤良与风情之间，极尽优雅的，那种优雅好像无穷无尽似的，动也优雅静也优雅，宁凯有点着魔于这种感受了。其实优雅到底是什么样的行为规范，估计没人能说清楚，印象中在哪本书上倒看过这样一句话，说优雅就是京剧中的水袖，女人甩给男人看，男人甩给女人看。原来本就是些郎情妾意的事情。

宁凯似乎有些明白了。想必林希希也是明白的。

开始时一路无语，俩人都被这种过于冷静的气氛弄得挺不自在的，似乎都还找不到那种人约黄昏后的喜上眉梢感。宁凯是欲语还休，林希希是欲拒还迎，俩人都有了点不属于他们这个年龄的羞涩。直到车前出现一辆银色宝马，后面挡风玻璃上赫然写着：拒绝接吻。这几个字刺激着宁凯的眼球，也激发了他的幽默感，他自顾自笑了笑，问林希希，猜猜吧，前面这辆车里的主子是男还是女啊？

林希希想都没想就说，女的吧。穿越剧里面霸气的主子不都是女的嘛。

宁凯心想，这女人还真有些自恋呢。他咧了咧嘴，我要说是男的呢？

男的就是大脑缺根筋，弱智。

宁凯大脑瞬间真的就有些短路了，为什么？

他从后视镜里能察觉到林希希脸上暗暗藏着的坏笑。

如今还有柳下惠存在吗？坐怀不乱那只能是传说了，用来讽刺你们男人还差不多。

宁凯讪笑，也是，男人是不会这么写的。不然这么嫖客的行为都能贴出来那不是异类吗？

林希希惊讶不已。这也不至于是嫖客行为吧？还异类？

好好想想吧。宁凯指了指心脏的位置，用心想。

林希希还真想了会儿，没想通，就赌气地默不作声。宁凯看她转不过弯的样子就想笑，没再招惹她，想这女人还真是可爱呢，年纪不小了心思倒还很纯净。

车子驶出市区的时候，林希希实在憋不住开口了，这是去哪啊？

怕我吃了你啊。

好好的人不做，做什么禽兽呢？

宁凯听这话，明白林希希心里并不发虚，她是相信他的！这一点让他竟然很感动，就说，带你去个好地方，肯定不会让你失望的。

车子停下的时候，林希希正有些昏昏欲睡。她就有这个毛病，车子上坐久了，就要打瞌睡。宁凯看着她迷迷糊糊的样子，只能苦笑，你这女人真会打击人啊，不会真把我这么个情欲旺盛的大男人当成了摆设吧？

林希希怕自己迷糊间有些失态，也挺不好意思的，硬逼着自己顺着他的口气开玩笑，我又不是涉世不深的小姑娘，怕什么呀？今天你敢劫色，我就敢劫财。

看不出哦，人民教师也能这么野蛮，我喜欢。宁凯盯着林希希，想看看她可会脸红。

林希希听到他说“我喜欢”时，小心脏确实不规律地跳了几下，不过她佯装整了整衣角很好地掩饰掉了，用那双平日教书育人时严厉的眼神挑衅地对视着宁凯，喜欢可以啊，别爱上我就行。

宁凯看着她半晌没再说话，朝着前面一个小山坡不疾不缓地走去，黄昏的余晕浅浅地抹在他身上，周边一眼望去绿草苍苍，白雾茫茫，让他的背影看上去就像《诗经》中的人物，是那么古典优美。林希希第一次觉得古典这个词竟然还能用来形容一个薄暮中的男人，她太感动于此刻的灵感，忍不住轻声地对着他的背影念道，绿草苍苍，白雾茫茫，有位佳人，在水一方。

小山坡下想不到另有一番天地，一座看上去人口并不众多的小村庄被一条蜿蜒曲折的小河环抱着，这个时候正是村庄最美的时候，家家炊烟四起，鸡犬争相归舍，天地间一片祥和静谧，就连灰暗简陋的房屋，看上去都是那么动人心魄却又无欲无求。林希希自幼在城里长大，都有一个永远的外婆情结，她的外婆在她还没出生时就去世了，所以她对外婆是没有印象的，但心里却一直把想象中的外婆就放在这样的一个小村庄里生活着。

她站在宁凯身边，默默打量着这一切，如入梦境，无语竟凝噎。尤其当宁凯告诉她，这里是他外婆的家，他从小生活在这个地方，现在还在这个地方盖了几间房子，工作之余常来这个地方放松下自己，算是自己的一处休闲农庄吧。她不知道这是她和宁凯俩人间的心意相通，还是宁凯真会什么未卜先知，反正她现在对这个男人越来越有感觉了，觉得他们之间的距离正越来越小，小到快要和她合成一体。

宁凯轻轻牵起了她的手，她没有觉得丝毫的惊慌，觉得一切都是那么的自然。

农庄修建得小巧玲珑，外观很是朴素，与这个村庄的整体风格没有一点冲突，不会让人觉得它是这个村庄的新新异类。林希希想到异类，就想到刚才路上宁凯说的那个关于男人的异类，她即便是用心想，还是没想明白。她浅浅地喝着茶，这是宁凯那满头银发的外婆亲自沏的。老人家特别高兴，吃吃喝喝的不停端进来，老想摸摸林希希那白生生的小手，一双浑浊的眼睛看林希希的样子比看到个陈年宝贝还乐呵。

林希希起先真不自在，宁凯忙解释，外婆这是第一次见我带姑娘过来，高兴的。

林希希忽然就放松下来。

宁凯说得很随意，不像是特地证明身家清白的样子。她很想深深地看他一眼，想看到他的眼底里，但觉得那样又太直白，可是这一刻的心情她禁不住又想表达出来，她是中学语文老师，这点当然难不倒她。她刚想到脉脉含情这个词，宁凯就扫兴地说了出来，被感动了吧？这么含情脉脉地看着我？

她哪能承认呢，忍不住俏皮地调侃他，是你春心萌动了吧，眼睛里尽是桃花飞舞。兴之所至，她用手蘸着茶水在桌上写上“异类”，想想又打了个“？”

宁凯见她写出这个词，终于哈哈大笑起来。末了，他又认真地说，男人真爱女人，怎么会拒绝接吻呢？能吻一下自己心爱的女人，其实是恋爱中的男人最激情，也是最纯洁无邪的渴望。

林希希没有留意到他渐渐俯近的身体，喃喃自语，妖言蛊惑吧。

宁凯看着她魂不守舍的花痴样子，不由得伸手捏了捏她的脸颊，还挺嫩的啊，怪不得都禁不住这点煽情。

林希希醒悟过来，作势要打他。却被宁凯一把捉住了那白生生的手，顺势将她拥入怀中。

知道吗？你的出现就是我永远的风景，优雅的风景。宁凯对着林希希的耳朵轻声细语。

起风了吧，这些来自山野里的风无拘无束的，不知不觉间拂散了林希希脑后绾着的长发，她不想去管它了，让它随意地流泻肩于头。吸纳着这些湿润的山风，林希希觉得一切是那么的清新自然。隐约地，她仿佛看见她的王子骑着白马正像朵白云一样飘远了，她心下一紧，人就颤了一下，却分明感觉宁凯抚在她小蛮腰上的手更加地用力，他缠绵在她耳边的温柔，让她此刻只想这样优雅地和这个男人相爱至老。

四

林希希傍晚在校园里看见灵子的时候，她正倾倒在一个高大男人的怀抱里，小鸟依人的样子，哪还见平日的大大咧咧。

爱情就是这么不可理喻的东西。林希希想起在宁凯外婆的农庄里宁凯给她的拥抱，这个本不是她心中王子印象的男人，不也一样给了她想爱到天荒地老的感觉。

她冲灵子眨了眨眼睛，说你的唐僧不赖啊。

灵子知道她什么意思，忙讨好地打断她，现在我的眼里就只有你没有他了。

林希希觉得好笑，忙说免了，我现在已不需要你，你还是老老实实跟着感觉走吧。

灵子一听立马又还原到古灵精怪的模样，姐姐你有情况啊，是老实交代还是我严刑逼供？

林希希可不接她的招，赶紧催她归位，别让你亲爱的他，像个路人在傻等着。

那周六一道去爬山怎么样？灵子也意识到今天不太合适。

你供吃供喝我就奉陪。

灵子一跺脚，行，算我还债了啊。

想想，她回头又狡黠地补了一句，拒绝形单影只，欢迎比翼双飞。

林希希就知道灵子不会轻易放过她的，她一甩长发算是回答了。

宁凯听说周六去爬山，略略迟疑了会儿。转瞬他就笑了，有你，风景已足够装饰我的梦了。

林希希不知道他这是答应还是婉拒，他那即逝的迟疑令她有些微的黯然。

宁凯刮了下她的鼻子，故意叹了声，都说这男人一旦爱上女人，从此就没有独立日了，只有……，他故意停顿了下。

只有什么呀？在林希希的想象中，应该是一句抱怨的话了。

傻女人，只有纪念日了啊。

他的笑容令林希希有些迷惑，她到底是爱这个男人呢，还是爱这个男人的笑容。

宁凯那个令人头痛的外甥女米儿现在已经是林希希的小跟班了。这孩子眼神活络得很，发现只要跟定了林希希，就能够搞定舅舅宁凯，就有利可图了，上次那个 iPhone5 让她尝到了大甜头。

宁凯骂她是唯利是图的小屁孩，她还不服气，说这叫资源共享，凭什么能让陌生人拥有，就不能让自家人享受。

林希希逼住宁凯的眼神，我是那陌生人吗？

林希希这点小醋意令宁凯很享受，他喜欢女人的这种似嗔非嗔，流露出来的尽是妩媚与温情。

明知故问嘛。宁凯不直接回答。

米儿倒老气横秋地接上了话，据说爱情就是专门将陌生人变成亲人的，你俩非得这样矫情吗？

他们惊得面面相觑。宁凯一把拽住米儿的胳膊，你这孩子哪学得这么油嘴滑舌啊，你是不是在学校早恋了？

林希希心里在暗暗叫苦，米儿真要是在学校早恋了，她作为老师和恋人，这是双重失职啊，宁凯可是早拜托过她的。

米儿像着了火一样又蹦又跳，挣脱宁凯的大手，发现你们这些大人真是越活越成奇葩了，网络上什么没有啊。

这么说你上次要的 iPhone5 就为了网游？拿来还我。

她躲到林希希背后，林老师，有我舅舅这样小气的吗？你怎么还拿他当真命王子？

宁凯好气又好笑，我不是王子怎么了？我照样可以把林老师当公主。

那你不也一直叫我小公主吗？米儿忽然就露出了小女孩的娇气，一双大眼睛委屈得快要掉眼泪了。

林希希赶紧抱了抱她，咱不跟他一般见识啊，你这样梨花带雨的让同学看见可不好。

米儿还在拿眼瞪着宁凯，他只好举双手投降了。看着米儿得胜还朝的样子，宁凯禁不住苦笑，这让我想起了你们这些现代女生所谓的“三从四德”，真是受不了啊。

林希希说你也知道这“三从四德”？

网络上什么没有啊。宁凯故意模仿米儿的语气。

那说来本宫听听？

小公主听好了啊，这“三从”：从不温柔，从不体贴，从不讲理；这“四得”：惹不得，说不得，骂不得，打不得。怎样？

林希希乐得花枝乱颤的，揉着肚子直叫唤。

宁凯看她笑得这样开心，像个无拘无束的孩童，他那双习惯看风景的眼睛仿佛就看到了这个女人优雅背后无邪的真情，他越来越有融入这抹风景的冲动，想到周六与另外一个女人的约定，心里渐生了些愁云，但他没有表现出来，林希希非常敏感，是个看着淡定却容易受伤的女人，他只想让她感到快乐。

周六一早起来，林希希就找不到宁凯，他的手机提示关机。与灵子约好去爬山的计划只好泡汤了。

第二天，还是关机。林希希不想再打了。面对灵子，她的自信与自恋瞬间变成了难堪与失落。她一个人把自己囚在了宿舍里，安静地烧着自己喜欢吃的糖醋鱼，在夹起鱼眼的时候，两粒硬硬的珠子像两滴凝固的眼泪，硌在牙齿上的感觉让她心里如秋风扫过，顿生悲凉。

也许灵子说得对，男人可以给你风月情愁，但男人却不一定能给你天长地久。这样看来她与宁凯之间的关系，离天长地久还很遥远，尽管她心里滋生过想与他天长地久的爱恋。

第三天的时候，上午连米儿也没来上课，林希希开始着急了，她有些走神，上课的时候，老是想起宁凯那轻易就能覆盖她的温暖笑容，想起他那沐在薄暮中的古典背影，还有他那让她激情澎湃的耳语与亲吻。

她也很奇怪自己的反应，宁凯的突然消失，竟然没有让她生起一点的恨意，事实上，她已经开始非常想念他。这一切真的因为爱情吧。林希希是个很有主见的女人，大龄剩女也有大龄剩女的优势，她已能够清楚地明白自己究竟想要什么了。既然爱他，就不能不明所以地失去他。她可不想让她这份迟来的爱情以笑开始，以吻生长，最终却以泪结束。

下午，米儿终于出现了。小女孩完全没有了往日骄蛮的气焰，看见林希希时，失魂落魄地扑进了她的怀里，放声大哭。

米儿真实的痛苦让林希希同样感到了失魂落魄，她的心隐隐有了不祥的预感。她期待着米儿说些什么，但又害怕得直哆嗦。

舅舅出事了。他的服装批发公司被那个坏女人纵火烧了。舅舅现在在医院，他全身都是纱布，他会死吗？

无巧不巧。这时候表姐也来了，她是刚从外地进货回来，就听说了宁凯的惨剧。

林希希脸色惨白，她阻止了表姐的安慰，带我去看宁凯吧。

路上，表姐心疼地望着这个表妹，宁凯是她的好哥们，也知道他对表妹用情很深，本以为他俩能相携到老，没想到如今却飞来这等横祸。

她握住林希希的手，我想你有权利知道米儿所说的坏女人是谁。

林希希一颗心早飞往受伤的宁凯身边，她机械地点了点头，你说吧。

她是宁凯过去的女朋友，别人介绍认识的，听说这女人有家族遗传的间歇性精神病，她故意对宁凯隐瞒，但接触一段时间后宁凯发现了端倪，坚决要求分手了。

她不肯放过舅舅，老是缠着他，是个坏女人。米儿气愤地补充道，她一发病就往舅舅家跑，说她没钱治病，要舅舅给她钱。上周她又跑到舅舅家赖着不走，舅舅跟她说不出个道理来只好答应她，让她周六去公司拿钱。

周六？林希希心里顿时明白了一切，怪不得说去爬山时宁凯有那么一点点迟疑。

公安局的人说汽油是那女人藏着带去的，她趁舅舅不注意把他反锁在屋子里，在过道里纵起了火……

林希希痛苦地捂住了耳朵。她不能想象笑得那么阳光的男人，此刻正徘徊在怎样的伤痛中。

宁凯醒来的时候，他的世界一片黑暗，一场病态的大火不光毁了他的心血，也毁了他的双眼。在他以为即将葬身火海的时刻，他的眼，他的心，他的脑子里就只剩下初识林希希时，她那轻飘又优雅的浅笑。

绿草苍苍，白雾茫茫，有位佳人，在水一方。他在心中凄苦地念着，他与林希希爱情萌发的地方，那时风景让他此后残生情何以堪。

这时一双绵软的小手轻柔地抚上了他的面颊，他挣扎着，眼泪包裹在纱布里，渗出来的都是丝丝血迹。

我需要你。林希希伏到他的耳边低语，那种安静的、浅浅的忧伤让她眼中的深情无比动人。亲爱的，我需要你，需要你的笑容，需要你为我们一生的风景，生起炊烟，掩上柴扉……

骟　牛

周世久，安徽省作家协会会员。中短篇小说作品散见于《朔方》《安徽文学》《清明》《振风》《合肥晚报》《安庆日报》等报刊，曾获安徽省小说对抗大赛江淮文学奖。现在枞阳县水利局工作。

富贵弓着背从茅坑蹲板站起来的那会儿，他的两头牛还在“哞儿、哞儿”地叫。富贵咳了一声，扯下搭在肩膀头的白老布带，把大腰裤扎好，低头出了茅房。富贵两手拢进袖筒，两脚塞进牛皮木套，“咔嗒、咔嗒”地朝牛栏这边走。他要瞧瞧这两个畜生到底搞什么名堂，大清早的，狗日的就一声长一声短，比死亲娘老子还伤心。

富贵的目光穿过牛栏栅门，看到小水牯的头正越过半人高的墙，两眼灯笼似的盯着隔壁大水沙的屁股。大水沙两边摆动着尾巴，尾巴根下面的那块黑色肉夹夹里，一条尿线丝丝缕缕地淌了下来，像破壳的鸡蛋淌出的蛋清。富贵好像闻到一股臊味，“啪”的一声往栅门里吐了一口痰。他转过身，张大嘴巴朝两手哈了哈气，“奶奶个逼，等天暖和了，老子一刀把你两个骚牯卵子给骟了！”

富贵一边恶狠狠地骂，一边“咔嗒、咔嗒”地拖着木屐往回走。富贵准备进屋，见他大蹲在屋檐边晒太阳，就挨着身子靠了过去。“大，等告（教）会了小水牯，就把它两个卵子骟掉!”富贵用手捂着他大耳朵低声说。

“嗯，要骟，留它狗日的作怪!”富贵大把烟锅里的烟丝抽得嗞嗞响。

“叫二甩子来骟，他刀快。”富贵直起腰，又朝手心哈了哈气。

“用二甩子刀?”富贵大吧嗒吧嗒地吮着烟嘴，紧锁眉头。“二甩子?屌毛灰，他骟牛，海口。”富贵大伸出一只手，大拇指和二拇指圈成了一个圆圈朝富贵亮了亮，“两个卵子要一块袁大头!”

“嗟，要许多，两斗米呀!”富贵瞪圆眼睛，两片嘴皮不停地咂着，“啧、啧啧”。

“那狗日的，人心无足蛇吞象!”富贵大朝鞋底板磕了几下烟锅，顺手把长竹根烟筒往后脖里一插，起身就往屋里走。

“那就任它两个卵子荡荡?”富贵跟着他大屁股后头问。

“骟，不要他骟!”

“哪个骟?”

“老子自己骟!”

“自己怎么骟?”

“扎!”富贵大把两只手的虎口箍在一起，好像捏住了小水牯的两个卵子。

“扎?”富贵不懂。

富贵家有两头牛，一头是大水沙，一头就是小水牯。富贵记得，大水沙产下小水牯的那天，富贵大捻了捻白花花的山羊胡，一双罗圈腿绕一大一小两个畜生转了三圈，眯缝起眼睛呵呵笑，“我操，还是个带把的!”他见水漉漉的小牛犊颤巍巍站了几次没起来，就用旱烟袋朝富贵点了点，“伢，别看它现在风都吹得倒，过上三五年，看吧，那把儿长起来，比上一条腿哩！”富贵好奇，偷偷探过头朝小牛犊胯下瞅了瞅，没看到，扭过头换个角度又瞅了瞅，还是没看到。富贵感觉脸上火辣辣的，唰的，脸就红了。

小牛犊跟富贵田上田下地啃着嫩草，膘长得飞快，没三年工夫，豆大的卵子突然就像两只鸡蛋在胯间晃荡起来。每回，富贵跟在小水牯屁股后面，眼珠铆钉似的盯着晃来晃去的两个肉球球。富贵想，牛的两个卵子长大了要骟，不骟犁田没力气，人的两个卵子长大了也要骟呢？富贵打了个冷噤，夹夹裤裆，想想还是投人胎好。

这年秋天，小水牯长出了四颗牙。富贵大把手伸进小水牯嘴巴里摸了摸，对富贵说可以告（教）了。富贵告会了牛，他大却一头栽进田沟，以后再也没有站起来，当然，他也没有完成那一“扎”。

那天，父子俩人刚吃完半锅绿豆粥，灰蒙蒙的天突然就飘起丝丝细雨来。富贵大要富贵和他一起去告牛。富贵大是种田的好把式，富贵跟他大靠班学，也是种田的好把式。除了两头牛，他们还有二十亩良田，一个长工，四个短工。田是七层畈田，三层板田，畈田插水稻，板田种旱粮，年年都有好收成。在大陈庄，他们是数一数二的大户人家。

富贵大把小水牯牵出栏，叫富贵背上犁。父子俩头戴斗笠，身披蓑衣，一前一后，沿着弯弯扭扭的田埂，一路往小五斗走，小水牯夹在中间，俩人一牛皮影似的在田野晃动。“这畜生跟你一样，长大了哩！”富贵大笑，富贵也跟着笑。小五斗是畈田，土松软，告牛不花力气。富贵把轭儿往小水牯脖子一架，再套上犁，向后腾了几步，一手把住犁梢，一手牵着牛鼻绳就开始告牛。

“牵着！”富贵把牛鼻绳拽了拽，小水牯就往里边走。“撇着！”富贵又把牛鼻绳朝牛肚抖了抖，小水牯就朝外边走。“走沟里！”富贵的吆喝声透过丝丝密密的细雨，在田野的上空盘旋着。富贵大叼上烟袋，心是晕晕的，眼也是晕晕的，像喝醉了酒。两个时辰的工夫，小水牯就告熟了。

“这狗日的精倒是精，可两个卵子不骟，不够劲哩。”富贵大一脚深一脚浅地踩着被小水牯翻动的黑土。

“嗯”。富贵看到脚下的泥土波浪一样一层层地翻开，心想这骚牯卵还算有劲。

“你看它，前肩厚，后股小，够不上力，骟掉两个卵子屁股就长膘，就有后坐力了！”

“嗯。”富贵朝小水牯的后裆看了一眼，觉得那卵袋真是太大了，像鹅蛋，甚至比鹅蛋还大！富贵正惊异着，突然看到小水牯扭头翘屁股，四条腿树桩一样戳在田里不动了。富贵又吆喝，小水牯还是不动。富贵扬起鞭，鞭梢在头顶划出一道闪亮的弧线，“叭”的一声甩在小水牯的屁股头上，“哞——”小水牯把屁股朝下蹲，像要屙屎。“叭！”又是一鞭，“这狗日的！”父子俩人顺着小水牯扭头的方向看去，田畈大坎那边呼呼地突然冲出一彪人马。

“我伢快跑，土匪来了！”

富贵是从两个马虎帽的胳膑窝里把他大背回家的。

那天，富贵正估摸小水牯为什么不听吆喝，突然听到他大一声叫喊土匪来了，富贵撒手就朝湖边奔。半里路后，富贵才发现他大还在田里。富贵回过头，看到七八个头戴马虎帽、身穿黑夹袄、手拿长枪短棍的汉子从田沟里把他大往上拽。富贵转身往回跑，“我大哩！我大哩！”富贵看到这帮人清一色把马虎帽拉齐脖子，两个眼孔里射出逼人的光，心想这回完了，他的小水牯也完了！“我大哩，我的牛哩！”“喊么东西喊？我们又不是土匪。”一个马虎帽嚷嚷。“你大就要死了，快把他背回家吧，还有牛……”一个拿盒子枪的大个子扯下马虎帽对富贵吼，急切切地，话还没说完就朝另外几个马虎帽挥了一下手，“刘邓的侦察员马上就到了，大家快点应接！”几个马虎帽一股黑烟似的向菜籽湖渡口溜去。

富贵大这回是中风，半死不活地躺在床上。秋种就要开始了，富贵见他大邪眼歪嘴，脸扭得像麻花馓，心里发愁，一愁他大的病，二愁小水牯的两个卵子，那两个肉球球不骟，明年开春就不好犁田。他大不能说话了，整天窝在床上，“喔喔喔”地像条老草狗。富贵舍不得花一块袁大头请二甩子，可他也不晓得什么是“扎”。富贵那个急呀。

富贵老婆春香做小媳妇三年了还没生伢，人长得细皮嫩肉，眉毛吊吊的像两片柳叶。富贵大没得病时，一双眯缝眼总爱在春香身上溜达，看那凹凹的肚皮可有凸的迹象，就像富贵盼望小水牯的卵袋早早瘪下去一样猴急。

太阳还有一丈高的时候，春香趁着屋外的亮光，坐在门槛石墩上纳鞋底，一双裹了一半的脚一个在门里，一个在门外。富贵见老婆悠闲自得的样子，心里想，烧锅的巴不得老东西早死，死了，少东家就成大东家了，自己就是少奶奶了。富贵朝大门口瞥了一眼，喉咙管不觉发出一声怪叫。不管烧锅的怀的是什么心吧，现在最要紧的是问他大怎么“扎”。富贵从堂屋条几上拿起烟袋，见他大几天没吸上一口了，就用两指捻了一锅烟丝，凑着纸媒点好送到东厢房屋里。

“大，叭一口吧。”富贵跨上踏板，坐在雕花床边沿，把烟筒往他大嘴里送。富贵大歪着嘴巴抖抖嗦嗦地衔住却没法吸，那根竹杠杠顶在嘴里不动，一串涎水顺着口角就滴了下来。富贵突然想到大水沙尾巴根下面肉夹夹里淌出来的尿线，感觉一股臊臭直往上冲，富贵捂住鼻子，干咳一声，“大，小水牯的两个卵子怎么扎？”

“喔、喔……”

“用刀扎?”

“喔、喔、喔……”富贵大死鱼一样的眼珠朝大门口翻。春香还在纳鞋底，细长的麻索正一面反一面地抽来扯去，发出“嗞嗞嗞”的响声。富贵不晓得他大在喔什么，以为催促春香手脚快点，他要穿新鞋早早上路。

九月油菜十月麦。富贵犁、耘、拢，又一双双地点凼、下种、磕火粪，农活做得比他大还精细。九月没完富贵就种了油菜，十月才到富贵又下了麦种。寒露一过，日子就一天短一线地过得飞快。富贵大见阎王爷的那天，富贵已经忙完秋种。富贵披麻戴孝埋了他大，一边守孝，一边寻思怎么骗掉小水牯的两个卵子。

富贵觉得不骗是不照了。犁麦地那天，富贵用小水牯，长工陈大麻子用大水沙。半下昼的时候，富贵喊大麻子，说肚子呱呱叫了，回家歇会喝口水，再吃块锅巴搭个尖，俩人放下牛自管去了。太阳挨到尺把路的工夫，富贵回到地头一看就愣了，小水牯退下轭儿，正一步步往大水沙屁股后面逼近，后裆里那把儿像烧红的钢条一闪一闪的，“这狗日的，连你的亲娘也想操!”富贵举鞭就往小水牯后裆卵袋上抽。“不骗不照了，不骗真的不照了!”

富贵给他大宴了末七，七七四十九天已经过去了。他还没想到“扎”的门道，天就扯起了连阴雨，待天泛晴，已近立冬。富贵错过了当年骗牛的大好时机。

富贵晓得怎么“扎”是第二年春末夏初的事儿。

那天富贵给春香洗澡擦背，发现春香右膀后头长了一只绿豆大的瘊子，就用指肚捻了捻，说这东西碍事要割掉。春香解开大辫子，顺手拽下两根长头发递给富贵，说帮我扎掉。富贵捏住发丝，目光木棍一样直戳春香，一拍大腿，惊叫一声："老天啦，我晓得怎么扎了！"

第二天，富贵拣出一把上好的白麻往春香怀里一塞，春香停住手里的活问："做什么事？"

富贵说："搓麻索！"

春香问："纳鞋底？"

富贵说："骟牛！"

春香问："用麻索骟？"

富贵说："扎！"

春香问："怎么扎？"

富贵说："跟扎瘊子一样扎！"

春香问："牛那东西也像瘊子？"

富贵见春香闭着眼睛红着脸一问到底就有点儿不耐烦："叫你搓你就搓，要搓扎实，跟钢丝一样扎实，还要搓细，跟你头发丝一样细！"春香想不通，麻索和骟牛两个根本不搭界的事偏偏被富贵连在了一起。

民国三十七年四月二十八日，大陈庄大东家富贵要骟牛了！

"麦黄禾哥——麦黄禾哥——"一大早，富贵就被禾哥鸟叫醒。他拿出春香搓好的麻索，死劲拽了一下，手割得生痛，又朝从格子窗射进的阳光照了照，麻索打了几层蜡，亮亮的、黄黄的，像钢丝、像挂面，也像胡琴弦。富贵把那团麻索绕在反手的胳膊肘和虎口之间，绕完后又掂了掂，估摸长度够了就喊："春香，拿碗来，我要接牛卵。"

富贵从牛栏里牵出小水牯，小水牯扭头，朝大水沙"哞哞"地叫唤，不走。富贵用力一拽，差点就拉豁牛鼻儿。富贵把小水牯牵到大塘前沿的一棵大树下，这畜生跟着富贵越走越快，以为主人给它把水，喂它吃嫩草哩。

塘是大陈庄的当家塘，在村子南口。春天雨水多，清汪汪的塘水足有两人深。树是百年枫香树，树根铁爪一样抓进草地。富贵把牛拴在一根凸起的树桩上，从箩筐里一个个往外掏稻草疙。草是用温水浸泡过的，草疙里包着黄豆，黄豆也用温水浸泡过。富贵把草疙送到牛鼻子底下，自己好像也嗅到一阵阵香气。“奶奶的，今朝你比老子过年吃得还要好！”

小水牯头朝大塘，屁股紧挨枫香树，四颗牙齿磨一样悠悠地嚼着，白白的豆汁淌了下来，富贵用手接住又往牛唇边擦了擦，见小水牯吃得贪，富贵就点着了一堆草，草上架着马柴，马柴上架着铁火钳，尔后又转身向塘口走，“一、二、三、四……”富贵每走一步心里就默念一次。富贵从牛屁股到大塘口来回走了三趟，“嗯，三丈，就那么三丈”。在准确计算两间的距离后，富贵就用树杈在离塘口还有一个牛身的地方画了道杠杠，“这就是下牛卵的界了！”

小水牯正香喷喷地吃草，它想不到主人要让自己当牛太监了。

富贵把麻索一头在大枫树根茎上系死，索绳一圈圈盘在地上，另一头捏在手里，慢慢伸向小水牯后裆的卵袋。小水牯抖了一下屁股，胯子朝富贵张了张，“狗日的跟人一样也要摸呢！”富贵想起春香晚上不安分的手，裆里悬的那东西热乎乎地朝上翘了起来。他弯下腰，见四面无人，便在自个大胯根揪了一把。

富贵揉面团一样轻轻地揉，轻轻地摸。富贵觉得这粉红的袋袋温润、滑腻、硕大，和自己裆里那个一样又不一样。富贵一边摸，一边扎布袋口一样紧麻索。富贵摸一次，就轻轻地紧一次麻索，紧一次麻索就对小水牯说一句话。“小水牯呀小水牯，不是老子要让你断子绝孙，不骗你，不扎你，你能犁动我的大坂田吗？不把这家伙弄掉，你咋有劲干活？”富贵还是轻轻地揉，轻轻地摸，一丝丝，一毫毫慢慢地紧麻索，一句接一句说些小水牯听不懂的话。小水牯感觉自己的卵袋里有蚂蚁在搔痒痒，快活得直摇尾巴。渐渐地，麻索嵌进芝麻深了，嵌进黄豆深了，嵌进枣子深了，富贵紧了一个上昼，日头快照顶的时候，小水牯的卵袋慢慢地胀了起来，像鼓满气的红皮球就要爆炸了。

麻索把牛卵袋扎成小拇指粗的当口，小水牯向后踢了两脚，又仰起头朝天空哞了两声。“火候到了！”富贵解开拴在树桩上的牛鼻绳，迅速从柴火堆里拿起已经烧红的火钳，朝小水牯的卵袋死劲蜇去，“嗞——”一股蓝烟夹着糊焦味钻进富贵的鼻子，富贵不觉朝后退了几步。“哞——！”小水牯剧痛，飞身直往塘口狂奔，轰轰咚咚，四只蹄子扬起了一片片尘土。小水牯的卵袋拖着麻索，拖出一尺了，拖出一丈了，拖出两丈了。富贵看到了一团烟雾，烟雾里跳跃着簸箕大的牛屁股，屁股底下闪动着一只红气球。小水牯越跑越快，富贵的心也越跳越快。轰轰咚咚，轰轰咚咚，还剩三步，还剩两步，最后一步！就在小水牯前蹄凌空水面的眨眼间，富贵听到了一阵皮肉撕裂的声音。富贵两手往裤裆一捂，“哦”的一声倒在地上。

大陈庄大塘口，一只血红的肉皮囊在地上跳了两下。

富贵万万没想到，他的奇特的骗牛方式却改变了自己后来的命运。

那天，小水牯一头扎进大塘，大塘迸起五尺高的水柱，巨浪一层层直冲塘埂，“哗——哗——”到底还是畜生。小水牯没想到自己逃脱了，卵袋却丢在富贵划的杠杠上。“哞——哞——”它从塘沿冲上岸，镰刀一样的牛角直朝富贵顶来，富贵左边一闪，右边一闪，来回闪了几个回合，情急中一把勾上了大枫树。小水牯没顶到富贵，昂头直奔大陈庄，小水牯疯了！那天下午，疯牛小水牯用两角和四蹄血洗大陈庄。傍晚，大陈庄陈家祠堂大门前，长长短短地摆放着十一具尸体，富贵挨个磕头，磕了三天三夜，哭了三天三夜，“我是罪人！我赔！我赔！我倾家荡产也要赔！”

以后几十年，兽医富贵一直没忘记老族长拖着长长哭腔念契书的样子——

长工陈麻子获赔：畈田十一亩，瓦房三间。

短工陈二狗获赔：畈田三亩五分，瓦房二间。

陈驼子：畈田两亩八分，瓦房一间。

……

两年后，陈庄村搞土改，穷得两个卵子叮当响的富贵夹在人缝里乱窜。工作队队长一把拉过富贵说，富贵，你是贫农，又读过私塾，有文化，到乡里工作吧。富贵拢着袖子摇摇头，不干！队长又说到合作社工作？富贵还是摇摇头，不干！队长问那你想去哪块？富贵说我想去兽医站！队长问你去兽医站做什么事？富贵说我想学骟牛！

摸乎子

王建生，男，中共党员，本科学历，1981年入伍，1985年海军复员进入枞阳文化系统，现任职枞阳县文物管理所。自2007年始，主要从事枞阳历史文化研究。2009年与人合著《枞阳历史文化名人》一书，并任执行主编。2011年借调枞阳电视台，担任《枞川夜雨》栏目撰稿人。著有小说《摸乎子》、电影剧本《梅花落》等。爱好编导，并拍有微电影《姑姑》《谁的青春不受伤》《民兵也是兵》等。

自从那个天寒地冻的晚上钻进马金枝热乎乎的被窝，摸乎子刘老六有些日子没下河了。

一来马金枝不干，她说她男人就淹死在这条河里，她一到河边就像被人摘了心肝似的，痛得慌，就看到那死鬼的影子在她眼前晃来晃去。马金枝说这话的时候双臂紧紧箍住刘老六的腰，脸贴在他的胸口上眼里泪水打转，生怕一松手刘老六就撵着她死鬼男人去了。马金枝幽怨的声音，泪汪汪的眼神，还有三十来岁女人特有的风骚浪媚，再铁石心肠的男人见了心都得软。二来刘老六自己也觉得苦，冰天雪地的，身上片巾不挂，赤条条地泡在冰冷刺骨的河水里，皮都冻裂了，还要把命拎在手上，每次下河都跟在阎王面前走一遭似的，说不定哪天背时，就喂了王八。

刘老六天生就是干摸乎子的料，身子骨扎实，皮粗肉厚耐寒耐冻，人家待在冷水里二十分钟就冻僵了，他在水里浸一个小时都不哆嗦，一身皮肤像喝饱血的蝎子一样赤红发紫。叫刘老六不是他在家排行老六，他是孤儿，叫老六是因为他左手长了六根手指，摸乎子这行当里的人都叫他老六。干摸乎子巴不得一只手生十个指头，像耙子一样摸到鱼就逃不掉才好。他天生手掌宽大，又比别人多根指头，优势这就显现了，兴的时候一天能摸百十来斤，背的时候也能摸上十几二十斤，没人能超过他。

做摸乎子苦是苦点，但歇长了不下河，刘老六就觉得皮痒骨头胀浑身都不自在，身体里有一团烈火烤得他心烦气躁坐卧不安。马金枝躲在被窝里还直喊冷死了冷死了，他躺在马金枝身边，心是野的，脱光衣服赤条条在屋里走几个来回，最后还要舀瓢冷水从头到脚浇一遍才能安静。马金枝说他贱，贱人就这贱命。

刚近腊月，一场大雪铺天盖地而来，满世界被涂染得银光蜡白。河滩上的积雪像床大棉被，把大地捂了个严严实实，一脚下去就踩出个深深的大窟窿。

吃过中饭，刘老六趁马金枝出门有事，当机立断，下河。挑着鱼篓码柴，踏着厚厚的积雪来到河边。天倒是晴了，远处云垂青天，苍山覆雪，太阳也渐渐有了气焰，阳光照射在空旷的雪地上，白花花的，亮得有点割人眼睛。

河叫枞川河，春夏发水季节河面辽阔，有一两里宽，水深流急直通长江。冬天河水枯了，两岸露出宽阔的河床，只有十几丈宽的河面水流缓慢，而且浑浊不清，最深的地方也就一人多深，自己不想找死，安全还是有保障的。

天气不错。刘老六看着河中间缓缓流淌着的河水，心里估摸着要是运气好，今天能摸到几十斤鱼。干了十几年摸乎子，他识鱼性，知道什么天气鱼会出窝觅食，什么地方有鱼窝，什么样的水花下藏着什么样的鱼，他一眼就能看出来。

刘老六选了块低洼背风的地方，把地上的积雪铲起来围成个一丈方圆的圆圈，再插上五六根竹竿，挂上布帘子围成个没顶的窝棚，就蹲在地上支起码柴生起火来。

摸乎子有两种，一种是穿衣服下河的，外面穿一条胶皮做的又笨又肥的大裤子，下面用胶水烙铁粘上双胶靴，上面裤腰一直围到胸口，背上系个鱼篓，手里攥一把雪亮锋利的鱼叉，在河水里慢慢趟，一旦瞅准鱼放水花就猛力抛出鱼叉。这种摸乎子也要眼力，叉抛出去得又准又狠。但再有眼力，再锋利的叉，失手的时候也远远多于得手的时候，累死一天也只能叉个二三十斤，这还是好的，运气不济还有可能白忙活一场。刘老六这种摸乎子就不一样了，他们跟鱼一样，下河他们就是鱼，身上一丝不挂，什么工具都不需要，就靠一双眼，两只手，胯下夹个带网兜的鱼篓。当然更重要的是身体的感觉，这就是没穿衣服的好。冬天的鱼也怕冷，喜欢人身体散发的温度，喜欢在人两腿之间游来游去，游着游着就游进了裆下的鱼篓，多狡猾凶残的鱼都能抓到，没有空手的时候。

围个布帘子有几个好处，能挡风，方便生火取暖，也免得到河边洗衣洗菜的妇女们看见他们赤身露体难为情。摸乎子虽然是走江湖的，也不都是特别无耻的人，该正经的时候绝不假正经。

火渐渐旺了，跳跃闪烁，呼呼地抽出一尺来高的火苗。刘老六坐在码柴上一边烤火一边喝酒。干摸乎子得有些酒量，下水之前上岸之后都要喝几口，御寒去湿还能壮胆。

一喝酒，刘老六就想起了余老大。余老大有个绰号，叫鱼老鸹，比他长十三四岁。刘老六是本地汤沟人，鱼老鸹是邻县孔城镇的，那地方出摸乎子。当初鱼老鸹来到枞川河，十六七岁的刘老六一个人流落江湖，饥一顿饱一餐地混日子，是个没人疼的孩子。鱼老鸹见他是孤儿，起了怜悯之心，带他下河教他摸鱼识鱼性。刘老六爱琢磨事，自己也喜欢琢磨什么地形什么水流下有鱼，时间长了练出一手绝活，摸的鱼比鱼老鸹还多。春夏季节不能下河摸鱼，刘老六就住在鱼老鸹家里，帮鱼老鸹那个生产队干点庄稼活，到年底生产队也能分点口粮，算是有口热饭吃，有个安身之所。

鱼老鸹有家有室，老婆贤惠，两个女儿乖巧伶俐，模样清秀，不像鱼老鸹细眼短鼻的，笑都像哭。刘老六到鱼老鸹家时，大女儿桃花十一岁，小女儿梨花才八岁。鱼老鸹天天晚上酒足饭饱就喊，桃花啊，来给大大捶捶背。哎，来着——大女儿老远亲滴滴地答应一声，头上两根小辫子蹦蹦跳跳跟风一样跑到鱼老鸹身边。鱼老鸹乐得小眼眯成缝，满脸放红光。

刘老六小时候头上害过火疖子，留下点瘌痢，桃花给大大捶完背就领着梨花跟刘老六逗乐，拍着胖乎乎的小手唱："瘌痢瘌痢，抽筋剥皮，剥到肚脐，肚脐有个沟，剥到汤沟，汤沟有根线，剥到桐城县……"刘老六一点不恼，还傻呵呵地看着两个丫头笑。

眼看着两个丫头长大成人，桃红梨白地灿烂起来，刘老六再留在鱼老鸹家里有点不像话了，才出来单干，有时候也和鱼老鸹搭班下河。

鱼老鸹疼老婆疼女儿，自己喝便宜的酒，抽几分钱一包的烟，省着给老婆女儿添衣读书。人心里的牵挂一多活得就累。鱼老鸹四十多岁的人看上去有六十出头，身体还不好，摸乎子伤骨，大冷天泡在凉水里，上了年纪关节大都落下毛病，就像弹棉花的久了伤肺，雕章的久了伤气一样。当年那个叫鱼老鸹的在河里一个猛子下去半个钟头才换气的浪里白条，若家里缺钱，说声到河里走走，钱就来了，河就像是他家的钱袋子。现在是霜打的杨柳，蔫了，枯了，早就没了当初的气焰。

冬至那天，刘老六和鱼老鸹结伙下河，从河里爬上岸时，刘老六看鱼老鸹脸碧绿的，就知道他身体垮了吃不消了。鱼老鸹自己也明白，恐怕和刘老六一起下河的日子不多了，心里多了许多伤感。

老了，不行了。鱼老鸹坐在火堆前张开膀子烤火，胸膛像拉风箱一样“呼哧呼哧”喘气。比不过你年纪轻啊。

刘老六摘下头上的毛巾拧干，一边擦身一边拿起酒瓶“咕噜”喝了一大口，将酒瓶递给鱼老鸹说，你是累的，回去好好歇歇，等腊月再来，我保你没事。那时候的刘老六是一人吃饱全家不饿，有的吃就吃有的喝就喝，到哪都能倒头就睡，没心没肺也没许多烦心事。

鱼老鸹摇摇头说，不干了不干了，明年春天大女儿出嫁了，家里担子轻些就在家门口做点手边的活计，日子能过不就照了哇。现在还撑几年，等两个丫头都出来了，这辈子就算捞回来了。

鱼老鸹呷了口酒说，做了一辈子摸乎子，抓的鱼数都数不清了，这鱼也是一条命啦，抓太多是造孽哦。老六我跟你讲真的，这一向我老做梦，梦里都是鱼，财鱼鳜鱼鳊鱼，大鱼小鱼都拿眼睛滴溜圆地盯着我，看得我心里都发毛……不干了，不造孽了。

刘老六听了不吭声，这样的梦他也做过，不过他梦得最多的还是大白混子。他喜欢大白混子，大白混子在他胯下翻腾摆尾，肉墩墩的身体小手一样的尾巴轻轻触摸着他的下身，有一种他从来没有经历过的兴奋，丹田里就有一种磅礴之气喷薄欲出，所以他梦见大白混子的时候多，滚圆多肉、雪白干净，像年轻娘儿们的身子。这是他遇到马金枝，知道男女之间的那点事之后才恍然大悟的。

刘老六没跟鱼老鸹说自己的梦，鱼老鸹伤感起来话多，他插不进去。

黄狗子记得吧？摸了一生的鱼，吃了一生的鱼，临了让鱼给吃了，连副棺材都没睡上。鱼老鸹说，这是报应哩。

黄狗子也是孔城人，精明是精明，就是人狠心贪。摸乎子行当里有规矩，经常在水里讨生活，鱼太大了不能要，太大的鱼成精了，抓了你会死得很难看。刘老六听过螺蛳精、鲤鱼精的故事，大鱼会不会成精他不知道，不过太大的、超过人的心理承受底线的东西，人都对它有敬畏感，鱼也不例外。鱼小了也不能要，抓到小鱼要放回去，这是慈悲心，人没有了慈悲心就是畜生禽兽。年轻的时候，刘老六觉得鱼就是给人吃的，但后来他发现，鱼其实也有灵性，有感情，喜欢成双成对的不离不弃，一只被逮着了，另一只不肯走，总是在附近游来游去，一种生离死别的样子。黄狗子人贪，心就没了深浅，神鬼不敬，大鱼小鱼照单全收，拿鱼老鸹的话说是造孽太多了，最后死的时候尸身都没找到，都说是让鱼给吃了，鱼不尽是被人吃，吃起人来也不含糊，毛鳞、鳜鱼、财鱼都吃人。

一块出来干摸乎子，在江河里摸爬了许多年，黄狗子两年前就死了。我值了。鱼老鸹掂掂自己的鱼篓。再下几次河就不干了，把棺材本凑齐了了桩心事。唉，看这点鱼，怕买块棺材板都不够哩。

鱼老鸹揉揉眼睛说，我不知道我说清楚了没有？说清楚了。刘老六说。刘老六语拙无题心里却想着事，他抓过酒瓶一口气喝下半瓶，鱼老鸹的话听得他后背冷飕飕的，他要用酒温暖一下渐渐凉下去的血。

这时窝棚外突然传来女人悲悲切切的哭声。刘老六心里一凛，一口酒刚好堵在嗓子眼里，呛得他泪流满面，鼻涕口水横飞。操，鬼哭狼嚎的，吵得老子耳朵起茧，家里死人啦？刘老六有些醉了，开口骂了一句。

外面的哭声戛然而止，女人的抽泣声霎时变成河东狮吼。

老娘在哭我那死鬼男人，关你什么屁事啊？你个水里鬼，想给我男人做伴就早早投胎去啊？外面的女人异常凶悍。

嚯，还真是个寡妇！刘老六觉得败兴，吼道，去去去，滚一边去，别触了老子的霉头！

刘老六瘌痢头上冒火星子，火比码柴烧得还大，霍地站起身来，借着酒劲要赶那个女人走。

鱼老鸹赶紧劝他，随她去，你管她哭谁做什么事？回来回来。

刘老六不听，人已到了窝棚外。

河滩上一个三十来岁的女人脸很苍白，一脸怒容，叉腰站在那里，地上还摆着祭拜的酒菜。

女人见刘老六光着屁股走来，吓着了。臭不要脸的死瘌痢，你敢过来！她从来没见过这样一身铁铸铜浇像喝饱血的蝎子一样赤红发紫的皮肉，心慌意乱中抓起一块拳头大的鹅卵石，就听“噗”的一声响，正砸在刘老六的光脑壳上。刘老六一呆，血顺着鼻子流到嘴里，咸咸腥腥的，还有点温度。刘老六“哼”了一声，叉开六根手指在脸上抹了一把，眼前顿时血红一片。

这女人就是马金枝。

一阵风吹过，杨柳树上的积雪纷纷扬扬地飘散开来，落在烤热的脸上一片沁凉。刘老六解开衣服，用酒在身上搓了一遍，搓热下水就不会太冷，这是鱼老鸹教的，管用。

河边结了一层薄冰。接触到冰冷刺骨的河水，刘老六觉得皮肤像一层层被人拿刀揭下来似的，“咔咔”的冰冻碎裂声如同皮肤的撕裂声，清晰而有节奏。刘老六习惯了这种感觉，铁铸铜浇像喝饱血的蝎子一样赤红发紫的皮肉就是这样炼成的。风冷得有点割人，刘老六打了个寒战，佝偻身子抱着双臂一步步走向河中间。摸鱼不像冬泳，咬咬牙“扑腾”一声下水，比画几下就算完事。摸鱼动作要轻，水下常有锋利的石头、碗碴、铁丝头，搞不好剺得你皮开肉绽就是血光之灾，再说动静大了鱼也不傻，一旦惊走毛都摸不到一根。

马金枝要是看到他下河这样受罪，会吓个半死。马金枝虽然脾气烈，人是好人。刘老六想。事情有时候就这么奇怪，马金枝打破了他的脑袋他不记恨，没过几天他就又来到这片河滩，不是摸鱼，就是想再见见那个刚烈泼辣的女人。那天，刘老六在河滩整整转了一天，他隐约地能够觉着，他可能最好的东西就落在这儿，是什么他不太明白，他还没找到，但他知道它就在那儿，可以慢慢地去接近它，它可能比鱼老鸹，比大白混子跟他更贴心贴肺，但他不知道什么时候能找着。但他会一直找。他就像丢了魂似的满河滩漫无目的地乱跑，又冷又饿，手脚冻得渐渐失去知觉。

醒来的时候，刘老六发现自己躺在一床松软温暖厚实的棉被上。一盏昏黄的电灯发出黄澄澄的光亮。他觉得自己就像死过一回似的，浑身无力，又好像是在做梦，梦见了又白又肥的大白混子。他使劲闭上眼睛又睁开眼睛，感觉一下眼前究竟是真实场景还是在做梦。

死鬼到底是醒过来了！一个女人的声音，这声音他很熟悉，刚烈泼辣、噼里啪啦。

鸡香扑鼻。一碗鸡汤递到刘老六嘴边。打破你的头不是故意的，鸡汤算是补偿，不亏吧。昏黄灯光下，女人的面部轮廓虽然不那么清晰，但一脸秀气，看上去还很年轻，声音也温柔了许多。刘老六忙说不亏不亏，接过碗连肉带汤一口气吃个精光。

后来刘老六知道这个叫马金枝的女人结婚一年不到，男人就掉进河里淹死了，马金枝孤身一人靠裁缝手艺清苦过活，日子过得不容易。

风硬而凌厉，刮在光秃秃的杨树梢上发出凄婉哀绝的尖啸。刘老六慢慢走到齐胸深的水里，就感到有鱼在他胯下游，从尾巴大小和扫在他下身的分量他知道这是一条三四斤重的鲤鱼，他没动它，要是大白混子说不定就搂进鱼篓了。大白混子还不如青鲲肉质好，可他就是偏爱大白混子，那雪白干净的身子，胸腹带点水红的鱼鳍都很养眼，都让他兴奋。

那天晚上，刘老六被马金枝伺候着，心中五味杂陈翻腾不止。三十多岁了，没人这么伺候过他。他觉得马金枝有点像他母亲，他记不清母亲的样子，从小就想象着母亲也很干练也很泼辣，遇到马金枝，这种感觉越发强烈明白。人往往就有这种错觉，熟悉亲近的人有时候感觉就像自己的父母兄弟姐妹，一举一动都像。

那晚，外面正好下起了小雨，人不留人天留人。刘老六死活赖着不走，认为马金枝就是他想找的那东西，那东西叫什么他不知道，但他感觉到了温暖，就像鱼找到了自己的窝。冷雨敲窗，寒夜难眠。那晚他上了马金枝的大床。

刘老六缓缓沉进水底，水面现出一个旋涡。凭经验他知道前面河中间那堆乱石里肯定藏着一窝鳜鱼，鳜鱼味道鲜美本身金贵，价是别的鱼的两倍，腊月比平时卖的价格更高，一般人家都舍不得吃，有钱的也要留到过年，年夜饭桌子上摆碗鳜鱼，取大富大贵的意思，日子宽裕的人家愿意买也买得起。他今天就是奔这些鳜鱼来的。

那天和鱼老鸹分别后，鱼老鸹就真的感到身体不行了，不做摸乎子的鱼老鸹做家门口的生活时间也不长，棺材本儿没凑齐就病倒了。鱼老鸹托人带信说怕是过不了年了，闭眼前想跟刘老六见上一面。刘老六是重情分重信义的人，不是鱼老鸹他可能没有今天，自从听说鱼老鸹病倒了他就有了心事，鱼老鸹要求不高，就想死了能睡口棺材，比黄狗子死得值些、死得好看些。鱼老鸹待他像兄弟，也许更像父子，要死了总得让他死得心安吧。刘老六就想给鱼老鸹摸口棺材。

河中间那堆石头还是 1963 年发大水后修大闸留下的，被河水冲刷了十几年，春天发水季节看不到，冬天水枯了就露出水面，上面长满青苔，粘着许多螺蛳和亮晶晶的小贝壳，远远看上去像几十头卧在那里的江猪背脊。离石堆不到两里就是大闸，有懂风水的说这闸修得狠了点，说原先这里叫黑龙潭，有条黑龙头伸进了长江，尾巴还留在内河，眼看就成气候了，大闸“咔嚓”拦腰锁住了黑龙，龙困沙滩被虾戏啊。这黑龙成不了真神，一口冤气不得出就朝人撒野，每年都要收走一个人。枞川河边的人都拿它当笑话，虽然偶尔确有人在这里淹死，但死人的事是经常发生的，哪条河没淹死过人呢?

缓缓流动的河水遇到石堆迅速被分割成两股，就突然变得湍急起来，在石头上溅起一簇簇雪白的浪花。

石头附近最少有两条鳜鱼在暗中潜伏着。刘老六的绝活就是眼毒手快，看得准也拿得准。鳜鱼生性凶残喜欢吃荤，小鱼小虾是它们的盘中餐，这种水流下面小鱼小虾特别多，鳜鱼喜欢把窝安在这里，张口等待送上嘴的美食。刘老六小心翼翼地悄悄游了过去，从逆流的方向往回搜索。有小鱼在啃他的脚趾，还有几条小鱼轻轻擦着他的身边游过去又折回头，绕着他的大腿游了几圈。突然，他的腿上有一阵密密麻麻的轻微碰撞，像雨点打在身上的感觉，这是小鱼群发现情况不妙，惊慌失措地乱碰乱撞。终于等来了。刘老六心中一喜又有点紧张，鳜鱼背上生了十几根硬刺，根根锋利如锥，一不小心伤了手指还容易让它逃脱。

一条强壮有力的大尾巴扫在他的大腿上，旁若无人地追逐着鱼群。刘老六憋住一口气，突然闪电出手挟住鱼身，那鱼身子一溜往前猛窜，刚好钻进了刘老六裆下的鱼篓。

刘老六松了口气。只要瞅准了，手掌奇大又比别人多根指头的刘老六很少失手，这就是刘老六的牛气。刘老六浮出水面抹了把脸上的水珠，忽见前面水花四放，一条黑漆漆的大鳜鱼飞速逃离。刘老六心里暗叫一声，糟了。这条鱼被惊走，其他鱼就能得到消息，要不了多久所有的大鱼全都会逃得无影无踪。

刘老六知道再守在这里也是徒劳无功，便上岸回到窝棚。

窝棚里的柴堆烧成了白色炭烬，剩下两根还保留着火种。刘老六擦干身子，披上棉衣，朝柴堆上添了几根码柴。

对岸河滩上不知什么时候来了个小男孩，拿把比他人还高半截的大铁锹，“吭哧吭哧”地在堆雪人。刘老六拧开瓶盖喝了一口，看着男孩笨拙卖力地忙活不由笑了起来。这恐怕是最后一次下河了。刘老六想。生产队里的田已经分到各户，刘老六有力气，马金枝有手艺，不做摸乎子往后俩人也能好好过日子。再过一年半载，马金枝还会为他生个小瘌痢，会跟这孩子一样憨头憨脑的，讨人喜欢。刘老六想着以后甜蜜的日子，驱散了鱼老鸹给他带来的阴霾灰暗心情。

火又重新烧旺了起来，“哔哔剥剥”发出轻微的轰隆声，火光下刘老六赤红发紫的身体也像是被烧着似的。要是平时，刘老六烘暖了身子就该收拾东西灭火走人，可今天只抓了一条鳜鱼，明天见鱼老鸹空着两手他于心不忍。鱼老鸹的心事他懂，想见他也就是想他帮着筹办个棺材，只是话没说出口。他不想鱼老鸹眯着小眼用失望的眼神看着他。再说这回是背着马金枝偷偷下河，下次马金枝就提防了，不会再让他溜到河里摸鱼。他有点恋恋不舍这浑浑浊浊日夜流淌的河水，还有从他手边逃走的那条大鳜鱼也让他有点于心不甘，没有鱼能从他手里逃走，他愿意接受大鳜鱼的挑战。

刘老六整理了一下鱼篓，扔下棉袄又走到河边。太阳好像怕冷，渐渐蜷缩进云层，风也大了些，温度低了不少。

刘老六再次游到大石头堆边的时候特别惊奇，一个小鱼虾都没碰到，这说明这一块又来了大鳜鱼，小鱼虾一般不会惊走，小鱼虾只可能被鳜鱼吃了。果然，没多久有个黑漆漆的鱼影子朝他游来了，他张手以待，眨眼一条鳜鱼就进了篓子。刘老六心花怒放，篓子里沉甸甸的让他心里踏实许多。很快刘老六发现又游来一条鳜鱼，不对，是两条……刘老六有些吃惊了，片刻工夫他就抓了四五条二三斤的鳜鱼。今天这些鱼都疯了？哭着喊着往篓口上撞？懂了一辈子鱼的刘老六此时也不知道今天究竟是怎么了，平常狡猾凶残的鳜鱼今天全都成了傻子，就像等不及当盘子里的菜似的一条条往他鱼篓里钻，后面的鱼还前仆后继，一条接着一条给他抓，异常壮烈。他裆下的鱼篓快装满了，分量越来越沉，他游着都有些吃力。这时候又有一个黑漆漆的鱼影子朝他游了过来，我的天！刘老六差点喊出声来，这条鳜鱼的身影他一直惦记着，正是先前逃走的那条，起码有五六斤重！刘老六振作精神以逸待劳，他左等右等迟迟不肯上岸的原因就是在等它。做了十几年摸乎子，没有谁敢抓这么大的鳜鱼。水里的刘老六是英雄，英雄要的就是惊世骇俗。大鳜鱼来了，背上的硬鳍像张开的帆，在他身边慢腾腾地游了几个来回，又扭身走了，黄褐色花斑清晰可见。刘老六想算你运气好，老子鱼篓装满了不稀罕你了。但他心里还是有些失落。正打算上岸，那鱼像是存心的，又游了过来，远远地在刘老六周围转了一圈然后就不见了。你这贼头贼脑的家伙想作死啊！刘老六心里骂了一句，转身往回游。没游两步黑漆漆的鱼影子又来了，耀武扬威。

刘老六起了贪心，一个猛子扎下去隐在水底不动。大鳜鱼这次好像真的失去了警觉，慢腾腾地游到了刘老六身前，刘老六出手如风，宽大的手掌，十一根指头如钢似铁，像只大捞兜往前一拢，把大鳜鱼送进了鱼篓。

满载而归的刘老六往回游的时候全身已经没了力气，裆下的鱼篓就像坠着块千斤重的大石头，随后他感觉自己被篓子里的鱼拖着往水深流急的大闸口边游，越拖越远。他不知不觉在冰冷刺骨的冷水里待得太久了，赤红发紫像喝饱血的蝎子一样的皮肤泡得惨白，一点反抗的力气都使不上了。鳜鱼在水里力气出奇大，十几条鱼一起用力，一头牛都能拖得走。他伸手想解开腰间拴鱼篓的绳子，可手已经冻得麻木失去知觉，根本不听使唤。他被鱼拖到水底前的瞬间，头脑里突然出现许多鱼的眼睛，财鱼的、鳜鱼的、鳊鱼的，还有大白混子的，一个个瞪眼盯着他看。要收人了！他脑子里闪过最后一个念头……

风越来越大，空旷的雪地上，一地落叶。

对岸堆雪人的男孩停下忙碌，呆呆地看着河里，张开的嘴巴半天合不拢。

小龙，快回去，外面冷哩。男孩的妈妈找来了，催孩子回家。

妈妈，妈妈，刚才有个人在那洗冷水澡。男孩说。

别瞎讲，在哪？这么冷的天鬼才洗冷水澡。男孩子的妈妈顺着男孩手指的方向看去，河面浪花轻溅，安静如初。是水猴子吧？不是跟你讲过多少遍了吗，河里有水猴子专门拖小孩子，下回记着别一个人到河边耍了，噢！妈妈吓唬儿子。

哦。男孩子点点头神情恍惚，想不通人为啥会变成水猴子。

（本文发表于《安徽文学》2012 年 2 月号）

量 江 记

谢思球，1970 年生。安徽省作家协会第五届理事会理事，铜陵市作家协会副主席，枞阳县作家协会主席。在《诗刊》《星星诗刊》《安徽文学》等发表大量诗歌散文，散文作品收入《大家写安徽》等书。著有散文集《徽州女人》《文章之府老枞阳》《浮山览胜》和长篇小说《裙带当风》等。长篇小说《大泽乡》入选 2015 年度安徽省长篇小说精品工程，电视连续剧剧本《大明御史》获第三届安徽省影视剧本大赛创意剧本奖。

樊知古，字仲师……乘小舟载丝绳，维南岸，疾棹抵北岸，以度江之广狭。开宝三年，诣阙上书，言江南可取。

——《宋史·樊知古传》

一

我四十岁时才爱上一个女人，是的，这时间有点迟。可是，只要这是一场真爱，就算时间再迟点又有什么关系呢？我叫樊若水，一介书生，家住池州。本人也曾多次参加科考，可那玩意就像是鱼饵，你越追，它就扯得越远。我崇拜李白，索性弃了科考，买舟东下，到处游山玩水，追寻诗仙的踪迹。李白曾在铜陵五松山下筑室而居，“炉火照天地，红星乱紫烟。五松何清幽，胜境美沃洲。我宿五松下，寂寥无所欢。”说起来不怕人笑话，我也亲手在五松山下筑了一间草庐，经常到五松山顶，对江而咏，吟风弄月。尽管我还没有写出李白那样被人们传诵一时的诗篇，但是，我不着急，我对自己的才情很有信心。写诗这档子事，是需要酒来助兴的，我的酒还远远没喝到诗仙那个份上，等我喝够了，好诗自然而然就一挥而就。

说起我和未过门的娘子卫如琼的相识，还颇有点戏剧性。

一个天高气爽的秋天，我又来到五松山顶。山并不高，山顶有一棵古松，一干五枝，遒劲如龙。李白喜欢这里，就用这棵古松给山命名，这就是五松山的由来。躺在古松下的一块巨石上，我一口接一口地喝着葫芦里的酒。不远处，大江如练，江北，就是宋国赵家的江山。人站在山顶上和站在地面上的感觉是不一样的，特别这是诗仙李白伫立过的地方，我感觉天地顿时渺小了。什么江北江南，不如我手中这只酒葫芦；什么赵家李家，不如我樊若水做个仙家。自弃了科考后，我就成了一个爱胡思乱想的人，不像以前，心里老是惦记着那点鱼饵，把世界都落下了还不知道。不知不觉，我又喝多了，直到看见凤凰山矿场那边熊熊的炉火，我才知道天不知什么时候已经黑了。我赶紧起身，踉踉跄跄地下山。在山道上，我头重脚轻，一个跟头栽了下来，然后就什么也不知道了。

我醒来的时候，发现自己躺在一张床上。我打量了一下室内，几件破旧的家具，屋角摆着一架纺车。显然，这是一户农家。这时，我嗅到了一阵饭香，雕胡饭，一点不错，李白诗中写过的雕胡饭。

我精神一振，一挺身坐了起来。这时，一位漂亮的姑娘端着一碗香喷喷的雕胡饭走了进来。

我问道："姑娘，是你救了我吗？"

姑娘莞尔一笑，将饭碗快速地搁在我的床前，害羞地跑了出去。

过了一会，姑娘才在一位中年妇人的陪伴下，重新走了进来。我这才明白了事情的经过。原来，昨天晚上，我跌下山崖后，一直昏迷着。今天清晨，这位姑娘上山打柴，发现了我，就叫来她的母亲，就是那位中年妇人。两人费了好大的劲，才将昏迷的我弄到了她们的家中。

我赶紧起身行礼，谢谢母女俩的救命之恩。

姑娘说："快吃吧，饭都要凉了。"

我接连吃了两大碗。在我吃饭的时候，姑娘一直笑盈盈地看着我狼吞虎咽，我又累又饿，也顾不得许多斯文了。终于吃饱了，我抹了抹嘴，听见母女俩在窃窃私语，说下午去湖边采雕胡。

我迫不及待地说："我也要去。"

中年妇人说："先生你还是躺着吧，我和小女去就行了。"

"求求你们了，让我去吧，我想去看看，然后写首诗，李白都写了雕胡诗呢。"我生怕她们不带我，为了证明自己的身体已经恢复，我支撑着走了几步，并拍了拍胸脯。

姑娘望了望她的母亲，说："娘，就让这位先生和我们一道吧。"

姑娘名叫卫如琼，母亲姓范，父亲是矿上的一名炼炉工，一年四季总是很忙碌，难得回家一趟。雕胡，即菰米。菰就是后来人们所称的茭白。生于水中，秋天结实，采集回来，搓去外皮，扬净晒干，即成菰米。煮饭香味扑鼻，又软又糯，被先民列为"六谷"之一。李白《宿五松山下荀媪家》一诗写道："我宿五松下，寂寥无所欢。田家秋作苦，邻女夜春寒。跪进雕胡饭，月光明素盘。令人惭漂母，三谢不能餐。”一餐雕胡饭，李白一再辞谢，不忍进餐，这就是诗人的菩萨心肠。来到湖边，我们三人上了一艘小船，卫如琼在船首，范氏在船尾划船，我自然在船中间坐着。采雕胡的时候，卫如琼用镰刀割断菰穗，再由我负责装进一只布袋里。我们三人配合默契，很快就采集了满满一大袋。

卫如琼在船首忙活的时候，我目不转睛地看着她。她芳龄二八，身材窈窕，面带微笑。她是一个开心的姑娘，好像不知道世上还有烦恼二字。船到湖中央的时候，她唱起了本地的民歌：

一条丝线牵过河，
哥买梳子妹梳着。
千万丝线数不清，
条条丝线系妹心……

这显然是一首情歌，卫如琼的声音如出谷黄莺，这不免让我想入非非。实际上，我自第一眼看见这个姑娘后就爱上了她。此后的日子，每天早晨，只要我一睁开眼睛，就仿佛看见她披着秋天的暖阳，端着一碗香喷喷的雕胡饭向我走来。后来的情况你们也能猜得到了。回家后，我央求父母派人前去提亲，我的父亲当过县令，我家也勉强能算得上是官宦人家。一开始，卫如琼的父母嫌我年纪太大，怎么也不同意。但经不住我软磨硬泡，他们最终还是答应了这门亲事。直到我和卫如琼订下了婚书，我才松了一口气。我准备在明年春暖花开的时候，就将她娶过门。

订婚后的那段日子，卫如琼带着我游遍了五松山附近的山山水水。在我的一再要求下，她带着我来到了我的准岳丈所在的凤凰山金牛洞采矿场。到达矿场的时候，我被眼前的情景惊呆了。成千上万的人在山谷间紧张地忙碌着，一座座炼炉烈焰滚滚，火光冲天，滚烫的铜水被注入不同式样的陶范里。他们分工明确，采矿、选矿、冶炼、铸造、运输，紧张而有序。知道他们在生产什么吗？他们在日夜赶制着的不是别的东西，而是各种不同的兵器，有铜戈、矛、剑、箭矢……应有尽有，堆积如山。生产出来的兵器源源不断地被运到长江边上，通过水路运往各地。

他们称我的准岳丈为卫叔。卫叔是一名炼炉工，由于长期与铜打交道，他的皮肤也变成古铜色的了。我敢保证，要是敲敲的话，说不定也会发出类似青铜的声音。可我没敢那么做。当我和卫如琼手牵手地出现在卫叔面前时，他憨厚地笑了。

我终于问出了一个压抑已久的问题："卫叔，你们生产这么多兵器干什么？"

卫叔还是一名制剑高手，他正在打磨一把青铜剑，火星四溅。听了我的问题，他笑了，并没有停下手里的活。他说："这个问题不是很简单么，杀人啊。"

"杀人？你们辛辛苦苦地做这么多兵器就是为了杀人？"

卫叔这才抬起头来："贤婿，你真是个书呆子，不杀人做什么，不能当柴烧，也不能当饭吃。"他说得轻描淡写。

"谁买它们杀人呢？"

"这我就不知道了，有官家、有私人、有黑贩子，反正我们矿场里的兵器供不应求。"

"为什么要杀人呢？大家都平平安安地过日子不好吗？"

"贤婿，你要是没有什么事的话，就和如琼到湖里去采雕胡吧，多采点。"

显然，卫叔不想回答我这些奇怪的问题了。这么多兵器，要杀多少人啊。我又呆了。眼前那些堆积如山的兵器，突然变成了堆积如山的尸体。他们并没有彻底死去，而是在挣扎着、号叫着。我愣了，向那座高高的尸山走去。要不是卫如琼一把将我拉开了，我恐怕也要变成那些尸体中的一员。

世间为什么总有人要杀人呢？男婚女嫁，男耕女织，多好。我想了三天三夜，终于想明白了。有些人之所以要杀人，无非是一个“夺”字。夺人土地，夺人钱财，夺人妻女，夺人心，都要杀人。有杀人者，就有反抗者，复仇者，就要杀更多的人。如此，所谓历史，不过是杀人或被杀。想明白了这层道理，我突然感到周身寒冷，冷得直打哆嗦，人好像掉进了冰窟里。卫如琼紧张地抱着我，问我怎么了。我只有拼命地喝酒，好压住那股从骨头缝里冒出来的寒意。

二

就像历史上那些经典的爱情都要历尽磨难一样，没想到，这种劫难也降临到了我们头上，我和卫如琼突然迎来了生离死别。

一天，我正待在池州的家中，突然接到了岳丈家派人捎来的紧急口信，让我迅速到他家去一趟。从来人惋惜的语气和讳莫如深的神情上推测，我预感到发生了什么不祥的事情。果然，等我到达五松山下的岳父家时，家里一片狼藉，岳母在放声大哭，卫叔蹲在地上，一声不响地在吧嗒着旱烟。他们家的桌上，摆着一匹崭新的绸缎。这是怎么回事？

我大叫道：“卫如琼呢？”岳母用更加响亮的哭声回答了我。

我差点要急疯了，跑遍了房内房外，一边跑一边大叫着：“卫如琼，卫如琼……”人不见了，我差不多要哭了。

这时，卫叔走到了我的身边，说："贤婿，不不，樊先生，对不起，你做不成我的女婿了。"

我瞪着血红的眼睛大吼道："卫如琼呢，到底发生了什么事？"

卫叔这才吞吞吐吐地向我说出了事情的经过。原来，今天清晨，卫如琼在江边浣衣时，被巡江的南唐大将军皇甫继勋看见了，说正为皇帝征召三千宫娥，不顾她的反抗，将她强行拉入船舱，送到金陵皇宫去了。被征宫娥的家庭，都会得到一匹锦缎。

原来如此。我再次望了望桌上的锦缎，不禁打了一个哆嗦，我心爱的女人，就只值一匹锦缎吗？那些有权有势的人，总喜欢用银子和物质来衡量一切。我愤怒地冲上去，就像撕碎一张纸那样，将那匹锦缎撕成了碎片。

南唐皇帝李煜征召宫娥，按惯例，也只能征召待字闺中的女子，有婚约和已婚的女人都不在征召之列。肯定是那个该死的皇甫继勋发现卫如琼长得漂亮，一心想着将她抢去献给皇上，以讨欢心，还管什么婚约不婚约呢。

我疯了一般来到江边卫如琼经常浣衣的地方。几件衣服散乱在地上，一只木盆，一只棒槌弃在水边。这些东西我太熟悉了，它们都是卫如琼的。我对着江面大声地叫着："卫如琼，卫如琼……"直到把嗓子都喊哑了。我坐在江边放声大哭，江水滚滚东去，没有谁能安慰我内心的忧伤。

说不清有多少次，我曾静静地坐在脚下的这块山崖上，看着卫如琼在江边浣衣。有人说梳妆时的女人最美，我不这么认为，我认为浣衣时的女人最美。藕白的手臂，低头弄水的姿势，被江风吹乱的头发，乒乒乓乓的捶衣声，还有什么比此时的女人更迷人呢。多少次，我呆呆地看着浣衣的卫如琼，她那么一洗一洗，就把我的野心和浮躁都洗没了，我就心如止水，什么也不想了，就想和她一心一意过着自己的小日子。可是，我现在却恨死这条江了，要是没有它，皇甫继勋怎么会乘战船巡游，又怎么会在这里发现了浣衣的卫如琼呢？

我的天地瞬时塌了。哭过之后，迎着猎猎的江风，我开始认真思考该怎么办。我当然不会就此罢休。一个诗人要是为了一个女人，那是什么事都能干得出来的。所以，宁可去惹一只老虎，也不要去惹一个诗人。我当然是个诗人，一个李白式的大诗人。我要让李煜和皇甫继勋付出代价，惹我的女人，他们一定会后悔莫及。经过仔细思考，我决定到金陵去，去寻找我的女人，哪怕她被深藏在皇宫里。

当务之急，我要和卫如琼见上一面，看看她的境况如何。要想在皇宫里见一个女人，谈何容易。可这个问题难不倒我，诗人总是充满想象力的。

我有个乡邻叫小六子，因为他的左手有六个手指，就得了这个外号，真名倒没有几个人记得了。小六子家里穷，为了生存，几年前，他到宫里去做了太监。我的家境好，当年，这小子我没少接济他，去找找他说不定会帮上忙的。到了金陵，我在皇宫外太监们经常出没的地方打探小六子的消息。果然，我打听出来了，听太监们说，这家伙现在不得了，是皇帝李煜跟前的红人，这真是一个好消息。听说没有了男根的太监也是分等级的，这实在是太有趣了，我们有这个传统。这样下去，总有一天，街上的狗也会分等级的。不过，我巴不得小六子的官做得越大越好，这样，他要给我帮忙就会更加方便。这就是等级的好处。

在脂粉街一家名叫红粉妆园的百年老店里，我终于见到了小六子，他经常到这里来给宫里的娘娘和妃子们买脂粉。能得到女人们信任的男人都不简单，哪怕他没有了男根。第一次看见小六子出场的时候，我被他的气势吓了一跳。一台八人抬的大轿在红粉妆园门口停了，掌柜的赔着笑脸点头哈腰地迎了上去，一群太监簇拥在轿子的四周，店里的客人早被赶光了，我也只能远远地挤在人群中观看。已养得又白又胖的小六子手持拂尘，慢腾腾地下了轿。过了大半天，等他买好脂粉再次出来的时候，我叫了一声小六子，他听见了，在人群中认出了我。

事情进展得还算顺利。小六子将我带进了店内，我也顾不得诗人的尊严了，“扑通”一声就向他跪下了，将事情的原委告诉了他。我只求他为我办一件事，就是设法将卫如琼带出来，让我和她见上一面。

在我说话的时候，小六子的眉拧得越来越紧，脸上的脂粉都被挤得掉了下来。等我说完的时候，他尖着嗓子说：“你这是杀头的大罪，宫女是不能出宫的，她们一旦进了宫，就没有再出去的理，你是读书人，不知道有这么一句诗么，‘白头宫女在，闲坐说玄宗’。”就是说，她们只能老死在宫里。

他的话太可怕了。我将脑袋在地面上碰得砰砰地响，反复哀求道：“求求六爷帮忙，求求六爷帮忙……”

还是当年我接济过他的那些白面馒头起了作用，这家伙还算是良心未泯，他无奈地叹了一口气，让我在脂粉街住下，等他的通知。

三天后，我终于等到了小六子的通知，他安排我和卫如琼在红粉妆园二楼的一间密室里会面。我早早地就到了，紧张地注视着楼下的动静。终于，小六子又带着几名太监买脂粉来了，我发现他身边的一名小太监有点异样，果然，她就是太监装扮的卫如琼！小六子果然不简单，他再也不是那个身披破棉袄腰扎草绳蹲在我家屋檐下吸溜着两条黄龙鼻涕的穷小子了。小六子将卫如琼带上了楼，他一把将她推进了密室，对我说：“你们只有半个时辰。”

卫如琼一进门就开始哭，我们紧紧地抱在一起，因为紧张和兴奋，我俩的身体都像筛糠一般地颤抖着，就好像已经分别了好多年。我在她的身上胡乱地摸着，摸她的鼻子、脸、头发、手、胳膊、后背，还好，除了瘦了点，一样没缺，我的心里这才踏实了些。自她被强征入宫，我整天胡思乱想，担心他们不知将她怎样折腾。

“樊哥，真没想到还能见到你。”

“他们没将你怎么样吧，有人欺负你吗？”

“樊哥，没有，这次被征的有三千宫女，皇上就算看也看不过来，况且这阵子他迷上了小周后。”

我好奇地问道：“皇帝长什么样？”

“他不过是个病秧子，整日里就晓得喝酒、填词，让我们唱。樊哥，宫里太闷了，不是人待的地方，连哼气都不敢大声儿，呜呜，我想回家……”

我诗人的豪气又上来了，拍了拍胸脯说：“我就是来接你回家的，不过，不是今天。”

“呜呜呜……”

这时，小六子像个鬼魅一般地闪了进来，一把拉起卫如琼的手说：“时间到了。”

“求求你，六爷，再通融一会儿。”

“不行，这是杀头的大罪，回家重新找个媳妇儿，断了这念想吧，我们走了。”他像个仙人一般将拂尘轻轻一扫，就将我和卫如琼扫开了。

“呜呜呜……”

我冲到卫如琼身边，在她的耳边坚定地说：“如琼，你要好好活着啊，我一定要将你弄出宫去，一定，我这辈子非你不娶，你一定要等着我啊！”

卫如琼的嘴里不断地哼哼着，把一个小东西塞进了我手心里。等小六子带着她走远了，我朝手心里一看，原来是一枚人面纹铜饰，上面串着一根红丝线。这枚铜饰是她平时戴在脖子上的，是个平安符。我明白她的意思，将它送给我，就是希望我平平安安的，就像她陪在我的身边一样。自己就待在狼窝里，还考虑到我的安危，多好的女人啊。

三

我向卫如琼夸下海口，发誓要将她弄出宫去，实际上，我毫无办法。不说我不过是个普通的书生，就是再大的官儿，要想从皇宫里弄一个宫娥出来，也不是件容易的事。日子在一天天地重复，我万念俱灰，这辈子要是不能和卫如琼团圆，我也不想活了。人一旦抱定了必死之心，就没有什么可怕的了。我决定破罐子破摔，就是拼着这条性命不要，也要做最后的努力。

冤有头，债有主。将卫如琼强召入宫的是南唐大将军皇甫继勋。这个狗娘养的，屁本事没有，不过是仗着父亲皇甫晖为国战死，恩荫袭职，这才得了大将军之位。近几年，江北的宋军先后灭了荆南、后蜀、南汉几个小国，正对南唐虎视眈眈。他们已陷入了包围之中，不过是凭着长江天险，暂得一时之安。可笑的是，南唐君臣看不清当前形势，仍歌舞升平，醉生梦死。身为权重一方的大将军，为讨皇帝的欢心，竟然带着士兵到处强征宫娥，将我心爱的女人掳入宫中，我不找他找谁？

我来到卫叔的矿场，在热火朝天的冶炼炉边找到了他，他仍在打制着青铜剑，他的剑总是打不完。

我对卫叔说：“我需要一把好剑。”

“你要剑干什么？”

“剑还能干什么呢，当然是杀人。”

“你要杀谁?”

“这你就不用管了，反正是杀该杀之人。”

让人啼笑皆非的是，就在前不久，我和卫如琼第一次来到卫叔的矿场时，我也问过他今天问我的类似问题。那时，我还非常不解，为什么世间总有人要买兵器杀人呢？没想到，我也很快成了这样的人。

卫叔这才停下了手里的活，拍着我的肩膀说：“贤婿，我仍叫你贤婿，你不要干傻事，叔知道你喜欢如琼，可人都是有命的……”

我打断他的话说：“我不信命。”

“贤婿，不信命的人是要吃大亏的!”

“只要接回卫如琼，就算吃再大的亏我也不怕。”

我看到卫叔的眼圈红了，他使劲眨巴着眼睛，不让泪水流下来。他说：“贤婿，不行，我今天不能给你剑。”

“卫叔，不是给，是买，我有银子。”

“有银子我也不能卖给你。”

我执拗地说：“你不卖给我，我今天就不走了!”

我们僵持了一个时辰，卫叔还是让步了，他在剑堆里左挑右挑，挑了一把好剑，递给了我。临走时，他对我说：“贤婿，记住了，千万不能杀人啊，天下杀人的人都没有好下场。”他的泪水滚落到刚出炉的铜剑上，化作了一阵轻烟。

我又来到金陵，在皇甫继勋的大将军府门口等着，我要和他理论，为什么要抢我的女人。我很快等到了他，一天早晨，将军府府门大开，一个将军模样的人，腰悬长剑，气宇轩昂地走出了府门，身后，跟着一大群护卫。他正要跨上由下人牵过来的那头大白马，我及时地从街角冲了上去，大叫道：“皇甫继勋，请留步!”

皇甫继勋显然没有料到我的出现，更没有料到竟然有人敢在众目睽睽之下直呼其名。他恼怒地望着我问道："你是何方狂人?"

这就是我的仇人，瞧他模样长得也还算周正，体格高大，虎背熊腰，不愧是名将之后。谁能知道，他光鲜的外表下却有着蛇蝎般的心肠呢。

刀枪剑戟各种兵器瞬间对准了我。我料想，这些兵器有可能是从卫叔的矿场里出来的，说不定其中还有他亲手所制。

我大声地问道："皇甫继勋，你前几天为什么从江边抢走了我的女人?"

他哈哈大笑说："本将军这些天抢的女人太多了，怎么记得哪个是你的。"

"你为皇上征选宫娥，为什么将与我有婚约的娘子强掳入宫，我要告你!"

"与你有婚约？这个本将军倒不知道了，口说无凭。"

"我有婚书在此。"说着，我将我与卫如琼的婚书从怀里拿了出来。

皇甫继勋示意下人将我的婚书拿了过去。他拿到手后，看也不看，横一道，竖一道，再横一道，竖一道，如是重复，将婚书撕成了碎片。我冲上去要阻止他，可被他的手下拦得死死的，根本无法靠近。

皇甫继勋将撕碎的婚书随手一抛，红色的碎片纷纷扬扬，在空中翻了几个跟头，像血一样粘在了地上。他轻轻地拍了拍手，昂着头说："还有证据吗?"

"皇甫继勋，你这个孙子，老子要杀了你!"说着，我抽出长剑，冲上去就要和他拼命。

他的手下仍在拦着我。他说："放开他，让他过来，本将军今天手痒，正好练练手。"

我冲上前去，一剑刺向他的胸膛。没想到，他身子一闪，一推，我就扑通一声摔倒在地上，正好趴在婚书的碎片上。他的手下大声喝彩起来："大将军威武，大将军威武……"

我爬了起来，刚站稳，他的扫堂腿就到了，我立足未稳，再次摔倒在地上。周围的人大声哄笑起来。皇甫继勋一脚踏在我的胸脯上说："今天本来要宰了你，本将军要上朝去，不能让你这个酒鬼的污血弄脏了朝服。"

这时，他的大白马哗哗地撒起尿来，皇甫继勋说："快，快接上。"他的手下迅速拿来一只木盆，接了大半盆子尿。他说："这位先生既然找上门来了，咱也不能失了礼数，怎么着也要上盏茶。"他的手下心领神会，将我按住了，强灌了我几大口马尿，然后，将剩下的劈头盖脸地倒在我的头上。皇甫继勋这才满意地哈哈大笑，跨上白马，扬长而去。

我大叫道："皇甫继勋你个龟孙子，我樊若水一定要杀了你！"

我懊恼极了，恨自己如此无用，我怎么杀得了他呢，我连他一根汗毛也动不了。这次寻仇，让我颜面尽失不说，还把我和卫如琼的婚书搭进去了。这婚书可是我和她婚姻关系的凭证，让皇甫继勋给撕了，这可如何是好？

我又困又乏，幸好有酒，酒真是个好东西，他能让你忘记许多烦恼，尽管是暂时性的。可是，没有这种暂时性的遗忘，你就过不了这个坎。我在一家小酒馆里喝得昏天黑地，然后一觉长睡。三天后，店里的伙计说我睡了三天，我醒来了，思考着下一步该怎么办。

我决定索性去见李煜，不就是个皇帝吗，卫如琼说他是个病秧子，有什么好怕的呢，我连死都不怕。李煜好酒好词，当然，也好色，他好歹也算个文人，我也是个文人，文人和文人，应该会有些共同语言吧。他有三宫六院，有大周后小周后，那么多娘娘妃子，这次又召了三千宫娥，难道他还会在乎少那么一个，就不能大方一点，将卫如琼还给我？

也许我可以争取一下，对，我要和他长谈一次。

别看皇宫那么大，要找到皇帝并不难。我就在御花园里守株待兔。一个秋高气爽的日子，我第四次翻越宫墙，进入御花园，碰碰运气。这次我的运气果然很好。草坪上，上百个宫娥在放风筝，卫如琼并不在内。可是，皇帝在哪呢？有皇帝的地方必有太监。果然，我在那边通向一座凉亭的走道上，发现了好几个木然而立的太监。李煜肯定在那边。我悄悄地靠近亭子。很快，我听到了吟词的声音："花明月黯笼轻雾，今宵好向郎边去。刬袜步香阶，手提金缕鞋……"一个女孩打断了他的话说："皇上，别念了别念了，羞死人了，我们放风筝去吧。"

哼，以为我不知道，不就是写小周后出来和他幽会吗，需要这么大张旗鼓地宣扬么。不用说，刚才那说话的女子就是传说中惊为天人的小周后了。她长得再漂亮我也不感兴趣，我只要寻回我的卫如琼。机会难得，我疾走几步，迅速站到了走道上。

"草民樊若水参见皇上，草民有事禀奏。"毕竟是皇帝，该客气时还要客气点，况且我还有求于他。

"你是何人，怎么进了皇宫禁地?"

这时，草坪上的宫女们听见了这边的动静，都围拢了过来。我一抬头，面前站着身着黄色龙袍的病秧子，他的身边，侍立着一位身穿锦服、如花似玉的妙龄女子，一副小鸟依人的模样。我在太监中还一眼瞥见了小六子，他急得抓耳挠腮。

再不说就没有机会了。"皇上，皇甫继勋前几天在江边将我已有婚约的娘子强掳入宫，草民请求圣上高抬贵手……"

"放肆，皇甫将军是那样的人吗？朕的女人哪一个不是自愿入宫的?"他对着围拢过来的宫女们说："你们说说，你们谁不是自愿的?"宫女们果然很配合地说："奴婢们都是自愿的。"

他显然生气了。谁怕谁啊，我也早憋了一肚子气呢，不能失了一个诗人的颜面。我挺了挺腰杆，大声说："圣上，我和娘子确有婚约。"

"普天之下，莫非王土；率土之滨，莫非王臣。这天下的女子，都是朕的女人，朕要宠幸谁就宠幸谁！"

听听，这叫什么话，穿了龙袍的人，果然就不说人话了。咦，不刺激刺激他，他还把自己当成一统天下的秦始皇了呢。我说："请问圣上，这天下的女子，也包括江北的吗？"

一提"江北"两个字，病秧子马上变了脸色，如同大白天见到了活鬼一般，用哆嗦着的手指指着我说："拉……拉下去，乱棍打死！"

小六子疾步上前说："禀圣上，今天小周后生日，不能现血光之灾。"

那乱棍打出宫去！

我挨了一顿棍棒，被轰出了御花园。今天要不是小六子，我就没命了。得罪了皇甫继勋，惹恼了李煜，卫如琼就更加难以出宫了。事情越办越糟，难怪古人说，百无一用是书生。虽然卫如琼说她现在没事，可是，一想到我心爱的女人总有一天会被这个病秧子宠幸，或者，她一辈子甚至连被宠幸的机会都没有，我就痛苦得喘不过气来。既然连自己爱着的女人都保护不了，我活着还有什么意思呢，干脆自行了断算了。我来到了江边的羊山矶。

羊山矶由多座低矮的山峦相连组成，远眺矶峰，似奋羊跃江，因而得名。此处江流狭窄，弯陡流急，倒是观江览胜的好地方。以前，我和卫如琼常常登上矶头，数着长江里来来往往的船只，看谁看得远，数得多。那真是一段快乐的时光，有恍若隔世之感。来到羊山矶上，江中来来往往的船只如旧，可是，还有谁再来我和一起，去数那些归帆呢。

羊山矶啊羊山矶，你不过是一只羊，怎么能跃过这长江呢？既然不能跃过长江，就像我樊若水一样，跃入江中魂归江水吧。

站在矶头，我对着金陵的方向大喊一声：“卫如琼，我的娘子，我们来世再见吧!”然后闭上眼睛，纵身一跃。我的耳边全是“呜呜”的风声，我看见鬼神在空中向我招手了。

我的身子在松树上弹了几弹，“扑通”一声落入江中，我感觉自己并没有下沉，而是被什么东西兜住了。

我听见有人骂道：“死鬼，寻死也不找个地方，把鱼吓得全跑光了。”

我看了看四周，唉，没想到我落进了一个老妇人的罾网中。老妇人拿起一个鱼兜子，兜住了我的脑袋，将我从罾网中拖了出来。

“原来是一个酒鬼。”老妇人嗅出了我满身酒气，继续唠叨道，“瞧你也不缺胳膊少腿的，怎么寻死呢?”

我浑身是水，哭丧着脸说：“女人被人抢了。”

“被哪个抢了？报官啊。”

“被皇甫继勋大将军作为宫女抢进皇宫了。”

“皇宫里好啊，吃香的喝辣的，我这老婆子想进去他们还不收呢，跟着你这酒鬼有什么好，为一个女人去寻死，没出息，别脏了这江水。”

“我活不下去了……”

“那边的草棚里还有一碗鱼汤，两只窝头，是我老婆子的中餐，上岸去吃了吧，吃了再想想办法。怎么着也不能寻死，好死不如赖活着，皇帝轮流做，说不定你的女人哪天就出来了呢。”

老妇人的话让我吃了一惊。皇帝轮流做，对啊，皇帝大多是短命的，他们绝对没有一个诗人活得长久，况且他李煜还是一个病秧子。

我还是不能死。

四

扳罾老妪的话提醒了我，只要李煜做不成皇帝，我的女人就有出宫的可能，我怎么忽视了这道辙呢？南唐君昏臣贪，国势日衰，民不聊生，之所以苟存到今天，完全是依仗了眼前的这条大江。宋军水师薄弱，暂时尚不能和南唐水师抗衡，宋军主力苦于被大江所阻，有力无处使，只要越过长江天险，登上江南的土地，金陵就门户大开，南唐绝没有不亡的理。

为考察长江地势，我特地弄了一条小船，装成渔人，在江面上来来回回地跑着，苦思着引宋军过江之策。我说过，我是一个爱乱想的人。一天，我又登上了羊山矶，望着五松山下波光粼粼的湖水，我想起了和卫如琼在湖里采雕胡的情景，我的耳畔又响起了她那悦耳动听的情歌："一条丝线牵过河，哥买梳子妹梳着。千万丝线数不清，条条丝线系妹心……"

一条丝线牵过河，两条丝线不就可以搭一座浮桥了吗？卫如琼的歌声无意间提醒了我。我茅塞顿开，一个神奇的念头电光火石般闯进了我的脑海，在江面上搭浮桥引宋军过江！搭桥的地点就选在羊山矶。我反复目测过了，此处江面最窄，是搭桥的最佳选地。

毕竟是一条江，即使是要在它最狭窄的地方搭一座浮桥，也是一项浩大的工程，史上从来没有人这么做过。我现在要做的第一件事，就是要弄清羊山矶江面的宽度，这需要丈量。如何量江呢？这难不倒我，卫如琼的歌声中都已经唱到了，当然，用丝线不行，要用丝绳。

我有点感慨，原来冥冥之中一切早已注定。我投奔宋国引宋军过江，肯定会为人所不齿，即使我有再充分的理由，在他人眼里，怎么说我都是一个奸细。没有人会相信我是为了一个女人，他们会说我卖国求荣。说不定还会有更无耻的人，说我用一个女人做遮羞布，不过是为了一顶官帽。这些都是意料之中的事，可我管不了那么多了，我只想寻回自己的女人，过我们的小日子，这也有错吗？况且我已经同他们商量过了，没有人理我，换来的只是一场接一场的羞辱。

我今生的理想，本来是要做一个李白那样的诗人的，而现实是无情的，现实不要我写诗，而要我做一个疯子。因为只有疯子才会去想丈量一条茫茫大江。量江和搭桥是一项大工程，可能耗时日久，在将这项宏伟的计划付诸行动之前，我打算再去见一下卫如琼。

在金陵的红粉妆园，我再次等到了小六子，再次向他提出了要和卫如琼见一面的要求。没想到，听了我的话，这家伙连眼皮子也没抬，冷冷地拒绝说："洒家和你的情义已经尽了。"

我知道，上次在御花园幸亏他救了我一命，这救命之恩，与早年我接济过他的那点情义相比，孰轻孰重，就是个傻子也会分得清清楚楚的。

小六子正在打量一盒香粉，他将粉盒对着我一吹，一股香粉扑面而来，迷得我眼睛都睁不开，脸上沾满了粉末。

"若水，你怎么还是这么糊涂啊？天堂有路你不走，地狱无门你自寻，你这是杀头的大罪，洒家帮不了你。"

小六子刚才说我们的情义已尽，他的话明显是有弦外之音的，意思是说，再找我办事，就要付出代价了。幸好我有备而来，我将一张银票塞进他的手心里，哀求说："求求六爷帮忙，来世我给你做牛做马。"

"洒家不缺银子。"小六子对着我的眼睛又吹了一口气说，"哎，你这都是让女人迷了眼啦。"

虽然我有求于他，但也不能失了一个诗人的尊严。我回道："六爷，你知道被一个女人迷了眼是件多么幸福的事吗？"

"若水，怎么说话呢？"小六子显然有些不悦了，"把洒家惹恼了，洒家动动小指头就能要你俩的狗命。"

"六爷，我算是看出来了，这年头，要人一命根本不是本事，因为把心一横，谁都能干得出来；真正的本事是救人一命，这救命比要命难得多了。比如现在，你六爷就是在救我和卫如琼两条人命。"

小六子这才找到了成就感，冷冷地哼了一声。他将银票悄悄塞进了袖子里，装作无奈地摇了摇头说："好吧，洒家就索性再犯一回错误，说好了，这是最后一次。"

第二天，我在密室里再一次和太监装扮的卫如琼见了面。一进门，她就急切地问道："樊哥，这次是来带我回家的吗？"

"我……对不起，如琼，不是这次，不过快了。"

"哎。"卫如琼黯然失色，刚来时的欢喜劲化作了泡影。

"如琼，你听我说，我这次来就是要特地告诉你，我正在着手实施一项宏大的计划，这个计划的核心就是救你出去。事情有点多，时间可能有点长，你要有耐心。"

卫如琼的眼睛又重新亮了起来："行，只要能跟你一道回家，多久我都能等。不过，具体要等到什么时候啊，总得有一个时间吧？"

"明年秋天。就在明年秋天，我一定能救你出去。"

"太好了，樊哥，这时间并不太长嘛。到时，我要和你一起去采雕胡，一起去数江面上的归帆，一起去凤凰山看牡丹……我还要……嗯，给你生个孩子。"

我抱紧了她，拍着她的后背说："如琼，相信我，你的这些想法明年都会实现。"

“我的天，还生孩子呢，气死洒家了，时间到了，快走快走！”小六子闪了进来，又一把将卫如琼拉走了。

这次见面，更加坚定了我实施量江计划的信心，我决定加快步伐，认真考虑好每一个细节，确保万无一失。因为任何一点疏漏，都可能会带来不可估量的损失，真要那样，我和卫如琼可能只有到阴间去见面了。

第一步是丈量江面的宽度。

我采购了很多丝绳，一圈一圈地盘在船舱中，准备量江。一次丈量得出的数字可能不一定准确，我准备丈量三次，得出一个平均数。我估摸着，就算我划船的速度再快，从江南划到江北，少说也要一个时辰。这不仅是件技术活，还是项体力活，我肩头的担子可不轻。可再大的困难我也不怕，只要一想到正在皇宫里日盼夜望的卫如琼，我就浑身充满了力量。

一天午时，趁着羊山矶江边无人，我悄悄地来到了矶下。我一身普通渔民打扮，船上放着张渔网，虽说南北对峙多年，渔民打鱼的自由还是有的。我在一棵松树上系好了丝绳，然后奋力划动小船，向江北驰去。随着小船的前行，丝绳自动潜入水中，神不知鬼不觉。我越划越快，半个时辰不到，就到了江心。

就在我暗暗高兴的时候，一艘货船扬着风帆，即将从我身后已经丈量过的江面上行驶过去。丝绳漂在水面上，船只经过丝绳，船舵很可能会将丝绳挂住，并将它拉断。但我无计可施，总不能阻止人家在江上行船吧，况且，我量江的事目前还是保密的，不能对任何人透露。果然，我担心的事情发生了，货船过后，水中的丝绳被拉断了。第一次量江就这样宣告失败。

我不得不认真考虑江上来往船只的问题。从江南到江北，量江一次最快也要一个时辰。这一个时辰之内，丝绳所在的江面上不能过船，否则，丝绳十有八九会被扯断。这偌大的长江，不管是白天还是晚上，大大小小的船只往来如梭，不要说一个时辰，就是半个时辰之内没有船只经过也不可能。这就是说，正常情况下，我根本没有机会用丝绳量江。

我在思考着，这江面上什么时候可能会没有船呢，想来想去，只有一种情况下例外，风暴天气。因为在那种恶劣的环境下，船家考虑到安全问题，都会泊港避风。

想到这点时，我不禁打了个寒噤。困难远比我想象的还要大，但我不怕，我连死都不怕的人，还会怕困难么。

我的生活开始讲究起来，吃好喝好，锻炼身体，养精蓄锐，等待着时机。很快，我等来了风暴天气。深秋的一天，阴云密布，狂风怒号，大雨如注，老天好像很配合我似的，一般情形下，秋天很少有这样的暴风雨了。我来到江边一看，是料想的那样，江中没有一只船。

我从羊山矶下一个不显眼的山洞里，推出了平时隐藏在这里的小船，猛灌了几口酒，劣质的烧刀子刺得我喉咙生痛。我身着蓑衣，像一个为了生计在恶劣天气不得不出来捞点吃食的渔夫，在风雨中下了江。

一开始进展还算顺利，等小船到了江心，浪涛突然大了起来，船就像片树叶一般，在风雨中打着转儿，任你怎么用力，就是无法前行一步。突然，一个大浪掀来，船舱进水，小船翻了个底朝天。这是我预料中的情形。我水性不错，不会淹死，但小船却随着激流漂走了，这次行动又失败了。都怪我求成心切，没有等风雨之势减弱些时再下江。

从几次失败的经历中，我学到了经验，一点也不气馁，感觉自己在一步步走向成功。天下哪有什么一蹴而就的事情呢。我吃饱喝足，在山洞里静静地等待着，等风雨稍缓，我瞅准时机，取出备用的船只和丝绳，再次下江，这次终于成功了。此后，又经过两次测量，我得出羊山矶江面的南北宽度是六百丈。对岸是宋国的荻埠古镇，老百姓就用“六百丈”作了那段江岸的地名，我樊若水也成了他们茶余饭后谈论的人物了。当然，这是后话。

量江成功只是第一步。我总不能现在就跑到汴梁去告诉宋朝的皇帝赵匡胤说，羊山矶江面宽度是六百丈。有什么用呢？一点用也没有，他们愁着的是大军如何过江。因此，他们需要一座桥，一座史上从未有过的神奇的浮桥。当然，设计师当仁不让地就是我樊若水。

要想在江面上搭一座浮桥，一个很重要的问题，就是江南羊山矶这边需要有一个系缆绳的建筑物。不然，浮桥在南岸如何固定呢。在江北怎么建设都没有问题，因为那边是宋国的地盘；江南这边就不是这么简单了，南唐巡江的水师船只一天有好几趟，要想在他们的眼皮子底下施工而又不被发现，那几乎不可能。

我说过，我是一个爱幻想的人，这个问题难不住我。我来到采石矶广济寺，出家当了一名和尚。当然，我不是真的要做和尚，我只不过为了一张度牒，一个和尚的身份。

不久，一个法号叫作安度的和尚要在羊山矶悬崖上建塔的消息就在百姓中传开了。当然，安度就是我樊若水。羊山矶江面水流湍急，经常有船只在此翻船。我声称要开凿山崖，在崖洞内建一座天然石塔，塔内供奉菩萨，保佑过往船只平安。这座石塔必须足够坚固，它就是将来建浮桥时系缆绳用的。

我的善举得到了广济寺的支持，更是得到了当地老百姓的赞许。工程顺利开工，几十名石匠日夜在羊山矶上忙碌着，我四处化缘，募集到了不少资金。我并不是缺钱，而是需要为这项工程造势，一定要把这件事做得像真的一样，不能让人看出我别有用心。

皇甫继勋大将军巡江来了。

一天，一艘兵船在羊山矶前停了下来。一群南唐水师兵丁簇拥着一个将军模样的人过来了。那个人就是烧成了灰我也认得，他就是皇甫继勋。真是冤家路窄啊，千万不能让他看出破绽，否则我就前功尽弃。我在开凿壁崖时积下的厚厚一层崖灰中滚了几滚，脸上、身上到处都是灰尘。

一个小头目朝我叫道："臭和尚，过来，大将军有话要问你！"

我赶紧过去了，低着头，不敢看皇甫继勋。

皇甫继勋问道：你们这是在干吗呢？"

我把建石塔供菩萨为来往船只祈求平安的话说了一遍。

"有度牒吗？"

"阿弥陀佛，有，小僧是在采石广济寺出的家。"说着，我从怀里掏出了度牒。广济寺名刹的声名果然有用，皇甫继勋没有说什么。

递度牒的时候，我向那个小头目的手心里塞了锭银子。

小头目将度牒在皇甫继勋面前晃了晃，帮我圆场说："将军，不过是一个臭和尚，随他怎么闹腾去吧。"

皇甫继勋说："发现敌情要随时报告。"

"阿弥陀佛，小僧记住了。"

皇甫继勋的船走远了，我巴不得他的船突然沉进江里，可是，奇迹并没有发生。有一种情况你不能不承认，这个世界上，很多时候，我们的仇人总是比我们活得风光。

五

经过几个月的紧张开凿，石塔顺利地建好了。塔身要三人合抱，六边形底座，与整个山崖连成一体，比想象中的坚固，我对自己的杰作非常满意。接下来，我绘制了一幅地图，叫“宋师南渡图”。图中，羊山矶前的江面上，一座巨大的浮桥横跨两岸，搭桥的地点，桥的长度、宽度，需用多少船只作为桥墩，都标得清清楚楚。同时，周围江面上哪里水深哪里水浅，哪里有暗礁急流，也都一一标明了。做好这些，我脱了和尚的服装，带着锦囊妙计和这幅神秘的地图，启程前往汴梁。

我顺利地见到了宋帝赵匡胤。当时，他发动陈桥兵变黄袍加身已有十年之久，先后灭掉了南方诸国，地盘越来越大，兵力越来越强，正是国势日盛之时。南唐已成了他的瓮中之鳖，只是苦于长江天堑，才迟迟未能发兵。可以想见，他老人家在得知了我浮桥渡江的妙计之后，会如何兴奋。

他从御座上站了起来，对着群臣说：“今得此图，李煜小儿插翅也难逃了！”他走下御座，亲自将我扶了起来。

我看见了，满朝文武大多眼露妒忌之色。

“樊爱卿，你是我大宋的功臣啊。”

我自谦说：“草民不过是代表江南百姓做了一点小事，南唐朝政腐败，百姓苦不堪言，都盼望着南北早日一统。”

“樊爱卿，你这名字有什么出处吗？”

怎么问起了这个，这倒是我没有想到的。我的名字很普通啊，樊若水，上善若水，这老子的名言难道他都不知道吗？怎么回答呢？难道我能和一个兵变出身的武夫谈论老子的《道德经》吗？当时，我随口敷衍道：“唐代尚书丞倪若水诚信正直，草民私下仰慕他，就取了‘若水’二字。”

他笑道：“哦，你仰慕古人，很好，朕赐你改名‘知古’。”

这叫什么话，仰慕古人的人多着呢，难道都要改名吗？可他的话就是金口玉言，我不能不从，这样，我的名字就改成了樊知古。在别人看来，奉诏改名可能是一种莫大的荣耀，可我却不这么认为。我的名字是家父所赐，怎么能说改就改呢，哪怕他是一个皇帝也不行。他可以给我改名，我也可以给他改名啊。他不是喜欢黄袍加身吗，我就叫他赵黄袍吧。史上草民给皇帝改名的，我还是第一个，我有点沾沾自喜。

我积极配合着宋国臣子们对我的挖苦与讥讽。赵黄袍又叫人把我送到学士院考试，我怎么能暴露自己的真才实学呢，就胡乱作了一篇文章应付了事，让满朝文武尽管笑话去。说起来真有点可笑，就是那篇狗屁不通的文章，赵黄袍还是赐予我本科及第。当然，他也没忘给我授官，先是任舒州军事推官，后又被任命为太子右赞善大夫。推官才九品，也就相当于一个小幕僚；至于赞善，其实也就是一个提提建议的人。赵黄袍从来就没有信任过我，他只信任自己的军队。可就是先后这么两个芝麻大的小官，还是召来了满朝非议。我百口莫辩，谁让我是一个“贰臣”呢。

我终于等来了宋师南下的日子。那是在开宝七年（974 年）的秋天，曹彬率领十万大军抵达长江北岸，我奉命在羊山矶上架设浮桥。这是我梦寐以求的日子，我没日没夜地忙碌着，我不是为宋军架桥，而是为了自己的爱情，为了卫如琼，她马上就要从江南的桥头上向我走来了。三天后，桥搭成了，宋军步骑大军如履平地，顺利渡江。南唐军队完全没有防备，被打得大败，宋军一路攻州克府，直抵金陵。

李煜终于招架不住了，垂泪对宫娥，可这泪流得也太迟了点。早知如此，何必当初呢。他带着群臣投降的那一天，我无暇去看他和皇甫继勋们的丑态，我带着一支队伍，匆匆向皇宫赶去。我要去解救我日思夜想的女人卫如琼。我甚至将我们未来的日子都安排好了，将我五松山下的草庐翻新一遍，就在那里生儿育女，夫唱妇随。

等我到达皇宫门口时，发现小六子哭丧着脸等在那里。他没有了往日的威风，泪水将脸上的脂粉冲得稀里哗啦，拂尘上的毛都掉光了。他说：“樊爷，洒家知道你会来的。”

现在轮到他叫我爷了，可我半点没有体会到做爷的感觉，我压根就不想做任何人的爷。我心如油煎，问道：“小六子，卫如琼呢？”

他就像没听见我的问话一般，转身向宫里走去。我更加着急了：“小六子，卫如琼在哪里，你把我往哪里带啊？”

“洒家带你去见她啊。”

记不清穿过了几重门，又几条长廊，皇宫里尽是这些弯弯绕，根本不是人待的地方。到了一间小房子前，小六子终于停住了脚步。

房门紧闭，鸦雀无声。我问道：“卫如琼在里面吗？”

小六子点了点头。

卫如琼怎么会在这里呢？她难道不知道南唐已经完了，她应该像只从笼子里放出来的小鸟一样，兴高采烈地出来迎接我啊。

我在满腹疑问中一把推开大门，发现床上果然躺着一个女子，走近一看，正是卫如琼。天啦，我惊得连连后退，魂飞魄散，躺在床上的卫如琼好像已经死了！

我大声叫着，使劲拍打着她：“卫如琼，卫如琼……”一切都是徒劳，她再也不能回答我了，我心爱的女人卫如琼真的已经死了。

卫如琼面容安详，好像走得并不是很悲伤。她的致命伤口在颈部，只有一丝红线，要是不仔细看，根本看不出来。

我一把揪住小六子的胸口，吼道：“你这个死太监，是你杀了她？”

“洒家杀她干什么？洒家好心替你保管尸体，你还倒怪起洒家来了！”

“那到底是谁杀了她？”

下面的情形是小六子向我描述的。

宋军将金陵包围得像铁桶一般，皇宫里乱成一团，到处哭爹叫娘。

李煜倒背着双手，在澄心堂里焦急地转来转去，一班大臣个个哭丧着脸，呆若木鸡般地站在那里。

这时，大将军皇甫继勋从外面快步走了进来禀报说："皇上，末将已经查清，宋军之所以能顺利渡江，都是因为我朝出了一个奸细，名叫樊若水，他为谋取富贵，驾小舟量江，搭设浮桥，引渡宋师，才令我军措手不及。"

李煜懊恼地说："朕的大将军，现在才知道这些有什么用呢？"

"末将还有密报，去年，陛下征选宫娥时，末将不慎将与樊若水有过婚约的一位民女送入宫中。据说，樊若水对此女一往情深……"

李煜惊道："竟有此事？此女姓甚名谁，现在何处？"

"圣上，确有此事，此女叫什么名字末将尚且不知，不过，她现在肯定就在这皇宫内，末将有办法将她找出来。"

"那依你之见怎么办？"

"立即揪出此女，为国报仇！"

于是，皇甫继勋一声令下，三千宫娥都被赶到了皇宫门外的广场上。广场外围，数千士卒将宫娥们团团围在中心，刀出鞘，箭上弦，严阵以待。宫娥们哪见过这等阵势，以为死期将近，一个个跪在地上，吓得花容失色，胆小的在轻声啜泣。

皇甫继勋大叫道："听好了，你们当中，有一个人与投敌的樊若水有过婚约，只要将她交出来，其余的可以免死！"

他接连叫了几遍，没有人吱声，广场上只有一片哭声。

皇甫继勋恼羞成怒，找不出樊若水的女人，他在李煜面前就无法交差。他暴跳如雷，继续吼道："谁是樊若水的女人，谁，你站出来！"还是没有人吱声。皇甫继勋的头上开始冒汗，圣上和文武百官在远处看着呢，他的手下见场面尴尬，焦急地问道："大将军，怎么办？"

皇甫继勋丧心病狂地说："全部杀掉！"

所有的弓箭全举了起来，拉成了满弦，皇甫继勋喊道："一、二……"广场上哭声更响了，宫娥们吓得纷纷瘫倒在地上。

这时，只见一个女人站了起来，大叫一声说："慢！"

所有的人都松了一口气。

她平静地说："我就是樊若水的娘子卫如琼，从被你们抓来的那天起，我就没打算活着出去。哼，你们也有害怕的一天吗？现在才知道后悔，迟了！"

皇甫继勋手握青铜剑，穿过跪成一片的宫女，走到了卫如琼的身边。三千宫女都被卫如琼挺身而出的勇气惊呆了，是她在关键时刻救了她们，她们不约而同地叫着她的名字："卫如琼，卫如琼……"

瞧着皇甫继勋走近自己，卫如琼知道难免一死，她对着江北大声喊道："樊郎，我们来世再见了！"说着，平静地闭上了眼睛。

剑光一闪。卫如琼的身子晃了两晃，慢慢倒下了。

皇甫继勋得意地到李煜面前去复命。李煜嘲笑说 "干净利落，一剑毙命，皇甫将军，好剑法。"

皇甫继勋的脸窘得通红。

李煜又说："你的剑杀敌不行，杀女人倒是有一套，朕想不佩服都不行。"

小六子说完了，我还沉浸在他刚才的描述里。在他的讲述中，我仿佛看见了自己心爱的女人勇敢地站了出来，在三千宫娥、数千将士和满朝文武面前，大胆地承认她是我的娘子，她不愿连累无辜，救下了三千宫娥，真是个了不起的女人啊，不愧是我樊若水的女人。

我没有再哭泣。曾经拥有过这样一位女人，还有什么好哭的呢，应该哭的是那些猥琐的男人们，他们连一个女人都不如。

我的掌心里，一直握着卫如琼当初送给我的那件人面纹铜饰，这小玩意仿佛还带着她的体温。今后，只有它陪伴我度过余生了。

最可笑的是编修宋史的那几个老夫子，他们说我引渡宋军以求进用不算，一会儿说我“有才力”，一会儿又说我“频以职事不治”，最后竟说我在任上忧悸而死。通篇都是矛盾和揶揄之词。他们怎么会给一个贰臣一个良好的结局呢？在他们眼里，我就是个官迷心窍的人，我也懒得和他们计较了。家住大通的明代戏剧家佘翘是一个好心人，他在杂剧《量江记》中，倒是给了我一家人一个大团圆的结局。可是，现实就是现实，现实有时远比舞台上的剧情更无情。我只想说，我是个被历史遮蔽了的人，历史的真相有时并不那么简单。

六

五松山下，我的草庐内，新的一天，日上三竿，又是一宿宿醉。情况还是那样，每天清晨，只要我一睁开眼睛，就好像看见卫如琼端着一碗香喷喷的雕胡饭向我走来。这样我就更加的饿了。她走了，留下我在这个世界上孤单地活着。不不，我一点也不觉得孤单。一个人，如果他真正地爱过，并且，这种爱还一直活在他的心中，他会孤单么？这样说来，我不是一个人活着，而是两个人在活着，我能不好好地活吗？我伸了个懒腰，打开了茅庐的门。突然，发现门外站着一群人，为首的是一个太监，手里托着盘子，里面放着官衣官帽。我忽然想起来了，他们从昨天就来了，一直站在这里，在寒风中冷得瑟瑟发抖。

我皱了皱眉，对为首的那个太监说：“你们回去吧，我不做官。”

“不行，皇上说了，一定要你出来做官。皇上说不能寒了功臣的心。”

“别提那个赵黄袍了，我和他没关系了，你回去对他说，只要他不负天下苍生黎民的心就行了。”

“皇帝说了，樊知古要是不出山，叫奴才们就一直等，等到你答应为止。”

“我再告诉你一遍，我叫樊若水，上善若水的‘若水’！”

“对，对，樊若水大人。”

“大人？你们这是骂我呢，请叫我诗人，懂吗，李白那样的诗人。哈哈哈，你们愿意等就等吧。我一把抓起桌上早已空了的酒葫芦说，我要沽酒去了……”

（原载于 2016 年第 2 期《五松山》）

第二辑

散　文　卷

天末怀永玉

谢蔚明，枞阳县陈瑶湖镇人。上海文史馆馆员，《文汇报》高级记者。著有《老戏剧家王瑶卿及其他》《康藏公路纪行》《岁月的风铃》等。

提起黄永玉，人称鬼才、怪才、奇才。没有见过他的人，可能见过他的画，但如果把他只定位为画家有点片面。5 年前，他在长沙岳麓书院对大学生演讲时自我介绍，他喜爱、擅长文学，再就是雕塑、版画。方成是美术家，他对我说，黄永玉的版画在世界上都是第一流的。见过他给齐白石造的像的人都感到惊讶，他把老人胡须尾毛刻得像工笔画。人们稍加注意，就能看到中等身材的黄永玉，因为搞木刻，“小人儿有一双粗大的手”。“文化大革命”中，红卫兵把他积累的 200 块木刻板子付之一炬，他从此放弃木刻。

黄永玉个性鲜明，说一不二，他卖画定的润例犹如铁板钉钉。有一富商从香港到京，看中了他的一幅画，问售价，他说 16 万，商人还价，他加价一倍，再还价，再加一倍，吓得富商不敢再还价，赶忙成交。

黄永玉仗义疏财。抗战初期，他不满 20 岁，受到比他年长的殷振家的关心照顾，老殷就是滑稽戏《七十二家房客》的作者。后来，永玉抵沪，听说老殷的妻子得了癌症，治病吃药，花钱是个无底洞，他主动找到老殷，解囊相助；老殷过世后，永玉专程飞抵上海，约我一道到殡仪馆给亡友送行。

1999 年岁末，余杰在“余杰人物专栏”撰文，就永玉《这些忧郁的碎屑》说：“我很喜欢黄永玉先生的画，更喜欢他的文字……黄永玉先生忧伤的文字具有某种奇特的穿透力……正像作者所说，‘我深爱这个世界，包括它的悲苦。’在熙熙攘攘的今天，这样的文字已经不多见了。同样的白纸黑字，有的像草叶般芳香（如黄永玉），有的像厨房般油腻（如×××）。”

浙江嘉兴秀州书局主持人是范笑我，他定期出版 5 页很有看头的《书讯》。有一则报道说，5 月 9 日钟妙明来买书，声称：“我是黄迷，凡是黄永玉的书我都买，包括画册。画册买去，一般不看，收藏。黄永玉是一个极有趣的老头，人品好。十年之后，会不会抛弃对黄永玉的迷信，不会，我在他身上找到了文化的根。”

黄永玉出版的著作有多少，我说不清楚。我手头有两本从未问世的：一本是《无愁河的浪荡汉子》，他寄赠给我的，添加了“第一部，未完成稿”几个字；还有一部书是《大胖子和张老闷儿列传》。前一部在封面上写有“一笑请勿外传　永玉　二〇〇〇年二月”。后一部写在封面和扉页上的是“二〇〇〇年十月草稿本，绝不外传，错字多，分段模糊，节奏上紊乱了”，两书均用毛笔书写，可惜均未续写。我手头还藏有他写的好几十则短句，看得出是信手而成，如诗如画。其中有句：

船大船小由他乘去

酒酣酒鸩与我无干

永玉说酒与他无干，他确实滴酒不沾。有意思的是，有一次我应邀到他在凤凰的家中小住，然后到京中万荷堂，逗留了 7 小时。吃从意大利引进的蔬菜和几种湖南辣味，饮湘泉酒，还有万荷堂自用酒，这种自用酒刚刚生产十几瓶，是 65 度的烈性酒，我青壮年时能喝，老来谢绝，永玉所赠的“万荷堂自用酒”和他设计的酒鬼酒我都收藏留念。

多年来，我与永玉保持着比较密切的联系。他曾有意大利之旅，7 月 3 日在圣塔玛托，来信有以下的话：“从香港晚上十时上机，第二天早上八点到罗马，坐内陆国内航线四十五分抵比萨，然后和黑妮夫妇一起回家，车行一刻钟，说起来，比回凤凰花的时间少。来此大凉，晚间盖被，较翡冷翠（即佛罗伦萨）要凉六七摄氏度，前些天，北部还下雪。我少出，看书，写东西而已。黑妮订了不少文学杂志，我也带来不少大部头旧书，不愁寂寞。”信中又写道：“过去酱在‘你们要关心国家大事’最高指示里，糊里糊涂，浮浪了半生时光。园中樱桃已摘定，黄李、紫李未熟，大约再过二十天，又要忙着采撷送人了。熟落可惜，送人累赘。”也许因为那里是列奥纳多·达·芬奇的出生地，他买下了房子，并起名“无数山楼”，他特地用文字向我注明无数山楼取幼安词意：“西北望长安，可怜无数山”。登上阳台就能看见山下两里外的达·芬奇故居。无数山楼原是中世纪的老屋，经过一半年的修葺他才住进来。一年四季能收获一些橄榄油、葡萄酒、樱桃、梨、桃、李、无花果、板栗、核桃、石榴等。永玉是红尘中人，国内的事情千头万绪，不可能常来无数山楼，做散淡闲人。他曾说，别人要跳出红尘，我要往红尘里钻。他是活脱脱的红尘中人，仿佛命中注定。

滴酒不沾的永玉，前几年因湘西土家族苗族自治州生产的湘泉酒、酒鬼酒不能畅销，于是主动投入，精心设计包装，终于一炮打响，让滞销的美酒走出湘西，畅销海内外。产酒的湘泉集团按照协议应付他 1500 万元设计费，他实际所得是 500 万元，剩下的钱最终不了了之。

这桩事情曾经闹得沸沸扬扬，深圳传媒的报道尤为红火。

黄永玉是才人，从遗传基因来看，原来他的父母是老共产党员，大革命失败后，二老回到凤凰教书，对儿子永玉的教育采取顺其自然的开明态度，和有的人家把儿子当作心肝宝贝放在身边的做法完全不同。当小小年纪的永玉提出要走出凤凰自谋生计时，二老放心放手，于是学龄儿童永玉背着小包袱走出家门，穿过洞庭湖，东奔西走，到福建停留下来当小工干苦力活，在偏僻山村当教师。

最近，我在整理永玉给我的一摞信札中找出一封是从香港寄给我的一千字多的长信。写在宣纸上的字非常漂亮，信中叙述了他从意大利回到香港，又写“去厦门、泉州、安溪儿时读书的地方，再回老家凤凰，又上广州，因是几年或几十年的别离，感动了这，又感动了那，接着一幅工程较大的画的继续，忘了给老兄回信。信搁在信堆里，找东西时偶尔一瞥，心里明白这是老谢的信，要赶快回信，是、是、是，要赶快回，几年不见了，大家都老了，没有几封信好写了，感动过后，又画起画来，一天一天地过去。请原谅，要和你写信是文化性很高的活动……既非时空限制，也不是俗忙所扰，只不过在等一种跟老朋友聊天的神圣心情。我不能用‘某某兄，信收到，多年未见，念甚，因事忙，不克多谈，匆匆敬请……’我们是有许多话要说的，往日，昨天，老友们日渐凋零……剩下两根旷地遥遥飘浮的游丝，忽然又黏上了……”

永玉是极热情的人，通信时让人感受到温馨，相见交谈时那种力透纸背的热情话却没有了。殷振家病危时，他给我的信透露了心声：“振家兄病况令我沉重之极，半夜醒来，辄不成眠，有时甚至不敢想，老天爷是个大混蛋，让这些好人受苦受折磨，坏人则红光满面。玉弟，六月八日。”

永玉珍重友谊和热爱故乡是一样的。3 月 23 日来信说：“在上海能见到老朋友，心里的踏实快慰是难以形容的，在北京，说句老实话，‘友谊’都让‘运动’耽误了，临老才捡拾起来，身心不免有些温暖中的萧瑟。”“每来朋友都必奉陪到三里外的沈公陵园去烧几斤纸，点几炷香。”“我写了张长长的条幅，准备请人刻石竖在他陵园半坡上，‘一个士兵，要不是战死沙场，便是回到故乡。’我盖的那座临河小楼，最近才有落成的迹象，需索多了一点；慷慨勉强办得到，只是承建人嘴脸难看，无法可想，看在有趣的房子脸上算了算了。听说月底交接，有可信之处。朋友义忿劝我换人，鄙意饱狼总比饿狼强，任其吃饱喝足算了。这年月比以前松动，有限的说话和不说话都是允许的；以前，不说话比说多话的人‘更阴险’，虽然同样都会挨棒棒，显然轻重待遇在处分上是有区别的。这是我的领会，因为不说话的人很难领寻，摸不透。话扯远了，这根本与盖房子无关。连日下雨，古人用‘淫雨’形容十分下得手，此处桃、李、杏花均已开过；杨柳绿色已能遮眼，老春而有淫雨，这景象烦人之至。”

永玉住中央美术学院宿舍时，有一天和夫人张梅溪来到我家，看到墙上挂着他的木刻《刘三姐》，很高兴，这几副木刻是他的精心之作，也许觉得我对他的敬重产生好感，饭菜上桌，有一道菜是红烧鲤鱼，他胸有成竹地教我们下箸小心吃鱼肉，不要把头尾和骨头弄坏。吃完饭收拾碗筷时，他又教保姆不要动吃剩下的鱼骨头，他要画画，我连忙端上纸墨笔砚，他很快画出来了。我从他留在我手边的一摞手迹中找到他做的记载：

那张我画的鱼刺画，上头即兴题了打油诗，大意是鲤鱼里尺素书和外面的肉都没有了，只剩下骨头。第二天绀弩先生来舍，我得意地背给他听，他睁大眼睛：“开什么玩笑，这是什么时候，快去撕了。”我吓坏了，越想越怕。记得我是急匆匆找到你家把画取走（或当面撕掉的。你很惊诧，也觉可惜，这你怎么忘记，写文章你故意忘记而给我遮丑，是你的厚道）。从以后发生的事情，聂老头责备是有预见性的。再后来，他自己又重复着可预见性的悲剧。

这里需要补充说明的是，当时我租赁的住房在北京西城西单菜市后面的舍饭寺达智营人家，永玉住的美院宿舍在东城，来一趟费时太多，消耗体力倒是小事。反右运动我没逃脱，大约 30 年后，听老保姆讲，公安部来人抄了家。再是聂绀弩也被打成右派，流放山西，后来有关方面按照国民党县团级人员待遇释放他回京。这些人不晓得老聂是老共产党。

大约 3 年前的 4 月 14 日，永玉来信说："昨天画了张丈二的七贤图，嵇康弹广陵散，众人倾听。嵇康后为司马昭所杀，临刑前云'广陵散从此绝矣。'……司马昭眼皮下，嵇康都不算个东西，况乎广陵散乎？知识分子个个都有广陵散家底，视为无上妙品，天下第一。第一不第一，要看在哪部行情上讲，你之第一未必第一，文化庙堂，说到底是个'后宫行走'身份，或是口洗脚盆，如人洗脚，冷暖自知，真家伙轮不到洗脚盆的，一声呵斥，不高兴起来，常常砸了洗脚盆的。祝双好，弟黄永玉　四月十四日。"

有一天在他家里闲话之后，他说准备送我两句话，或是写出来，他当面没向我交代。隔日，我去苗子家吃饭，饭吃到一半，永玉的电话来了，我接的，他叫苗子接听，原来送我的两句话是一副五言对联：

词赋须少作；

风情留有余。

苗子饭后大笔一挥写就，在边款上注明：永玉撰联属为蔚明道兄书之丁卯玉兰开后　苗子。丁卯为公元 1987 年。

永玉另一次来信说："现在把写好的稿子都寄你一看，正在写的长文写完后寄给你，但千万不要催，不要问，老兄职业的性急由来已久，我见怪不怪，只能用提醒方式招呼（下略）玉弟　六月八日。"

20 世纪 80 年代，黄永玉在北京饭店开设了一个美术家画廊专柜，把从家乡凤凰弄来的 100 把花布伞放在那里出售，伞把是竹子做的，小巧美观，他还画了一幅广告画。住在饭店的日本女星中野良子一看就满意，花 3000 元买去一把伞和广告画。永玉卖伞是因为故乡有穷人，卖伞的钱不无小补，对家乡父老也起到安慰的作用。

永玉一度离家去福建，起因于有位作家写了以他为主角的剧本，文艺界准备开会展开批评，乔木也给永玉写信打招呼，又约面谈，他避而不见，告诉家里如乔木来，就说他回凤凰了。巧得很，剧作家和永玉在北京饭店上下楼时碰了面，永玉告诉他不参加批评会，所以到外地去，他不愿乘人之危落井下石。

我手头有一封 10 月 5 日寄自香港的来信，是这样开头的："寄意大利和香港信都收到，收你信不久，香港《大成》主编沈苇窗兄也去世了，一个活生生的人，死得让朋友心理准备都没有。过去，好些年才死一个老头子，后辈人从从容容寄托哀思，写了许多有意思的文章，沉重好长好长一段时间。现在一串串地来，好像激情爱国者踊跃抢购公债券，前赴后继不堪之至，让人连静默三分钟都来不及，像我，就欠了许多分量很重的情。表叔先走，接着是李可染、林风眠、陆志痒、余所亚、李桦、王震、朱光潜、张乐平、夏衍、叶浅予、邹荻帆、冯牧、孙浩然……写到余所亚、陆志痒，死人越来越快，连我少年时关系最好的张乐平，正准备提神运气好好写一写的时候，李桦又死了，于是索性等这一帮人告一段落再说。"

永玉关注故乡，总是想办法提供帮助，他在寄给我的信中说："我还在写一篇暂时还未定名的有关凤凰的较长的东西，为的是宣传家乡，让大家多晓得些凤凰好处，多来些旅游客人，家乡为政的人很赤忱努力，感到（我）这个在外面的老人。人老了，有空想这些事了，有头脑不去理（会）乌七八糟的事了。”

今年永玉 80 岁生辰，寄来“黄永玉八十艺展”请帖，令我感到愧疚的是，当时我正在赴留山各地的旅程中，路上想起来，又找不着他的手机号码（打电话去，十之八九无人接，我也没记住电话号码），徒负老友盛情，只有请他大度包涵，待我异日负荆请罪。

（选自散文集《那些人那些事》，上海远东出版社）

仁德大师的人间情怀

王达敏，枞阳人，安徽大学文学院教授、博士生导师。中国小说学会副会长、中国小说排行榜评委、安徽省文艺评论家协会副主席、安徽大学当代文学评论中心主任。出版学术著作《中国当代人道主义文学思潮史》《余华论》《理论与批评一体化》《新时期小说论》《论文学是文学》《第三价值》《稳态学》等，人文随笔《批评的窄门》；主编《新世纪小说概观》《中国现当代文学史论》等；在《文学评论》《文艺研究》《文艺理论研究》《小说评论》等刊物发表学术论文和文学评论百余篇。多次获得安徽省社科优秀成果奖。

池州文化名人吴昭元先生邀请我参加8月4日在九华山举行的“仁德老和尚示寂十周年纪念法会”，我欣然应诺，随后又犹豫再三。乐意与会，一是时值盛夏，九华山满山青翠，林深幽静，正是消暑之圣地，况且我也有四年没上九华山了。二是我对九华山一山之主的仁德大师心存敬意。久居俗世，尘埃滚滚，此行能沐浴莲花佛国之甘露，洗涤尘蒙，岂不善哉！

犹豫再三自有原因。昭元兄一再强调，必须写一篇纪念文章，并在四日下午的学术研讨会上发言。我犯难了，真可谓“一部二十四史，不知从何说起”。我既非佛教信徒，又不通佛理禅悟，二十多年前曾为写一部哲学方面的书，极其粗糙地研读了一些有关宗教史及佛教理论的著作，然后从哲学和伦理学的层面大而化之地写下了对佛教的评述。从当年写下的文字中，能够看出一个年轻学人的大胆和幼稚，连同显现的，还有那个时代在学术上所具有的勇于“大胆创新”而缺乏“小心求证”的特点。佛学博大精深，一般学者穷其几十年之功夫，也难以抵达其“真如”，原因是它的许多理论和教义不是由客观知识经逻辑推演得出的，而是经过历代高僧大德修持参禅悟出的，真正是“天人合一”的自然佳构：上通天理，中经自然之序，下入人生和生命之道。我辈成长的时代，力倡客观唯物，否定主观唯心，成见先定，又乏慧根灵性，断然难能窥见佛教之堂奥，悟其菩提之妙理，与诸山长老同堂研讨仁德大师，我怎敢开口？

这些年来，在治学上我谨记维特根斯坦的告诫：“一个人对于不能谈的事情就应当沉默。”昭元兄不让我沉默，他以为凭我的学问，应该出口成章，下笔成文，可他哪里知道我的苦衷？架不住赵凯兄的怂恿和九华山美景的诱惑，理智还在徘徊，心却放飞了，8 月 3 日我们一行五人驾车来到九华山。

山下热浪滚滚，山上清凉收汗。九华山满是从四面八方涌来的善男信女，大大小小的宾馆饭店纷纷爆满，我不知道这些远道而来的虔诚者今晚宿于何处？虔诚者之虔诚印在脸上，面容疲倦而祥和，目光凝重而温润。人在山上，山上还有山，寺院随山走，一座比一座高，山峰有多高，寺院就有多高。近山远山尽在视野中，心被撑开放远了。遥想蛮荒年代，一代又一代的出家人跋山涉水来到人迹罕至的灵山深处，与世隔绝，孤守一寺一庙一洞，终日晨钟暮鼓，一盏青灯，一身袈衣，一瓢素食，几十年如一日，潜心修行悟道，及至慈悲济世，普度众生。车绕山而行，望着远山峰峦中的寺院庙宇，想到一生在寂寞、孤独、苦行中专修的高僧大德，我不由连连感叹：一个人能把常人难以做成的事做到极致，该需要何等的定力和勇气啊！

据介绍，仁德大师俗名李德海，1926 年 6 月 23 日出生于江苏泰县（今姜堰市）一个农民家庭。由于家境贫寒，1936 年农历六月初三这天在泰县唐湾乡太尉庵出家，从此步入佛门。1948 年 4 月，仁德前往南京观音寺求授三坛大戒。1949 年秋天，新中国诞生，这时传来扬州高旻寺禅七的消息，仁德辞别观音寺来到扬州。高旻寺方丈禅慧法师对这位在佛学上崭露头角的年轻僧人非常器重，便把他留下来。该寺“工禅并重”，每一个修行者既是僧人又是工人，他在此学会了编织草席，先后担任过商店、米店的出纳，以及麻袋厂、布厂的领导。后来又担任了高旻寺的“知客”，继而还完成了“持午”的修炼。为了精研佛法，向更高层次迈进，仁德于 1955 年 9 月前往终南山闭关，在“暮雨青烟寒噪雀，秋风黄叶乱鸦飞”的季节里坐禅莲花洞，为众生的解脱而尽形寿。1959 年春，仁德行至江西云居山，拜谒虚云大师，参禅真如寺。9 月，随了空法师朝礼九华山，参拜地藏菩萨，从此与九华山结下终生之缘。五十年代末，仁德法师入住九华山华严禅寺，过着亦农亦禅的生活，任凭风云变幻，守本分以安岁月，凭天理以度春秋。这期间，他常诵《阿弥陀经》《地藏菩萨本愿经》《无常经》和《观世音菩萨普门品》等佛经，慕地藏宗风，循菩萨踪迹，立下“誓作地藏真子，愿为南山孤臣”的悲心宏愿。“文化大革命”破“四旧”毁寺庙，僧人纷纷还俗，他却始终严守戒律，是当代在那个特殊年代中为数极少的坚持不还俗的大和尚之一，故而备受海内外佛教界的敬重。

昭元兄待友热情真诚，在圈内口碑极好。九华山佛教协会主办这次仁德老和尚示寂十周年纪念法会，作为曾经担任过池州市委统战部部长、市政协副主席且与仁德大师私交甚深的他，以主人的身份接待来宾，安排法会的种种事宜。参加明天下午学术研讨会的专家学者，均是他请来的，于是，他紧盯着每一个人，一再吩咐他们做好明天发言的准备。我想找一个说得过去的理由推掉明天的发言，整个下午心里都在盘算着这件事。到晚上，昭元兄和我们商量，说明天下午想在研讨会上发言的人很多，让我们推选一人发言，我立即接话，说赵凯发言最合适，段儒东先生也极为赞同。这事就这么定下来了，顿时，觉得一身轻松。果然，第二天下午赵凯的发言极有水平，真难为他在那么短的时间里从理论的层面提出了三个关于宇宙本体、生命本体和人生本体的问题，让教俗两界的与会者一时无语。

法会的气氛越来越浓。傍晚时分，大雾骤起，浓得推不开、吹不散，几步之外不见人。次日上午，雾薄了一些，但仍然是浓雾。雾是精灵，飘起来的是云，落下去的是雨，雾雨迷蒙，同体一色。坐落于山坳中的祇园寺塔院被雾托起，殿宇楼台漂浮其上，仿佛是佛国仙境。纪念法会结束时已近中午，这时雾散云开，阳光普照。佛教仪式隆重、庄严、肃穆，使我这个身于其中的俗人不由自主地感动，不禁对一代高僧仁德大师肃然起敬。

佛教源自民间，世人以为，出家人出世修行，吃斋念佛，多是基于人生本苦的考虑，或者原本就是为了趋避穷苦和烦恼之所致，借助佛的导引，诚心修行而达到消灭苦因，脱离苦海之目的。这种以脱苦为目的的修为是一种自救，既是对抗性的厌世遁世，又是对人世的消极逃避。事实上，来自民间底层的出家人多半处在这种境界。而修成正果的那些大德高僧，出世又入世，在无我之境念天下之苍生，悲天悯人，慈悲济世，广植善根，以达到普度众生出苦海之宏愿。于是，在近现代高僧、名僧中，既有尘缘未了，不僧不俗，亦僧亦俗，“行云流水一孤僧”的著名情僧苏曼殊，更有“我虽学佛未忘世”的八指头陀（黄寄禅），“念佛不忘救国，救国必须念佛”，志在“普度众生出苦海”的弘一法师（李叔同）。仁德大师当属后者。

仁德大师是一位把出家当作一项伟大崇高的事业来做的当代大德高僧。他认为出家乃大丈夫所为：“出家，不是消极，而是积极。要以出世之心做入世事业。”因为，“佛教不离世间法，若离世间法，恰如求兔角”，这就要求出家人“不要脱离实际，要立足现实，为建设人间净土，建设我们的国家多做贡献”。基于此，他在坚守传统佛教的基础上，为佛教注入了丰富的现代内容，将佛教现代化、中国特色化。他为了培养立足佛门，又关心和拥护社会主义现代化建设的佛教人才，在九华山创办了安徽省第一所佛学院，遵循“学修一体化，学院生活丛林化”的办学方针，实行学与修、爱国与传法相结合的教学理念。他在全国佛学院中，第一个升国旗，第一个唱国歌，第一个办院刊，第一个拥有自己的院歌，第一个不放暑假，从而形成了九华山佛学院独特的办学特色，为佛教界所称道。他在佛教界大力倡导爱国爱教、弘法利生、合乎和谐的思想，认为只有爱国爱教，才能成为合格的僧才。他首先提出“佛教的根在中国”的观点，认为中国佛教有自己的特色，中国有许多名山祖庭，历史上出现过许多大德高僧，佛教在中国源远流长、长盛不衰，一直沿着人间净土的方向修持践行。

不离“世间法”的仁德大师离开人间已十年，我想他一准是暂时的离开，他太累了，需要静心休息一段时间。大师生前拉着特来北京医院看望他的吴昭元先生的手说的两句话，“想人间，点点头；望世界，摆摆手”，分明在暗示：不舍众生，乘愿再来。

故乡的年

钱红丽，女，枞阳人，著名作家。生于20世纪70年代，从事过多种职业。20世纪90年代初开始沉溺于文字的铺排组合，现居合肥，一直写作。著有散文集《低眉》《华丽一杯凉》等多部。

在我们枞阳乡下，过年要从腊月开始。也没什么可隆重准备的，基本上扫尘浆洗，余下的就是准备吃的了。

那么贫瘠的年月，能准备什么些吃的呢？无非给孩子的零嘴——炒米糖，山芋角子，秕角子，麓谷泡子（吾乡把玉米叫作麓谷泡子），还有就是炸小扎……后者记得牢，是因为每年我妈妈都愿意做，过程极繁。面粉里加点糖精，先发一发，然后逐个擀成条，再用刀切成圆滚滚的小手指长短的细条条，投油锅里炸，吃在嘴里，脆、香、甜。每回做小扎，我妈妈都要掺进去一些挂面头子，齁咸齁咸，再与糖精一中和，真的不是太美味。我总是央求："妈妈呀，你这回能不能不要再掺挂面头子进去了啊?!"她聋了似的，置若罔闻，搞得我们家的小扎，总没有别人家的好吃。

记忆里的腊月总是晴天多，拆被洗被，是重头戏。垫的毯子，盖的老布被里，缎子的被面，都拿到河里洗，用翘嘴的棒槌一声迭一声地捶打，直洗得青丝欲滴。我一直喜欢毯子，上海产的，粉色的底上绣牡丹花，牡丹枝上或蹲着一群喜鹊，或是几只彩凤，尾巴拖得老长。这毯子特别结实，垫好几年都不破——二十世纪七八十年代的东西经用，现在几乎绝迹了。大人在两棵树间拴一根尼龙绳，毯子、被里子洗好，搭在上面晒，毯子啊被里啊在上面一荡一悠的，远远地看，那几只彩凤仿佛展翅欲飞。头顶钴蓝的天，我们在毯子与老布的被里间穿梭，闻着久违的米浆味道，是永生的记忆。不晓得为什么，大人总把老布的被里洗好后，浸泡在半脸盆米汤里，说是浆一浆，盖在身上挺括。大冬天的，挺括的被里硬邦邦的，不贴身，冷得很。为什么不要被里子柔软些呢？一直没弄明白。

每家门口都有大树，腊月那些天，家家大面积地晒毯子晾被里，挂电影幕一样地挂在日光里，更像天上大神挥舞的旗帜迎着风唰唰作抖，挥之不去的童年记忆，那时的天，蓝得很寂寞。有的主妇偷懒，直接把洗干净的被里被面铺在稻草堆上晒，一起大风，就被刮跑了，跟后面都撵不上，落在地上都是灰，还得重新洗一遍。

胶靴、棉鞋、单鞋，都要洗一遍，家里能洗的东西都要拿到小河里洗干净，包括热水瓶的壳子，竹子做的漏网状的瓶壳子，特别招灰，要一点一点耐心地刷干净，小手冻得又痒又疼，依然乐此不疲，一趟趟地往河边赶。清晨，河面全部被冰封起来，拿棒槌砸，哗哗哗地，裂开一道口子，沿着冰口子连续敲打，差不多就露出了水流，太阳出来，慢慢地，河边就融化一层，人也多，三言两语地，冰仿佛不好意思似的，就纷纷都化开了。

洗筷篓，最要小心。筷篓是瓦质的，稍微用力便会碎掉。青釉色的筷篓，雕刻着镂空的花，如今回忆起来，是真好看，宛如一件艺术品。

儿时，审美趣味有待建立，只晓得拿它当插筷子的工具用，不懂得欣赏玩味。如今，算是懂得了一点儿，可惜再也不见那么美好的器物了。

洗完家里该洗的一切，接下来，要蒸米了，做炒米糖用。一个木甑子可以蒸好几斗米，一斗等于十升，一升米差不多一斤的重量。木甑子蒸出的米，香，热气腾空中，一股脑儿倒在篾箕里摊凉，拿到外面晒。乡下冷得很，有时晚上蒸熟的米坯子，到了第二天就都冻住了，需一点一点团在手心里搓开，尽心尽力晒上十几天，彻底干透，捧在手心里沙沙沙响。

黑砂子早已备好，倒在大铁锅里烧热，挖一葫芦瓢米坯子入锅，米坯子遇到黑砂子瞬间膨胀，变得好大一粒，依然白生生的，迅速舀出来，放筛子里筛，黑砂漏下去，继续倒锅里跟米坯子同炒……我们做小孩的，坐在灶间添柴续火。烧的是黄豆秆、棉花秆什么的，火力猛，耐烧。炒米坯子要炒一下昼（吾乡人把上午叫作上昼，下午叫作下昼，颇有古风），米坯子晒得越干，炒出来的颗粒膨胀得越大，做成的炒米糖，口感上就更酥脆些。

炒完米坯子，就该炒秕角子、麓谷泡子、山芋角子了。差不多须用一整天的工夫，才能把家里的坛坛罐罐装满，不仅过年吃，还可以一直吃到春三月，到了插秧的时节，都还有得吃。

我最喜欢吃山芋角子，做法同样繁琐。我妈妈讲，她小时候吃山芋吃伤了。临到她当家，就从来不种山芋了。我是看别人家做山芋角子看会的：把山芋烀熟，去皮，揉透，一坨坨裹在纱布里，拿酒瓶擀至薄薄一层，晒在篾箕里，等到半干时，收回来剪成一个个细长条或三角形，继续晾晒，直至焦干，一样放黑砂子里同炒，炒好的山芋角子面色彤黄，嚼在嘴里，那种甜香，乃余味袅袅，越吃越不舍得放弃。

得不到的东西总是珍贵的。爸爸每年回乡，会带些糖果，我拿糖果去跟别的孩子交换山芋角子，一把糖果换一把山芋角子。小孩的世界观里，不存在亏不亏的。能吃到山芋角子，那是多么深刻的慰藉。对于尚未完全打开的味蕾，世上最好吃的，舍山芋角子其谁？

如今，在街上，偶尔也会碰见售卖山芋角子的小贩，但，那滋味，总比不上老家的。老家的山芋，那种特有的糯甜直抵板栗，是土壤成就了如此美味的口感，形容不出的甘甜之味。

差不多，腊月二十四小年过了以后，就要熬糖稀了吧。

如同做豆腐需要石膏做引子一样，熬糖稀同样需要麦芽做引子。小麦早半月前就开始秧在淘米箩里，每日早晚温水过一遍，已经长出半尺长的芽头。将麦芽倒入地凼，拿石棰碾成糊状待用。把山芋烀熟，去皮，掺进麦芽一齐揉烂，加水，猛火烧开后，改中火慢慢熬，不要急，等所有的水分都蒸发干，锅底便结了一层厚糖稀，金灿灿的黄，闪着光，食指勾一点放嘴巴里，无边无际的甜，是一生中遭逢到了所有的喜悦——童年对于甜的贪恋渴慕占有，每当遇到糖稀的时候，便也痊愈了。这样的世间，还有什么比糖稀更美味的东西呢？那种甜中夹杂着难言的香味，真是无与伦比——后来我吃到了蜂蜜，当猝不及防地闻到其间夹杂着的那种植物的腥气时，我更加怀念童年的糖稀之味，它是如此纯粹的甜，不带任何附加值，宛如外婆的怀抱，随时都是敞开的，让人放心的温暖，一辈子不能忘怀。

糖稀的甜，永远留在记忆深处，它不增加，也不减少，永远在那里停驻，是记忆的燕子在廊檐筑了一个巢，从此生根，不再飞走，值得日后的每个新年去探望或怀念。糖稀的甜，是永恒不灭的甜，是爱情，更是舐犊之情，年年生根发芽开花……

糖稀熬好以后，可以做炒米糖了。米坯子已经炒好，把糖稀按照一定的比例舀到锅里加热，然后倒进去炒米，快速搅匀，快速挖出来铺到空抽屉里摊平，趁着冷却之前，条条块块地切好。讲究点的人家，还会在炒米里掺点熟花生米，这样吃起来更香一点儿。

炒米糖在同样是皖南地区的徽州一带叫冻米糖。一直不解其意，为何叫冻米？是否腊月上冻过的米坯子？也未可知。

我们大安庆地区，那时节还流行一道待客的点心——溏心蛋泡炒米。这种炒米则是糯米制成，较之炒米糖的米，更有嚼劲。家里来客，一般都会打三个鸡蛋，放在红糖水里，再抓几把炒米覆盖。溏心蛋不能煮老了，咬一口，露出流质的蛋黄，为最佳，再一口吮掉。土鸡蛋无腥臊气，入嘴微甜，是至味，但凡亲口尝过，才能体味一二，是文字难以描摹的。

家里的尘都扫了，吃的也准备得差不多了，该买点小画把家里贴贴了。有一年，乡下特别流行九大元帅，一个个骑在马上威武得很。我家里也有。正堂那一方墙壁上挂的永远是松鹤延年图，老寿星左手托只寿桃，右手举一根拐，他身后站着一只千年鹤，老者与鹤皆须发皓首，说不尽的慈祥吉瑞，画纸上撒满金箔……松鹤延年图两边一副对联，历历饱满的字，一年都不掉色，乌漆麻黑的，谈不上多喜欢。我要去街上买电影明星的小画回来装点卧房的墙壁。

那时节，有张瑜、斯琴高娃、李秀明、姜黎黎等，都是仙女啊，每次把它们贴在卧房里，隆冬时节赖床之际，痴痴地望，想心思。李秀明演了《孔雀公主》，姜黎黎演了《啊！牡丹》。特别是姜黎黎骑在飞马上射箭，身后的长发飘飘拂拂，是一个少女可以向往的无限美好的画面。置身如此闭塞的世界，偶能听见蒋大为的《牡丹之歌》，还有苏小明的《军港之夜》，都是悸动的。待到长大，并非多么喜欢牡丹，倒把姜黎黎这个昙花一现的女演员记得牢，她是我少女世界里最美的女子，一头瀑布样的烫发，始终在记忆里起起落落。人这种东西都是有着偏执的情绪，如同现今，但凡下雪，我一定会哼一遍殷秀梅的《我爱你，塞北的雪》，慷慨激昂，那词也填得好，好在哪里？好在朴素无华。

世间朴素无华的，都是好东西，比如我家一树蜡梅上积了一些雪，黄白相间，就是朴素；还比如我家柑橘树上倘若也积了一些雪，那么的青白相间，同样无华。都值得一再流连，都是朴素无华的，怎么不是好东西呢？

那些我小时候过了的一个个年，同样朴素无华，它在我如今的记忆里渐渐有了审美之效，那么朴素，又如此隆重，有一种非如此不可的仪式感，比如要贴门对子，连猪圈的门上都要贴上一副……三十晚上，每一间屋里都要点上一只灯盏，长夜不灭。这就是仪式感，有人类的虔诚在里面。什么是虔诚呢？虔诚就是信仰。如今，我们还有信仰吗？

过完年三十，一切都是新天新地。有舞狮子的来村里玩，也可以去邻村看杂耍……就这样，忘情地玩，可以一直玩到正月十五。

年初二，小孩子都要被差遣着去外婆家拜年。要走很远的辛苦路。过年总是一年中最冷的季节，棉袄棉裤的，胳膊上挎着竹编的篮子，里面有一刀肉，两三斤挂面，两条糕，一包红糖……终于到了，外婆老远迎来，牵到家里，一蓝边碗面条热乎乎地等着，面条里埋着卤蛋、鸡腿、圆子……怎么吃得下这么多，象征性地喝几口汤吧，玩一会，还要赶路回去。

早年走过的那些崎岖小路，至今都一条条蜿蜒在我的血脉里，广阔空茫的田野，有着灰脊线的山冈，枯索的稻田荒地，雪后的杉木林，怕都不在了，连同那种独特缓慢的农耕文明一齐消逝，极尽彻底。

中国将来会有十亿人拥有城镇户口，也不再是农业社会了，谁会料到时代的列车如此迅速，摧枯拉朽一路向前。而我一直怀念的那些枯朽、缓慢，渐渐缺席。所以，身居都市，每逢过年，才一年年的冷清下去。

尤其是来合肥的这十年，每一年的年关，都有无家可归的冷清寒凉，精神上的无以依傍感，逐年日甚。

最近，练习写字。写着写着，便又抄起了《古诗十九首》，那里的每一个句子，以及句子后面人的气息，仿佛都可以闻得到，真真切切可以感受到一种绵长的复沓：思君令人老，岁月忽已晚。弃捐勿复道，努力加餐饭。无非说游子，说负心，说思归，但没有一点怨意，就是叫人看出紧凑和单纯。

我记忆里的年，也是跟《古诗十九首》那样，过得紧凑和单纯，歌谣一样唱了许多年。如果说这世上还有什么朴素无华的东西的话，那，除了我小时过的那些年，再也没有别的了。

乡村的肾　母亲的肾

江少宾，安徽省枞阳县人。散文和小说作品多见于《人民文学》《天涯》《散文》《北京文学》等核心文学期刊，并多次入选《散文》（海外版）《散文选刊》《小说选刊》以及各种年度选本40余次。先后获得2007年度人民文学奖、第四届老舍文学奖、第四届冰心散文奖等。出版有散文集《打开的疼痛》《爱着你的苦难》《魂归何处》等。现供职于安徽广播电视台。

母亲病了。尿毒症。

对付尿毒症只有两条路：一条是透析，一条是换肾。母亲年事已高，换肾这条路走不通，唯一的办法就是依靠透析。透析是个小手术，医生笑着说，语气显得非常轻松。半个小时之后手术就结束了，据说是手术里时间最短的一种，简直让人难以置信。

医生在母亲的腹腔埋下两根管子，通过第一根塑料管，输入透析液（品名：百特；产地：广州；容量：2000毫升；价格：33.5元），而后，再依靠腹膜这道“过滤网”，将体内的毒素过滤一遍。三个小时之后，从另一根管子里筛选出来的毒液，呈现出温暖的橘黄色。我询问过不同的医生，究竟是哪些毒素构成了这种温暖的橘黄色，医生的回答让我吃了一惊，人体内部的毒素数不胜数，每一种毒素都有一个临界点，它们互相中和，人就万事大吉；一旦出了错，就和一种可能的疾病隐秘相连。然而，没有一个医生敢于笃定，究竟是哪一种过量的毒素，最后主导出透析液的颜色。正是这些知其然却不知所以然的毒，让母亲一度无法进食，浑身发软。现在，依靠透析液，母亲被抽空的气力正在四肢上一点点攀爬，同样是因为透析液的帮助，现在的母亲终于可以下咽。

在母亲身患尿毒症之前，我从没有接触过透析液。而现如今，母亲有限的生命，必须要和这种液体彼此勾连。现在的母亲，一天需要四袋透析液。四袋！8000 毫升！每天！

这个数字非常骇人。一个人的身体，居然需要 8000 毫升的透析液，才可以把每天产生的毒素，全部过滤一遍。这些来历不明的毒液温暖而无味，呈现出几近澄澈的橘黄色。假如不来自于母亲的体内，它几乎可以冒充新鲜的橙汁。我的小外甥刚刚学会喊我舅舅，就不止一次地试图偷袭。有一次，我差点就准备让他尝一尝，我是那么想知道，这些被过滤后的橘黄色，对人的身体是否还具备足够的威胁。那一次，他疯了一头汗，大约是渴坏了，手里拿着把剪刀，欢天喜地地拎起透析液。我鼓励地看着他，仿佛是希望他的动作再麻利一点。他终于一个人剪开了袋口，得意地看着我，仿佛是想得到我的鼓励。我再次点了点头，那一刻，我是笑着的。他果然就捧着开了口的透析液，张开小小的嘴巴，作势要倒进嘴里。

理智终于回来的时候，母亲也睁开了眼睛，她惊骇地呵斥住了孩子，接着，又深长地瞪了我一眼。我不知道那一刻的母亲，是否对我的品质产生过怀疑，我只是愣愣地站在原地，看着委屈的小外甥，后背汗如雨下，后怕让我几欲窒息。好在母亲只看了我一眼，就转过了身去，接着，又重重地叹了口气。

我终于小心翼翼地说到了死。母亲被确诊为尿毒症之后，我不止一次地想到这个黑色的词，甚至不止一次地做起与死亡有关的噩梦。在那些黑色的梦里，我见过早已作古的祖父、三娘、三坡堂兄、五叔、外公和三伯……时间仿佛在他们的身上停滞了下来，他们的容颜一点也没有老去，还是以前的样子，相反，我相信，在时间的另一边，他们正在无边的幸福里优游与沉陷；我还见过尚在人世的至亲（比如小妹、大姐和二哥），以及那些久无音讯的人（比如失踪的哑巴和瘸子）。在梦里，他们竟也已经奔赴于死亡，或是患上了与母亲一样的恶疾，羸弱的身体在病痛里沉沦。我梦见自己号啕恸哭，如丧考妣。

醒来的暗夜，我大汗淋漓，心境久久无法平复。辗转，碾压，仿佛已经不在这个人间。失眠于是轰然来袭，夜暗无边，苦不堪言。失眠，这一无法言传的隐疾，已纠缠我多年。只不过，在这些醒来的夜里，我感到自己的大脑不再空空如也，而是正慢慢发生着萎缩性的病变，呈现出另一种张皇的白。张皇的白比空空如也更令我恐惧。就如母亲已然衰竭的肾，它同样起始于一种弥漫性的萎缩，慢慢使母亲无法进食，慢慢使母亲浑身发软，慢慢把母亲拖近死亡的边缘。

现在，母亲的肾脏已经不具备排毒的功能，因此，在透析之后的一段时间里，母亲的身体确实要舒服一些。然而三个小时之后，我们需要立即为母亲输入第二袋透析液。那些我叫不出名字的毒素，被 2000 毫升的“百特”透析液过滤与筛选，在母亲的体内，因此完全可以想象，母亲的舒服感其实已经极其短暂，也极其有限。事实上越到后来，我越是不忍去看那些橘黄色的透析液，也不忍去看疼痛的母亲。母亲原是个结实的女人，虽然身高只有 1.5 米，体重却有 127 斤。然而，母亲现在的体重已经轻到不能再轻，全身的骨头都支棱了起来，一根连着一根。

皮肤也已经不像是皮肤了，而是一层风干的鱼鳞。坐在那里都久久地，默然地，如果不是眼珠间或一转，几乎形同一尊雕塑，让人惊异莫名。

我知道，正是透析液里那些橘黄色的毒素，在日日夜夜地折磨着我的母亲。母亲只能依赖透析液，才可以维系住疼痛的生命。温暖的毒液，成为母亲须臾不可分离的“肾”；温暖的毒液，是我们全家最大的恩人。从来没有一个时候，我们全家会像现在这样爱钱如命，会像现在这样心往一处想，劲往一处使，拧成一股绳。

母亲是个地道的农民，患病的时候，小村还没有开始合作医疗，一年十万余元的医疗费用全来自于我们六个兄弟姐妹以及由此组成的六个小家庭。这无疑是个沉甸甸的负担，事实上一开始，医生就给我们打过“预防针”。医生说，透析是个无底洞，人财两空最后还反目成仇的事情时有发生。可面对呻吟的母亲、疼痛的母亲，我们已经无路可走。我们只有拿出砸锅卖铁的决心，在手术单上签了字，让母亲成为村里有史以来第一个自费透析的乡下人。这让我们稍感安慰，比起乡下那些莫名的亡者，母亲至少还可以延续自己的生命。

比如五叔。1997 年，61 岁的五叔死于尿毒症。在此之前长达七八年的时间里，五叔一直患有糖尿病，尿液里的血色红得怕人。然而即便如此，五叔也一直不肯去医院。在五叔的意识里，生死有命富贵在天，医院终究看不好要死的病，该死的时候还是得死。终于发展到尿毒症的时候，五叔这才彻底地木了，他整天躺在床上，在虚弱的呻吟声里，等待死神的枷锁结束他的病痛。五叔没有为自己的病痛花过一分钱，五叔既舍不得，也对医院不相信。在乡下，乡亲们对医院都心存排斥，在他们的观念里，有这个钱还不如买一点吃、买一点穿。劝说没有任何效果，成见由来已久，一如泥土的腥气，已经渗到他们的骨头里。母亲也因此延误了最佳的治疗时机。母亲高血压，我们为她买了药，放在床头柜上一个很显眼的位置，但母亲总是在头晕的时候，才想起家里还有药，才想起家里还有测量血压的仪器。母亲正因为长期高血压才导致尿毒症；而五叔，是因为长期糖尿病——五叔不知道，而母亲也不能够懂得。

那个夏天的夜晚豪雨如泼，五叔终于一个人静悄悄地走了，甚至没有叫一声五婶。奢华的丧事欲盖弥彰，让一帮老伙计羡慕得不行。在众人形形色色的目光里，五婶放声恸哭，“你怎么会得这样的恶病”，“来生你就是投胎也别投成乡下人”……

这种无谓的劝慰让我黯然动容。雪白的经幡迎风招展，遮天蔽日，乡亲形色哀戚，我在其中，心里堵着难言的痛。坐在门槛上，我耷拉着脑袋，心绪久久难平，忽然就想起镇上唯一的卫生院。卫生院在扫帚沟街附近，中学旁边，荒凉而破败，简陋而不洁。记忆里的卫生院只有六张病床，像是间大通铺，上面悬着一只被积尘包裹的吊扇，同被褥一样看不清原来的颜色。卫生院离我家五至六华里，我只进过一次，刺鼻的气味像一柄巨勺，在我的胃里一个劲地翻搅。十五岁那年的夏天，三坡堂兄喝了农药，四五个人轮流背着他送到卫生院的时候，人已经不行了。当时的卫生院里只有一个医生，靠在椅子上心事重重地抽烟，目光盯着头顶上的吊扇。他为什么要盯着吊扇？我不知道。他大约是想打开，但厚重的灰尘让他犹豫，于是就盯着，仿佛是在期待灰尘自己飘落，然而奇迹迟迟没有出现。

他只是看了看堂兄，就捂着鼻子说，抬回去！他生硬的短语像一把锋利的手术刀，将生的希望瞬间斩灭。一地的人号啕了起来。他皱着眉头，再次点上了一支烟。

这个冷酷的医生，今年春天我再见了一面。哦，忽如一夜春风来，就在今年春节，农村合作医疗的春风终于吹到了小村，费用每人每年十元。在经过一段马拉松似的长途跋涉之后，我们终于看到了一线曙光，终于开始相信：希望在前方，明天会更好。那个返乡的上午，我下了车，一路兴奋着奔向卫生院。许多年之后的卫生院还在那里，蹲在一排排楼房中间，低矮而逼仄，看上去比母亲还老，仿佛一个被恶疾纠缠多年的老者，风烛残年，苟延残喘，横流的水渍在外墙上刷出一张张土黄色的脸。一扇锈迹斑驳的铁门半掩着，透过铁门看过去，整个卫生院像一座在时光深处没落的废墟。那个冷酷的医生似乎已经熬成了所长，一个年轻的医生指引我，说，合作医疗的事，归他管。

他还是靠在椅子上抽烟，仿佛他一直就不曾离开过，一直在盯着那只尘封的吊扇。他显然已经认不出我来了。在说明了原委之后，我得到的回答是：省城的医院只能报销百分之二十，县医院可以报销百分之三十，镇卫生院可以报销百分之五十，而且，必须是住院。三下五除二之后，他叼着香烟气定神闲地对我说，你妈这种情况，大概可以报两千元。

两千元？两千元！两千元，只够帮母亲买一个星期的透析液。然而报总比不报好，报了，母亲多少会觉得安慰，甚至有可能理直气壮、心安理得。母亲甚至想回到乡下，看病或者买药，都上镇里的卫生院，在母亲看来，这样应该更便宜一些。母亲不知道，卫生院里根本就没有做透析的设备，卫生院也没有透析液。短暂的兴奋之后，我们再次陷入无底的深渊。

在听从我们的劝说之后，母亲无奈地叹了一口气。其实母亲自己，对卫生院也是将信将疑、心怀警惕，母亲还破天荒地长篇累牍地说起一件事。前年，邻村鳏居的天保得重感冒，拖得也是久了些，到实在不能再拖的时候，才被乡亲们支使进了卫生院，吊青霉素，一瓶水还没吊完呢，天保就断了气。天保的儿子在常州做包工头，他带了一帮人回来，把卫生院砸了个稀巴烂，围了一天一夜。最后，卫生院赔了两万五千元。再多估计也没有了，包工头在拿到钱之后，只好把天保的尸体就地收了棺、入了殓。“农村误了多少人哦！”母亲佝偻着腰身，拍着粗气呼啸的胸口，接着又历数起一个个亡者。

母亲说的我信，我在乡下待了将近二十年。在我的乡下，许多人都莫名其妙地死了，有的连死因也说不具体。乡亲们都信了这句口头禅：黄泉路上无老少，哪里的黄土都埋人。

全家只有二嫂一个人兴高采烈。二嫂类风湿，有些年头了，病根是在月子里落下的。二哥带二嫂上过破罡街的小诊所，上过扫帚沟街的卫生院，再往上二哥的步子就迈不动了。二哥这一迈不动就停下了好几年，好几年之后，二嫂就瘸了一条腿，走路一瘸一拐的。二哥本来在外打工，二嫂成了瘸子之后，饭都不能烧，二哥只好卷铺盖回家，老老实实地在家里做田。这一回终于可以报销了，二嫂于是决定到卫生院里住院。兴高采烈的二嫂在卫生院里碰了一鼻子的灰，“就你金贵，操！都瘸了，还住啥院？”想想也是，村子里的女人很少能坐一个完整的月子，男人都在外打工，女人前脚生完孩子后脚就得下田。村子里的女人三分之一都有类风湿，或轻或重而已，最重的数卫东家的，已经在床上躺了三四年。羞愧不已、黯然落泪的二嫂于是连药也没有开，就一瘸一拐地爬上了回家的蹦蹦车。这一来一回，二嫂花去了十元钱。

就为这十元钱，二哥和二嫂吵了大半夜。

……疾病像一块生冷的钢铁，尖锐地楔在乡村的胸膛上，许多年。无数家庭的航船在疾病中沉没，在疾病中搁浅，无声无息，不被人发现。每每在坚硬的城市里自在地浮游，在泛黄的书页里矫情地辗转，在清晨的电脑前回望乡村，或是进行乌托邦似的唯美书写，我时常感到自己身上的罪孽。母亲病重之后，有空的时候，我时常借故下乡采访，亲近农舍亲近土地，和农人聊天，让自己的耳、鼻、心以及整个身躯都能最大限度地贴近遍布疮痍的苍茫大地。我深切地知道，乡村的每一寸土地其实都是有病的，一直都有病，而且，病在骨头里！我甚至一厢情愿地相信：乡村并不肥美的土地也有一颗博大的肾，它同母亲的肾一样在慢慢衰竭，较之于母亲，它的病痛其实更为持久，也更为酷烈。而无限扩张的城市，坚硬的城市，正为这颗曾经供养过它们的肾，做旷日持久的透析——这，将是一场漫长的苦役。

乡村的肾，就是母亲的肾。母亲在疼，就是乡村在疼。

（原载于 2007 年 9 月《人民文学》）

村庄三章

钱叶全，男，曾任枞阳县文联主席、现任《枞阳杂志》主编，供职于枞阳县文化委。长期从事地域文化研究，曾主编《枞阳历史文化名人》《浮山摩崖石刻》《枞阳民间故事》等书。

清 明

每年清明，我总有一次刷新目光而温暖的回归，回到老家钱家祖的庄子上。

这个时候，庄子上的油菜花都灿烂地开了。我们那个村地形逶迤，地块零零碎碎，不像江南或江外滩一眼望去就能看到大片的金黄。由于地块的错落和分散，村庄的油菜花都是小块小块的，在山坡上，在水塘边，在田埂上，间或夹杂着村头地野的绿色麦苗，粉红的桃花，清清的水塘，那小块的一片片的油菜花就呈现出村庄特有的画面来。主色调是金黄，涧沟、村庄、老屋，房前屋后挂晒的衣服，未及翻耕的冬闲田和地里那把土色的犁，则是村庄固有的色块，这些色彩配搭起来，作为故乡的样子，进入我的目光。确切地说，此时，进入我的内心。

小时候，经常看到油菜花地里有狗的寻觅。一片金黄的花丛，一只卷着尾巴的灰狗在地里嗅嗅、停停、跑跑，我不知道它的目的，只看到它的样子很窘迫。村子里比我大些的二黑他们则阴暗得多，早已端了一盆淘米水在一旁守候，我也不知道二黑他们的目的，只感受到他们的笑声很阴暗，直到他们等来结果，把淘米水泼到两条狗身上，听被作弄的两条狗哇哇惨叫，我才突然感觉到村庄是丑陋的。

后来远行，读到这样的诗句——村庄就是伤口。从伤口出发，那里又是村庄。方懂，我已白发上头。在文字的缝隙，偶尔找找原野，找找村庄，却不知真正的村庄已经远去。

一辈子生活在庄子里的乡亲或许是感受不到这些的。春节一过，村里年轻人一定要离开村庄。偶尔谈起庄稼谈起油菜花的，无非只是我八十多岁的父亲和隔壁的“瘌痢大爷”。

“瘌痢大爷”，我从小就听家人这么叫他，至今不知道他的真名字，个矮、背驼、不说话。母亲一直叫他“瘌痢大爷”，说瘌痢大爷苦做，苦挑，那个驼背就是重担压的。瘌痢大爷有个老母，母亲称呼其“大娘”。大娘小脚，蹒跚，说话轻微得几乎听不到声。对瘌痢大爷的印象深，还因为母亲过去经常送粑给他家。老二小时候对母亲送粑行为一直抱有反感，那时我家人口多，母亲做粑的日子就是我们加餐的日子，老二和我都趴在锅台上，看母亲把又白又薄的粑一个个下锅，又一个个香喷喷地铲起来，装进脸盆，但总是吃不到我们嘴上。有时，母亲抵不过我们的可怜相，也会给一两个糊一下我们嘴，然后多数的粑不知道被母亲弄到哪里去了。我是老大，很可能祖母有点暗动作相助，虽然没解馋也不会追究粑的去向，更不会探究母亲的行为，但母亲的行为由于老二的饥饿和忍无可忍，终于有一天暴露出来。这一天，她做完粑，装了满满一碗，把碗掩在围裙底里，从后门出去，被老二悄悄盯上了，然后老二看见的，又是一碗、二碗、三碗……原来到嘴的粑被母亲大多送出去了，包括隔壁的瘌痢大娘。老二统计地说，不是一位大娘，而是有好几位大娘。终于，母亲的秘密得到一次老二的质询和反抗——为什么不给我们吃?！为这事，老二挨了母亲一顿打。据说，母亲打老二时，流着泪说，瘌痢大娘是村子里最可怜的大娘。

老二的一次反抗换来一次伦理的教育，结果扭曲了老二的性格。后来，他很少说话，不愿读书，倔强。和我抬水经常打架，他比我小四岁，打不过我，他就刮胸口的第三粒纽扣学我口吃，直逼要害地让我泄气。结果不欢而散，无法抬走的那桶水放在路途上，急得等水下锅的祖母在家直跺脚，直怨"这两个害鬼哟"……后来他学了砖匠，学会了像瘌痢大爷一样的少言，学会了靠手艺吃饭。村子里楼房每年像油菜花一样地长，不愁他的饭吃，不愁他的酒喝。去年孩子考上大学，老二喝了六七两酒，这个酒量使他成了我们家喝酒最有造就的人。尽管这样，我最清楚，我们兄妹四人，在母亲的心中，她最心疼的还是老二。

当年做粑时那个壮实的母亲，转眼头发全白。平常她给老三带带孩子，在安庆待的时间多些。做清明要准备祭祀碗，老二告知了母亲，她头天下午就赶了回来。我第二天上午到家时，她就坐在祖母当年那时的位置上"捣锅洞"，正霞在灶台上炒，说"大点火"，她就把头凑到火门口拨火苗，灶膛的火终于旺起来，把她的脸映红。"灶头火"映红的母亲像极了油画上的藏族母亲，慈爱而祥和。我不懂宗教，但我感受到了藏族母亲的宗教色彩，母亲的脸上为什么呈现出如此慈爱的光辉？她一生不识字，却实践了一个"爱"字。冰心说，有了爱，就有了一切。大概就是这种意味吧。

钱家祖

故乡，对于我，是渐远又渐近的记忆。人到中年，脚步在不断追寻外在山水的同时，内心却深切地贴切着故乡的土地草木，钱家祖、涧沟、小圩里、万神庙……以至还清晰地记得那大气恢宏具有徽派建筑风格的钱家祠堂，雕梁画栋，百屋连堂，有祖居堂、万青堂、燕山堂、松元堂等。正堂面东门，楼高有数丈，汉白玉门墩还沁凉过我童年的夏天呢。小时候，对钱家祠堂有两个印象：一是高大阴森，因串坊回廊，厅堂套厅堂，曲曲折折，跑进去就跑不出来，走进燕山堂，有一方明亮的天井，约3×2米见方，是雨水汇集的之地（徽派建筑中解释为财往家流），常年因雨水冲刷，天井内的石板被打磨得锃光发亮，偶有青苔绿草生于石板缝隙之中。当时立新家就住在此，现在想起多么奢华啊！二是我的一、二年级在这祠堂里启蒙受教，孩童打闹的事记得不清晰了，只记得又一次摔到石礅上，撞破了头，哭得很伤心。

走出故乡，听长辈说那座祠堂因一次意外失火化为废墟。但童年对祠堂的敬畏一直延续在我人生的路上，那合抱粗数丈高的原木串坊，那正堂钱家世祖的牌位，那环绕祠堂的潺潺流水以及万神庙集体祭祖的神圣仪式……现在想起来，我觉得有一些问题是应该回溯的，比如这辉煌的建筑是钱氏哪一代造的？是出于什么目的造的？钱家祠堂在当时是不是家族的中心？钱家祖这个村庄的命名是不是因钱家祠堂而来？这次回家做清明，因想起这些事，席间就与大爹、小爹探究，言谈中他们对祠堂的印象显然比我清晰得多，然而对历史问题的考据他们也没有明确的说法。在钱氏流脉中，有一点我是知道的，落户江北枞阳的几处钱氏都是从杭州吴越国移民而来。吴越国的开创者为钱镠王，钱镠王陵现今位居临安，钱其琮、钱鍾书、钱三强、钱学森、钱伟长、钱正英均为钱镠王后裔，在钱镠王陵都有祭祖身影和敬辞。按流脉推论，当年建造钱家祠堂的钱氏应是钱镠王后裔无疑。这辉煌的财富从何而来？钱家祠堂又为何具有典型的徽派建筑风格？钱氏与徽商到底有什么联系？历史的考据不可臆测，有一点应当肯定，钱家祠堂记载着一段钱氏奋斗的文明，像吴越国的钱镠王一样，开创者皆为艰辛路，也唯有开创者才能留下文明的见证。钱家祠堂虽然消失了，但辉煌的梦却印刻在后人的脑海里。现在看，要恢复钱家祠堂，需资巨大，凭当前村庄钱氏的财力条件难以完成。我对叔说，第一步可以凭记忆把印象图画出来，第二步尽可能地把遗存房屋文物保护好。

屋外下着雨，中午吃饭时人多，老二从隔壁借来了一张方桌，与家里的方桌凑在一块，满满的一堂屋。祖母在墙上慈祥地望着我们，望着一屋跑闹的孩子，叔父开了两瓶全家福，几杯酒下肚，话就多了，说说这个，说说那个，晚辈们敬他酒，他一概喝个底朝天，说今天不醉什么时候醉呢。今年他最大的事儿是给村里牵头修烈士墓，地点在万神庙，那里油菜花正灿烂地开着。

吃完饭，我正准备放下饭碗，白发母亲用颤抖的手（和外婆一样）往我碗里加汤，汤一抖一抖的，这哺育的场景顿时让我哽咽。

江家店

外婆家在横埠河的江家店。小时候去的最多，从记事开始起，知道外婆家离我家有六七里路，要经过一个桃园村，翻过一个山冈，经过横埠河大桥，再走过一个长长的河堤，看见一个土榨油坊，才到外婆的这个村子。印象最深的是这样一个画面，每次离开外婆家，她都把我送出门，叫我别搞水，在我的口袋里放一把花生，吩咐我路上吃。外婆家的瓦屋大门对着不远处的横埠河，门口有棵老枫树，上面钉着电话线瓷瓶，外婆每回把我送到这老枫树的路口，我沿着小路回家，她就站在大树下目送很久。那时没有电话手机，一路她好操心啊。小时候在外婆家玩水滑到井里出过一次事，被人抱回来裹着被在门口晒，回去母亲打了我还算了命，说我遭水吓，母亲给了一升米给算命瞎子，说瞎子像看见一样。外公说我有点顽皮，我自己不知道，只知道小时候到外婆家最好玩的地方是爆竹作坊，外公在那里上班，做鼓彩和高启，隔壁是堆放废报纸、废书的仓库，我一去就在那里翻，看这看那，半天不出来，外公在外面叫要我回去吃饭，临走抓几个鼓彩放到我口袋里。外公清瘦样，镀了金牙，喜欢一点酒，怕冷。每晚外婆要给他温点酒，在他棉被尾部打上一个结防冷风钻。听母亲说，江家店的外公是外婆后跟的，外婆家原在吴家矶，家里搞鱼为生，有船有大罾，有一个月在江里没板到一条鱼，突然有天晚上板上一条和人一样长的大鱼，不久外公就去世了，当时外婆养了四个儿女，都小，无法维生，来到了江家店。母亲和姨作童养媳放到了钱家祖我这个庄子，大舅父留在了江南，二舅父来到了江家店，后来和这个外公有了小舅父。

童年的印象里，外婆特别干净，个子小，双眼皮，特别好看。她是大户人家的，外婆的娘家也在钱家祖，家产占半边村庄。我和母亲一回家，小脚的外婆就里外忙碌烧茶水打鸡蛋，而我在外面玩得多。我喜欢江家店村外的河滩、水井和鹅卵石。现在还记得外婆家周遭环境的一砖一瓦，一草一木。江家店有鹅卵石老街，各家的茅草柴就堆放在鹅卵石上，一家一堆，都烧柴锅。印象里好像江家店总比钱家祖亲切些，这种温暖的亲切感肯定来自外婆的宠爱。还有那座横埠河大桥，已成为外婆家的标志，即使几十年以后，江家店的变化日新月异，但这座大桥的亲切感永远没有消失，像陈逸飞对周庄双桥的记忆样，成为我对外婆家记忆的经典画面。

母亲对外婆感情很深，外婆去世后，她常常在夜里哭泣。我听进去的是外婆心疼她的故事，说我那时小，家穷，常吃不饱肚子，到外婆家打牙祭，母亲没回，一碗豆腐外婆蒸了又留、留了又蒸，留了十多天变潲了自己都舍不得吃。外婆在日，她没有尽到孝，当时我在浮山读书，她攒了三块钱想在外婆生日时扯一件蓝布褂给她，我正好回家讨钱，三块钱给了我，外婆去世后这未了的心愿常使母亲伤心。外婆还给过母亲一个锁麟囊，里面有元宝、银项圈、银手镯之类，母亲藏在红木箱底里，我小时候常常翻，觉得东西耀眼，在好大一个布袋里，好玩。最后吃不饱肚子，母亲把布袋里的东西找一个银行职员兑换了，一块银圆只卖了五块钱，项圈只卖了十块钱。母亲不知道锁麟囊的故事，她一生劳作，也看不到戏剧，她知道外婆这红布袋的分量，但她有了自己的儿女，自己的生活之重，锁麟囊变成了外婆恩泽的河流。

听舅父说，外婆去世后，葬到横埠河对岸的山上。望着这条清澈的河流，仿佛看见外婆还在烧她的柴锅。江家店依稀还有外婆家的炊烟。

大别山之夜

叶全新，女，1952 年生，籍贯安徽省来安县。安徽作家协会会员，曾任安徽省枞阳县皖枞报副主编、安徽作家协会理事、安庆地区作家协会副主席。著有散文集《爱之门》《夏日草》及传记文学《中东河新传》《莫干山》。兼任杭州日报专栏作家及特约记者、杭州晓钟文化公司顾问。发表各类文章约三百万字，多篇作品被收入选集。现定居杭州。

每当我离开你的时候，叫我怎能不忧伤？

——新疆民歌

不知道这样一个简单而普遍的句子为什么是新疆民歌里面的，从小牵着妈妈的衣角一步三回头望着那个小山村，极不情愿地走出山沟，走到公路上就蹲下大哭的女孩，心里装着的就是一个孩子所能感到的全部忧伤。

我对公路有一种复杂难喻的感情。是公路让我们走向深山重岭，走出洪荒混沌，走进所谓文明人的世界。但也是公路隔断了山里山外，隔断了小溪和小溪一样的亲情。公路是人们在一幅大写意山水画四周加上去的画框，我们都在画框外面，在许多个难熬的日子，仰望画布深处那一处青色的墨渍。

在朋友接风的宴席上，叫作胖子的问我们是走白路来的还是走黑路来？茫然不知所云，便告诉他这进山的路快了很多，盘山道也短了，而且不知为什么车经潜山县城。朋友们大笑，说下次你回来，连那一截山路都给你夷平了！赶快大叫不要，不是为了山道还为什么要进山！于是又听了一个笑话，或者是现在的人当作笑话说。那是二十世纪五十年代城里人下放，分到安庆地区，问城里人是到潜山县呢还是到岳西县？当然是到岳西，因为潜山一定是大山区。谁知深山更在深山外，过了潜山才是岳西！外地人连呼上当已经无药！所以，岳西县至今有许多外地人和他们的后代。走在山城，随处可听见异地口音。就是正宗的本地人，改革开放这十几年四方闯荡也早已变了乡音。害得我起码问了 5 个人：你是本地人吗？都居然是地地道道的大别山人！那么白路和黑路又是怎么回事？原来过去汽车从源潭铺就开始爬山的那条白色沙石路是老线，现在改行的中线经过天柱山是一条柏油路，所以山里人戏称“黑路”。

黑路，这是一个多么丰富的词啊。是说柏油呢，还是世道人心物欲横流？

离公路最近的一个村已经接通了电话。我望着细细的电话线，心里叹息：文明已经来了。转过山脚是小时候最爱的一座石板桥，兴冲冲走在前面。看见桥边躺着两根巨大的水泥圆柱，皱眉问表弟：运这个进山干什么？架高压线，在那边最高的山顶上。表弟接着说从小叫他“法文”的大舅，50 多岁了，昨天为抬这根水泥柱，在山路上跌倒，尖利的石块戳进小腿，额头上一片沙子深深嵌进肉里。快进村时，法文舅舅站在林子边，头上果然一块血色三角形，像一个画了图腾的老印第安人。老远听他喊“妹妹也，回来啦？是大姐吧”，“妹”是山里人对小孩的昵称。表弟的儿子才3岁，满竹林里追着同伴，捉到一个更小的女孩，男孩用小手摸着女孩的脸，无限温柔地咿呀："妹也……"，哦，我是妹妹！我是这里的妹妹！我在这座老屋里生下来，屋前有青青的竹林，屋后有清清的山泉。5岁之前，我是这个山村的孩子。有人喊了我5年的妹，以后就再没听过。在外面那个家里，我总是姐姐。姐姐和妹妹是不一样的，因为妹妹才是可以撒娇的女孩！

大别山已经有了太多的变化，然而那一声"妹"没有变。不经意间，妹已长大如许。满山谷赤橙黄绿青蓝紫的木子树，在最初的5年已积蓄了我一生的颜色，所以这一生我只看见了雨和阳光。

回乡的两个夜晚是两个世界。山上的宁静优美像陈年老酒一醉几千秋。只要踏进山的怀抱，便是山风熏得游子醉啊。也许正是山不醉人人自醉，才有人努力发明各种酒，把自然变成物质形式来享受，结果却近酒而远山，这是聪明呢还是愚蠢？我想不明白了。

想不明白是因为高山流水觅痴醉，一杯杯美酒随着乡情、乡音入肠穿肺，古人说过"醉在他乡即故乡"，何况我是在自己的故土上，岂有不醉之理！

山下已不见山城旧韵。酒楼林立，舞厅比肩，直把杭州当汴州！山妇与时装在店门内外组成奇特的画面。不合时宜、新旧纷呈正是这个时期的特点。大街上机动车制造着文明世界分秒不可或缺的轰鸣。夕阳落山，路灯下穿梭飞驶的摩托车真像满街骚动的大虫子。如果山里人的天性中都未注入更多的山性，我们怎样能够指望这个世界沉静一些？我不是从都市中归来，我只是从深山里流出去的一缕山泉，流进长江，再从长江中幻化成云雨飘回森林，寻一棵早年与我缔约的树。

似乎命中注定有水。大别山之夜，温情如水环抱。有一支民乐如波如浪，惊问这是什么名曲？回说是电影《渔光曲》中的流行曲《月光光》。见我喜欢，舞厅竟然再次响起这支20世纪30年代的乐曲，同时听见主持先生宣布这首曲子献给回乡的妹妹！没有想到，大别山中的舞厅这样有情有致。

又要离去，舅妈舍不得。临行泣泣怪我来去匆匆，“回来讨个火种啊?”哦，是了，大别山的火种原是星星之火可以燎原。大别山的火种是不熄的。大别山人有一个誓言，这誓言叫作山盟。

方东美：熟悉而陌生的大师

章宪法，枞阳人，毕业于安徽师范大学汉语言文学专业，明史研究者。现为安徽省作家协会会员，安徽省散文家协会理事、安庆市作家协会理事、枞阳县文联主席。作者以历史散文与杂文见长，先后在《人民日报》《羊城晚报》及《读者》《清明》《北京文学》《杂文月刊》等数十家报刊发表作品百余篇，诸多作品被《读者》《杂文选刊》《特别关注》《大家》等杂志选载。著有文集《苍生鬼神》《明季闲谭》《明朝大败局》等。

美国亚拉巴马州大学教授孙智先生如斯赞叹：“他学问真好，不在中文系，可中文比中文系教授好；不在外文系，可外文比外文系教授好；不在西洋，可西洋哲学比西洋人好；不在和尚庙，可佛学比和尚好……”他就是“中国最伟大的哲学家”方东美。

名门东美

方东美出生于安徽桐城（今枞阳）——义津镇，位于枞阳、桐城间的省道，镇中一条向西的乡村道路，小型机动车可以勉强通行。曲曲折折二十余里，是杨树湾村大李庄，乃方东美先生出生地。

这里仍是一个传统意义上的中国乡村，农舍田野，村树四合。很难想象从这里走出的农家子弟方东美，竟以当代智慧，圆融儒释道、会通中西哲学与文化，建构起以生命为本体、统摄万有、兼容并包的宏大精深哲学体系，达到前人未有的高度，并改变西方对中国哲学的偏见。

大李庄透出偏远与闭塞，源于现代社会的蓬勃兴起——漫长的水运时代，大李庄濒临菜籽湖，通江达海，其实是便捷的交通之地。而于此逐水而居的，更是后人尊崇的豪族名门——中国方氏家族，历时四千七百余年。这里的桐城方氏，文天祥称之“声光显赫”，梁实秋、钱理群誉其为“中国第二大文化名门”，“仅次于曲阜孔氏”。方东美之父只有一个登仕郎的身份，但其族祖方以智、方苞等早已名闻天下，学术文章群星璀璨。

方东美先祖于元初迁居桐城，一世方德益，二世方秀实，三世方谦……二十三世方东美。明代以来，桐城方氏瓜瓞绵绵，俊才辈出，28位方氏族人跻身进士。方东美五世祖方法，在家族中第一个科举入仕，授四川都指挥司断事，“靖难之役”后效法宗师方孝孺，投江自尽。七世祖方佑，有明代“真御史”之美称，因忤宦谪迁湘桂，终于“桂林府”任，从此以方德益为始祖的桐城方氏，被尊为“桂林方”。中国流传最广的文学流派“桐城文派”，便以桐城“桂林方”为中坚。方东美的横空出世，似乎自在情理之中。

方东美不到两岁父母双亡，赖兄长抚育长大成人。长兄道怀，务农；次兄义怀，曾任桐中校长，桐城教育局长，毕生从事教育。方东美十四岁入桐城中学，十八岁毕业入南京金陵大学预科，次年升哲学系本科，从此走出乡村，步入学术殿堂。

“怒美”时代

方东美的青少年时代，是一个思潮澎湃的时代，也是一个革命的时代。方东美青少年时，好学深思，尤富正义感，同学呼之为“方怒美”。

1919 年，20 岁的方东美参与发动了南京的“五四运动”，加入“少年中国学会”，为南京“少中”分会发起人之一，并在《少年中国》杂志发表数文。次年“少中会”创办《少年世界》月刊，先生任总编辑。方东美曾言：“我信原定学会宗旨‘本科学的精神，为社会的活动，以创造少年中国’规定，有益于社会，无愧创造少年中国。”

但方东美绝非纯粹的热血“愤青”，他深明大义，而坚守理性。1920 年 5 月，全国学生闹罢课。金陵大学学生集会时，台上反对罢课的人被打得半死。方东美则冒险登台，演讲了两三个小时，引导青年学生趋于理性，化解了无谓的学潮。但面对暴力，方东美又无所畏惧。1927 年宁汉分裂引发学潮，南京国民政府主席李烈钧悍然下令开枪，打死中央政校学生袁大煦。方东美毅然与另两位教授，抬着袁大煦的棺材与学生游行示威，前往国民政府声讨，迫使李烈钧第二天下台。

抗战爆发，方东美肩负起知识分子的民族大义。1937 年，他应国民政府教育部之邀，在中央广播电台连续发表八次演讲。他在讲演中说："他们（中国先哲）遭遇民族的大难，总是要发挥伟大深厚的思想，培养广博沈雄的情绪，促我们振作精神，努力提高品德；他们抵死为我们推敲生命意义，确定生命价值，使我们在天壤间脚跟站立得住。"方东美以中华文化的伟大精神，鼓舞青年与日寇作生死之搏。抗战胜利后，有人指责留在南京的学生是日本顺民，方东美则又不以为然，怒斥道："当撤退时，无飞机、无轮船可坐，无火车可乘，所以才留下来。天下只有伪政府、伪币制，哪有伪人民、伪学生的？"

血与火的时代，方东美坚守了自己的理性与思考。方东美早年就读南京金陵大学，因卓尔不群险遭开除。校长鲍尔文博士则慧眼识珠，力排众议并保送其赴美留学。方东美学成归国后，目睹中国分裂一幕，决心走纯粹学者一途。有人曾劝方东美介入政治，在思想方面帮助国民党。方东美笑答："搞实际政治有时候要拿头来换，我这个头脑已经保留，我要贡献给哲学思想。在政治上要我拿头来换，我没有这个勇气。"

"世美"风波

方东美自少年离乡，终生没有回归故里大李庄。在这个传统的故乡，至今保持着对大哲的陌生，抑或偏见——这或基于方东美与原配的离婚，或基于其长女的抑郁亡故。

1924年秋，留学归来的方东美曾返回桐城。当局教育界及全城乡绅亲友，隆重为之洗尘接风。这时的方东美与朱光潜，被地方评为"国学大师"，国民党中央教育部和安徽教育厅的喜报与证书，也恰在此时送到。衣锦还乡的方东美，回乡做的第一件事却令地方为之轰动——1928年，方东美与高芙初结婚，次年长子方天华出生。方东美原配为同在大李庄的盛氏，方盛二氏本为世戚，方盛二人婚后育有一女。颂扬赞美声犹萦回在耳，方东美提出了与盛氏离婚，且写成诉状递到法院，成为桐城地方法院的“第一例离婚案”。

桐城地方传统深厚，方东美之举震惊全城。最为恼火的是方、盛二氏的家族长老，他们轮番登门劝说、开导、谴责，要方东美珍惜方、盛二氏的世戚之情，维护方氏家族的世代美誉。就连二哥方义怀，也对其弟颇为不满，认为他洋墨水喝多了，头脑发昏。时任桐城县长的吴佑三，本是一个清末举子，一向奉理学为神明，此时尤为失望与愤怒，他指责方东美说：“当了洋博士，便要数典忘宗吗？难道你忘了贫贱之交不可忘、糟糠之妻不下堂的古训?!”

荣归故里的方东美，一时众叛亲离，被人呼作“方世美（陈世美)”。只有二嫂疏毅芝站在他一边，这是位热肠义胆的新女性，力排众议，奔走呼喊，但收效甚微。开庭之日，县城万人空巷。县长吴佑三早在三天前就亲拟榜文，故特地命人张贴在城墙四门与孔庙照壁，以期煽动舆论。由于围观者甚众，法庭狭小，吴佑三便在县衙广场审理。原告方东美及其委托人疏毅芝刚一露面，即遭攻击，有人从脚边抓起烂泥，有人从怀里摸出鸡蛋，朝他们狂扔……现场秩序，法警根本无法维持。

法庭上的方东美，尴尬而愤怒：“县长先生，我提请你注意：这是法庭而不是放牛场。发生在眼前的事，岂止侮辱我个人的人格，也在侮辱法律的尊严，损害当局的声望。”吴佑三则曰：“众怒难犯，民意难违。方博士和二少奶奶，应该体谅民众心情。”方谈法律，吴对情理、周公礼制，振兴古风……被诉人盛氏，中途离开会场，爬上城外山顶，呼喊如果判决她与方东美离婚，便跳崖寻死。会场顿时乱到了极点，唾沫和叫骂，几乎淹没了方东美和疏毅芝。方东美原想为乡梓年青一代树立楷模，撞开封建礼教、宗法观念。岂料自己却招来众叛亲离，碰得头破血流。深感悲哀的方东美，第三天愤然离开了这座古城，踏上北去的旅途。这一走，就再也没有回到故乡杨树湾……

去台赴美

离开家乡的方东美，踯躅于武汉街头。在这里，他邂逅了朱光潜。方东美与朱光潜的家乡，相隔十里，二人既是同乡、同学，亦为好友。朱光潜为当代著名的美学大师，终生建树不断，有“学术界的傅作义”之称。新中国成立后，朱光潜选择了留在大陆，而方东美则去台赴美。方东美与毛泽东、蒋介石均有交往。蒋介石曾从方东美学习《易经》、王阳明与辩证哲学，给方东美执学生之礼，方则以布衣给蒋介石行国家元首之礼，两礼并行，为一时佳话。蒋介石兼中央大学校长后曾到校视察讲话，随从人员将大礼堂座椅全部搬出。方东美时任哲学研究所所长，见此情景勃然大怒：“来者何人?”闻听是蒋介石后，方东美更加气愤地说：“既是校长，岂可以不敬师?”此语一出，全场哗然，座椅立即得到恢复……1951 年，蒋介石曾设宴招待部分大学教授，在座的便有 52 岁的方东美。

毛泽东青年时期，曾加入“少年中国学会”。1918 年，毛泽东游南京，受到“少中”会友的热情接待，以年长被众人呼为“毛大哥”。“少中”会友欢聚一堂，高谈阔论，唯独毛泽东沉思寡言。众人思忖他只是师范毕业，并无大学学历，于是纷纷劝他进大学深造。毛泽东则自嘲道：“年纪大了！不中用了!”众引《三字经》“苏老泉，年二七，才发奋”云云，以示鼓励，并纷纷解囊，赠送车资盘缠，帮助其北上进北京大学学习。毛泽东到北平后，在北大图书馆担任图书管理员。后经李大钊引荐，走上革命道路……

1945 年 8 月，毛泽东赴重庆谈判，专门宴请在渝的“少中”会员。会面时，毛泽东充分展示出领袖的风采。赴宴的方东美，用桐城方音说了一句：“这不是当年的毛大哥吗？”不料全场“少中”故人纷纷响应，齐呼：“毛大哥到矣！”方东美自觉失言，毛泽东则说起当年到南京，茫无所知，从下关独上城头，穷一日之力，绕南京城墙一周。众人相顾失笑曰：“此乃万里长征之初步练习，今日仍有此雅兴否？”现场气氛，重新变尴尬为融洽。

抗战胜利后，方东美选择去台。1948 年，49 岁的方东美担任台湾大学哲学教授、哲学系主任。1959 年，方东美应邀赴美讲学，并担任美国南达科他州州立大学哲学访问教授。其后数十年，先后受聘于密苏里大学、俄亥俄州奥伯林学院任访问教授，往来台美之间访问讲学。1977 年，先生患病，捐赠全部藏书，并嘱家人及弟子：从家里换着衣服，送到火葬场把它烧掉，烧成的灰，洒到台湾海峡与金门之间，一切都清清爽爽地结束……

1978 年先生逝于台北，骨灰葬于金门海域。台海之间，留下一座无形的丰碑。涛声起落，答案有无——对大师而言，最好的答案或许就是没有答案！

写给母亲

张炳应，男，1961 年生。大学毕业后从事教育工作多年，现在政府机关就职。自幼爱好文学，工作之余写作散文数十篇，有多篇在《安徽日报》《安庆日报》和枞阳县级报刊发表。

母亲，您已走十年。在我们心里，您不仅没有远去，反而日渐清晰。几回灯下铺纸捉笔想和您说说，又不知从何说起。父亲病了，得了不治之症，入院已有两月。我们兄妹日夜轮流陪护着他，像十年前陪您一样。躺在陪护的小床上，看着骨瘦如柴的父亲。皎洁的月光倾泻在我的身上、脸上，宁静异常。我有一肚话要说——焦虑，惭愧，心疼不已。

您是一个坚强的母亲。您病了好久，我们都不知道，直至不能行走，到医院一查竟是那个病。我们只能无奈地见您一天天衰弱。您与病魔斗着争着，没有呻吟，没有哀怨，不到两个月，就带着嘱咐、牵挂，安详地走在金银花盛开的季节。那年，您 68 岁。为什么不早点告诉我们您病了呢？是怕我们分心，影响工作吗？我们怎么就没有早点看出来呢？就在您病倒的前几日，我们竟还心安理得地享受着您做的山野菜、老鸡汤……

忙完您的后事，我们急着坐车上班去了。老父亲送到村口，站在长满柴草和野花的小路旁，全白了的头发凌乱地被风拂来拂去。“你们走吧，放心！”声音低沉，噙着泪花。车子渐行渐远，老父亲还久久地站在路边，不知是在招手，还是在拭泪。

您临走之际，再三交代我们：“你爸一生不容易，要孝。”

您走了，父亲的生活全乱了。他能同时担任两个生产队的队长，把事情安排得井井有条，但他不会做饭，不会洗衣，家里油、米、衣被都不知道放在何处。我们常常回家，都想帮他做点什么。慢慢地，他能勉强自糊自了，就一再要我们不用来回跑。渐渐地，我们回家少了，逢年过节我们回去，一边高谈阔论一边吃着父亲做的饭菜。我们总觉得父亲还是那么健康，从不把他当作年近八旬的老人，直至他便血多日，我们竟又是不知道，父亲也将一病不起。

父亲喜欢“侃”。好谈“解放前”“大跃进”“文革”那些陈年旧事。他乐意我们当听众，但往往他一开头我们就粗暴地打断他。我们和“高朋”们海阔天空时，父亲总是默默地坐在房角，静静地听着，痴痴地望着，还不时起身给我们添茶倒水。他哪里知道，我们吃公家饭，当上了个小干部了，自以为是，追求的是发号施令了。看看我们的周边，如今这样的人还少吗？他病了，我才恭敬地坐在他的病床边，听听他的过去。他断断续续地说着——五岁丧父、十岁给人家放牛、十三岁就随兄搞小船，新中国成立那年十七岁，到岳西炼铁，“文革”中“好派”“屁派”斗来斗去，当两个队的队长日夜都心挂集体……最得意的是大军渡江那年春，替江部长背着装有驳壳枪的大挎包。说到这里，父亲竟然艰难而开心地笑了：“要不是你奶奶拦着，我就随队伍到了庐江，那现在算不算‘离休’？”我仿佛看到他当年意气风发的样子。这些他肯定都不止一次地跟您说过。否则，您怎么会说他一生不容易，是吗？

父亲不识字，到了该上学的年龄，也只能伴着有钱人家的孩子，到私塾门口偷听几句，然后不情愿地默默走开，去放他的牛。这是他一生的遗憾。他特别敬重有文化的人。在家里都吃不饱肚子的时候，我们兄妹几个都上学。女孩子上学，在我们那个落后的山村里是破天荒的。记得您总是天不亮就起来做饭然后叫醒我，我还总是抱怨迟了，迟了。其实不迟，您算好了我上学的路程，只不过是想让我多睡一会儿。不论是酷暑难耐，还是风雪交加，您回家只要看到我们在读书，总会会心地笑笑，就转背做饭去了。其实，多少回我们只不过是装模作样而已。记得我上初三那年，父亲背了一大篓子鱼，走了十多里送到学校食堂。一个裤腿长一个裤腿短地站到教室门口和我打招呼。我当时心里好气，总觉得在同学面前丢了人。我一直以为是我凭成绩好上的高中。记得学校发的奖状一共有十几张，是您把它们齐齐地包在一起，我和静玲结婚时，您亲手交给了她。后来才知道，要不是父亲找了熟人，我哪能被推荐上高中呢？那道槛越不过去啊！从不找人的父亲为了我上学只得硬着头皮多次去学校求人。父亲说，这还是您的主意。70 多岁后，他开始学写字，常常问上小学的孩子们写得对不对，态度不无谦恭。从国家领导人到村长、从书记到儿女的名字，父亲全神贯注地写了一张又一张——这将是传家宝了。

在我的记忆里，父亲是只顾生产队不顾家的。就是如今，病重了还总是要求我们“工作第一”，挂在嘴边的仍然是要“稳”。父亲的一句“话在酒中”，让我至今在酒桌上还不会逢迎，只知真心喝酒，酒往往多了，好听的话还没有说出口。你们也少不了争吵。我们长大了——恋爱了——结婚了，我有时想，父母有爱情吗？我现在才知道，你们是 1959 年国庆节结的婚，上枞阳扯了花布还照了相。您和父亲一样，有着苦难的童年。国庆节在那个年代里是何等浪漫啊！可惜照片找不到了，只有你们 50 多岁时的一张合影——站在院子里的枣树下，父亲是那么健壮，您满眼深情地站在他的身旁。您走后，听邻居们说，父亲经常到您的坟前转悠，一坐就是半天，总要抽上半包烟。他把您坟前长的野菊花挖了不少，移到了家里的后院，那菊花一簇一簇的，开得金黄金黄。秋凉了，父亲还用薄膜盖起来，说是来年会长得更多更好些。我知道您最喜欢金银花，记得您总是采一束金色的花——还带一点绿叶插在发间。您担着沉重的担子，弯着腰，皱着眉头，穿着破旧而干净的衣裳，那金银花在春日的阳光下一闪一闪的，是那么的与众不同。那是多美的一幅画啊！我想，您或许饿着肚子，干着苦活，可您心里一定是快乐的，因为您心中充满希望。院子里的那棵金银花树翻过了矮墙爬上了屋顶，每年依旧绽放，那扑鼻的花香，您一定闻得到。您的女儿金花、银花也长大成人，成家立业。那棵从您的老家河西带苗栽的枣树长得更高了，粗糙的树干上枝繁叶茂，结的枣子周围庄子的小孩子都来摘，他们还是用长长的竹竿子敲打树枝，白里透红的枣子洒满一地，孩子们欢快地争抢着，还是跟您从前喜欢的一样。

前些年，父亲还种些棉花，说是家里种的棉暖和，要给我们做被子。后来，学着种瓜，可他种的瓜总是不结，也就干脆不种了。这几年，他倾心于家里的后院子，栽了许多桂花、梅花、石榴，还有香樟……院子里的竹子每年还可卖300多块钱。他深爱旱地水田，门口的田地这几年一直抛荒，他不止一次对此发着牢骚——那么多好田，长此下去怎么得了。我们回家或是来了客人，他总是带着在院子里转转又转转，欣赏着自己的劳动成果。前几天，我回去了一趟，父亲住院才只有两个月，院子里就长满了过膝的野草，我不停地拔呀拔……如果父亲真的走了，那院子呢？

我知道您已等了他十年，会在那边接他。您能不能接迟一点呢？他才八十岁，不算太老吧？

母亲的村庄

孙长江，男，1978年出生，安徽枞阳人，现任教于安徽省铜陵市第七中学。安徽省作家协会会员，铜陵市作协秘书长，铜陵市文学拔尖人才。先后在《读者》《安徽文学》《散文选刊》《当代散文》《青岛文学》等报刊发表散文随笔1000余篇。公费出版散文集《那年那月》《那年的蝴蝶》《仰视一朵花开》（台湾出版）三部。中短篇小说先后在《小说月报》《当代小说》《清明》《边疆文学》《安徽文学》发表及重点推荐。小说《女人和猫》入选安徽省2015年度中长篇小说精品工程。

定居小城后，我似乎成了村庄的过客，确切地说现在的村庄已经让我感到陌生，这种陌生感来自于地域和时空的差异，十几年的光阴足可以让一些人和事陌生，包括我的村庄。我一直努力地试图让记忆和现实吻合，顽固地拒绝这个渗入了现代文明血脉的村庄那是徒劳，毕竟村庄里有我的母亲，毕竟村庄里蕴藏了我儿时所有快乐的时光。其实，骨子里我想是早已经接受了这个现代的村庄，准确地说是文明与落后的一个混合物，如我常与妻说现在村庄里也有很大的超市，宾馆很豪华，还有浴场。

联系村庄的一直是母亲手里那根长长的电话线。二叔病了，癌症，晚期，母亲第一时间就在电话那头告诉我。“你能回来看看吗?”母亲小心翼翼地问我。“能，请了假就回去。”我想我是必须要回趟村庄了。母亲开始唠叨：“你二叔都是抽烟喝酒惹的，一天两包香烟，三餐酒，前年就病了，一直拖着，孩子又不争气……”

从商业街的小巷里穿过依旧是我熟悉的村庄，母亲早在等我，电话里母亲就一再强调一定要在 12 点以前回来看二叔，看望病人是不能下午去的，母亲很在意这些，领着我一路快走，无暇顾及左右的村庄。二叔的家还在水塘的旁边，还是以前的老瓦房，只是水塘变得越来越小了，曾经那么宽阔的水面，清澈的湖水，现在只剩稻谷场般的大小，浑浊的水面上漂浮着垃圾，水塘四周建起了许多厂房，对面电管站宿舍楼的生活垃圾一直漂到二叔家门口。二叔坐在堂厅桌旁，瘦得吓人，颧骨高高凸起，脸色蜡黄，病恹恹的样子。对我的到来他很吃惊，毕竟我多年未回村庄了，留我在吃饭。我看见母亲欲言又止的样子，拒绝了，丢下几百块钱和一些补品，安慰一番，和母亲一同回家。路上母亲说，不要给二叔添麻烦，那个样子了。母亲明显很伤感，一路叹气。

第二日，恰逢是农历十五，母亲一早起来要去镇上白衣庵烧香。白衣庵在小镇上很有名气，周围几十里的人都常去烧香、许愿、祈祷。农历初一、十五那是更兴旺，会有许多香客，一上午的鞭炮声，敬香磕头都要排队。不知道何时母亲已是一个虔诚的信徒了，这些年母亲逢农历初一、十五都会去敬香。我突然想陪母亲一道去烧香，说不出为什么，记得小时候曾经多次拒绝母亲要我陪她去白衣庵烧香的要求。母亲当然是喜出望外，让我洗脸，换件干净的衣裳，嘱咐我不要乱说话，一脸严肃，把我当个孩子似的。

我机械地跟着母亲后面烧香、磕头、求签。母亲说可灵了，当年你考大学、调动工作都是来这求菩萨保佑的，你要好好地敬敬香。突然无比的感动，想起那年在一个山沟教书，一直想调回小城的，但找不到机会，也找不到给我这样机会的人。后来还是小城一所学校的校长，与我文字识缘，费尽周折，终于把我调回去。在那个调动的过程中，常往返于山沟和小城之间，因许多不确定因素，那段时间很困惑、很茫然。记得一次乘车回山沟，刚行驶在长江大桥上，突然接到母亲的电话，母亲在电话里说你不要着急，我刚刚去白衣庵帮你求了菩萨，菩萨说今年能调回去的。当时正因事情办得不顺利，心情特沮丧，母亲这个电话一下子让我泪如雨下，想起自己的不如意，想起自己如今还要年迈的母亲担忧，想起无助的母亲把希望寄托在神灵身上……我在车上用报纸遮挡着，任泪水肆意地流淌。现在，我看着眼前母亲正在虔诚地磕头，这个憨厚的农村妇女，没有文化，没有一点权势，在儿子需要帮助的时候毫无办法，但却虔诚地迷信菩萨，祈祷神灵的庇护，总以为她自己诚心诚意地信仰、祈祷、磕头会给儿子带来莫大的帮助，怪不得每次我困惑的时候，母亲总是说没事的，没事的，明天我去白衣庵烧炷香。天！原来这一直是我母亲的力量。

记得小时候总想离开母亲的视线，但逃离不掉，总是在尽兴玩耍时，被母亲逮个正着，一顿好打，乖乖地回家写作业。现在，回村庄后却总想跟在母亲后面，陪母亲聊天，听母亲唠叨。在母亲的唠叨里又知道了村庄这些年发生的许多事情：村子里许多人家都不种田了，本来田就少，现在被征收得差不多，许多人便在街上做些活儿。和我同年的王四喜在街上跑出租车了，还顺便帮人家收账，要工钱什么的。赵二胖子发了，在商业街开了大酒店，镇上的一些机关、学校，还有村委会领导都是大酒店的常客。钱三多也不知道怎么搞的，那些年在街道上混事，现在突然就发了，开了大浴场，整天洗澡的人还不少。王大爷的儿子又进去了，三进宫了，这次是打劫，听说判三年，他爸还在找人。母亲还说到钱蛋子，他是我儿时最好的伙伴，两人曾经一起放牛、偷瓜、踩藕，干尽“坏事”。母亲说他运气很背，媳妇跟一个开发商跑了，如今一个人带着三个孩子过日子。母亲又突然惊喜地告诉我一件喜事，说奶奶现在一个月能在政府领一百块钱养老金，村里人到六十岁后都能领到养老金了，还是政府好啊！母亲不知道他们赖以生存的土地曾经何其廉价地被征收，当然，憨厚的母亲是不会这样想。

第三天回小城，母亲送我去公路旁等车。这里曾经是我多次劳作的田间，如今新建了一条县级公路，横穿田野，两边的田地里竟然建起了许多高楼大厦，成了小镇的商业街，热闹非凡，超市、商场、发廊、浴场。如果不是偶尔看见哪一家母猪从没有关紧的猪圈跑出穿街而过，或者是听见某家公牛发情的咆哮，这像极了一座城市的街道。抬头看见一幅巨大的象征现代文明的商业广告牌立在街道的屋顶上，一边对着街道，画面上某品牌的内衣广告被那个女郎代言得体无完肤。而另一侧，几根锈迹斑斑的钢管横七竖八地支撑着。据说这曾引起了村里人的不满，说种田的时候抬头就看见横七竖八的钢管在高空中摇摇欲坠，而走上街道抬头看见的女郎又让人迈不开脚步。记得母亲也曾打电话唠叨过，说这像什么话，以前的标语可不像这样不正经。母亲指的是那些年村头的大字标语，如“生男生女都一样，少生孩子早致富！”“偷国家电线要坐牢！”等等。

就在等车的时候我看见小丫，坐在自家服装店门口，穿得很时尚，也很丰腴。母亲早在电话里就告诉过我，小丫结婚了，在外地打工挣了些钱，回来后嫁给了村主任的儿子，如今在商业街开了服装店。我一直搞不清楚小丫算不算我的初恋，儿时我们一起长大，一起读书，一起玩耍。初三毕业，小丫没有考上高中，去沿海打工，我读我的高中，我们经常写信，都是些天真的语言。我考上大学那年暑假，小丫刚好回家参加她姐姐的婚礼，于是就有某个夜晚我和小丫幽会于村庄某个角落的故事。尽管我曾经许诺过长大了挣了钱就娶她，但在夜晚两个人的空间里还是紧张害怕，断断续续地废话，本想趁机握一下小丫的手，小丫却解开自己的衣裳，我吓得要死。我结结巴巴地说，这，这不行，这要等到结婚的时候才能……空气尴尬，无言，退却……读大学时，一次在寝室聊天说到此事，室友骂我傻，天下还有你这样的孬子，送上门的不要。其实，室友不明白农村人的爱情都是开始于生米煮成熟饭，结束于柴米油盐之中。他们不会明白农村女孩对爱情幼稚的理解和单纯的情愿，所以至今我并不后悔，虽然没有甜蜜可言，但并不是故事越多越令人向往，至少小丫后来说我是个好人。当然，书上也说一个女人说一个男人是好人那就是放弃了。现在面对小丫，只是笑笑，说回来了啊，嗯。生意还好吗？嗯。心里丝毫没有不安，就像我对村庄的感情一样，因为质朴所以坦荡。

村庄，再见！客车载着我离开的时候我对村庄这样说。透过车窗，我看见白发苍苍的母亲一个人站在商业街的公路旁，目送着我，两旁的商业街热闹非凡，抬头看见那幅巨大的某品牌的内衣广告在逆光下很刺眼，刺得模糊了我的眼睛。

再见！我那母亲的村庄。

想象鸟鸣的幸福

王志高，笔名高低，枞阳钱铺人，现在江苏省直机关工作，江苏省作协签约作家。当过教师、排长、指导员、宣传干事、党委秘书、解放军报编辑。著有散文随笔集《赠你一枝春》《舌尖舞》，长篇小说《借势》《风云再起》等。

题目是偶然看到一首诗歌的结果。在城市的一角，借着这绿色的翅膀，鸟声透着细瓷的质感清清脆脆地传过来，只闻鸟声，不见鸟影，你可以肆意想象鸟的模样，在空旷的平原之上或茂密的树丛之间，一只，两只，一群，两群，想象鸟的周围还有几只鸟，或者干脆想象鸟怀着怎样的心情在歌唱。

我一直认为，鸟声是一切声音里最美妙的一种，缘于她们质朴的乡土味。鸟儿们是乡村的天使，是乡村用雨水和谷粒喂养出来的。它们总会在某个淅淅沥沥的早晨抑或夜晚，站在我的面前，说很多很多只可意会不可言传的话。一粒粒细小的鸟鸣，像赤脚农夫在软软的耕地上撒种时脱手而出的种子，唤醒牛马、唤醒村庄、唤醒道路、唤醒房屋。我知道许多人不知道应该把自己归到城市一族还是乡村一族，既渴望乡村的自然，也期盼城市的奢华，就是这样矛盾的统一体。在接近最乡村的人物或者物什时，我们会习惯地用城市的口吻说：那些乡村老大。

春天来了，仿佛空气在燃烧。记得这是一部电影里的对白，这句话让我感动。我想到的不是春天，而是与乡村春天有关联的事物：鸟鸣。鸟能在很短的时间内从一个路口抵达另一个路口，从一家的房顶抵达另一家的房顶，从一方树丛到另一方树丛，从一个村庄到另一个村庄。鸟的叫声也是这样，只要你认真倾听，你就会情不自禁地飞起来。鸟声透着细瓷的质感清清纯纯地传过来。我只闻鸟声，不见鸟影，我想象那么好听的声音是由树上的叶子发出的。记得看过这样一句诗：鸟声是树的花朵。多好，这样，满树叶子便变成了满树的鸟。这样想就有了一种隐隐的牵挂，隔着暮霭，似乎感觉那鸟鸣在夜风中微微摇动。

依然回到乡村的视角上来。鸟声，这是个有着古典诗歌般美感的名称，充分体现出了汉语表达的简洁性和准确性。略带暖意的鸟声很快就雾一样地在乡村里弥漫开来，词语里暗含了一个多么生动的过程。对于村庄，我向来怀有这样一种诗意的构图：树荫丛中，国画般的村庄在熹微的白光中显现出模糊的轮廓，四周雾霭萦绕，看不出一切具体的具象。一个农家小院木门轻掩，屋檐下碗状的鸟窝里燕子在呢喃，院子里的树枝叶间，成群的麻雀跳跃啁啾，细碎的鸣叫声催醒了昨晚贪玩迟睡的顽皮儿郎……

之所以是燕子和麻雀在村庄的清晨歌吟，是因为它们是中国乡间最常见的两种鸟。勤劳的燕子一身黛黑的羽翼，凛然、高贵，令不少孩子敬而远之。而体形更纤小、毛色更灰土、鸣声也更短促琐碎的麻雀，则极像一位调皮、可爱的灰姑娘，成了跟鸡、狗一样深入人们日常生活的动物。一位作家这样说，麻雀是鸟类中的“贫民”。我深以为然。平常日子，麻雀在瓦楞、林间或搭在墙洞里的草窝里，叽叽喳喳地像马路歌手一样地歌唱，单一的音调不停歇地平衡着乡村生活的动与静，它们是最能够与人和谐相处及同存共荣的一种飞翔动物。这些对音乐充满好感的小生灵总能在起飞的瞬间听到树枝“嗡”的一声弹响。假若它们能有机会落在演奏家盛中国的那把小提琴的弦上，小爪子也那么划拉一下，我相信其中的美妙一定是不可言说的。

这些可爱的小鸟，在20世纪50年代，曾被人为地列为“四个坏蛋”之一，几乎被人们赶尽杀绝。这让我想起《瓦尔登湖》中的一段话“要是没有兔子和鹧鸪，一个田野还成什么田野呢？它们是最简单的土生土长的动物，与大自然同色彩，同性质，和树叶，和土地最亲密的联盟。”

兔子也好，鹧鸪也罢，它们是自然的亲近者。仔细想想，在城市蛰居的人们又何尝有一只土拨鼠快乐呢？《幽梦影》言道：“春听鸟声，夏听蝉声，秋听虫声，冬听雪声，白昼听棋声，月下听箫声，山中听松声，水际听欸乃声，方不虚生此耳。”此种情境，今天的我们已只可在诗中画中略见一二，又哪里还有心静听？因此，对于我来说，对于生活在城市的人来说，想象一下鸟鸣也是幸福的。

滴水洞情思

何愿斌，男，1973年6月出生于山清水秀的滨江古镇枞阳，1991年毕业于百年名校安徽省池州师范专科学校，后自学获得安徽大学法律、安徽师范大学汉语言文学双专科学历。1999年经公开招考录入枞阳县政府办工作。爱读书，订阅《散文》月刊二十年如一日，喜好纪德、黑塞、肖洛霍夫。从事笔耕愈久，越发深切感受到文学艺术是心灵深处的田园，每每邂逅一段精美文字的时候，总有一种马放南山、大漠茗泉的由衷快乐。

八月十五，我随香客一道上山。除了当地居民，香客更多的是浮山陪读的家长，每逢农历初一、十五，为孩子祈愿的心驱使他们上山膜拜。沿着台阶拾级而上，我期待再一次与摄人心魂的彼岸花相遇，但是曾经遍布山谷的红色迷雾消散殆尽，唯余瘦精精凋零的花絮，连色彩都已变成了铅灰色，不过半个月光景，彼岸花短暂的花期诠释着盛极而衰的自然规律。

顺着升腾缭绕的香火仰视，金碧辉煌的金谷岩崖壁奇绝，状若鲲鹏，双翼怒张，宛有雷霆万钧之力，蓄势待发。唐人孟郊留诗云：“鬼斧何年开石室，人行此地作金声。”始建于北宋的金谷禅寺掩身岩内，飞檐翘立，气势恢宏。万历甲午，太史吴应宾造丈六金身供奉寺中，惜清末毁于太平军战火。寺内现有明代悬吊大钟一口，岩壁存宋、明佛像29尊。

金谷岩，又名陆子岩，以陆游之父陆宰的题刻为证。徽宗宣和元年，陆宰“与客集金谷岩，请易‘金谷’为‘胜集’，以识吾侪今日之游”。浮山三十六岩、七十二洞命名各有千秋、底蕴丰厚，如野同岩、隐贤岩、枕流岩，陆宰所言“惜乎名皆鄙俗不经”不过是为陆家留名石刻寻觅一个借口罢。诸如此类，还有阮岩洞、张公岩、雷公洞，古人留名千秋的意志和金谷岩的磐石一般坚定。一千年过去，金谷禅寺香火依然，钟声盘旋于幽静的山谷。

金谷岩向南，巨大的悬崖如帷幕般垂落，崖壁平整，清晰镌刻“一线天”“飞雨岩”等字样，岩壁之下有一块飞来巨石，巨石由密密匝匝的万千树枝支撑，俗名“撑腰石”，亦是方以智的外祖父“吴观我先生指天处”。由撑腰石折行峡谷，巉岩危石林立，天空被葱茏的植被遮拂，如同步入太空虚境。飞雨岩对面凸起的块石上，由清代歙县书法家黄琰题写的“进一步”赫然在目，笔法流转自如，仿佛青藤化身。百年之后，这题刻的寓意被另一位长者张振朔延伸：“指君进一步，认真这条路。着力向前行，自得无穷趣。”当年七十八岁的老人尚有如此进取之心，想必是游历滴水洞的观后感。

只需进一步，便听到“山鸣谷应”的回响，亲临“水天洞口”。巨大的岩石伸到头顶，如悬于空中的云，一停驻便是上亿年之久。由洞口探身前行，眼前豁然开朗。依循“秋晴观雨”的石刻抬头仰望，一线天如同天井高悬，放射光明。状如巨型海螺的滴水洞水花四溅，来自天空的玉珠坠落洞中，留下绵延不绝的回响。洞内刻有“天河队王”四字，实为“天河坠玉”，因洞内无土无玉，故省略之。空阔的滴水洞内可容纳百人，且复生一层楼阁，复洞内壁有巨幅石刻“洗心处”，为时任桐城县令南昌丽阳黎道炤题写。字体端庄清丽，笔力雄奇遒劲，仰视日光雨润交相辉映的前辈书法，揣度先贤反观自我的敬业操守，敬慕之情油然而生。明史有多处关于工科给事中黎道炤秉直上言的记载，桐城文派叱咤文坛二百余年，期间不乏类似儒官黎县令这样的执政精英。

滴水洞顶一窍见天，中衔巧石如珠，名曰“龙口衔珠”，见惯了日升日落，龙珠一衔又是千年万载。万历年间，“竟陵派”中坚钟惺一行寻访书画家、诗人雷鲤遗踪至浮山，观飞瀑，意犹未尽，三人行至金谷岩顶，“穷滴珠水源”并题字刻石留念，古代文人的率性之举为浮山平添了诸多人文佳话。

滴水洞朝阳的一侧舒缓开阔，凿有平整之石凳，可以打坐，想必乃当年法师坐禅布道之所。手扶岩石，雷鲤题刻“雨花天”清晰可见，也有一些已经模糊不清，依稀辨认出魏碑体“数行”二字，年代已是久远。红尘滚滚，沧海桑田，多少留名于世的情怀终究雨打风吹去。石壁背阴的一面潮湿陡峭，见不到一块石刻，人心自古弃暗投明，只有在阳光的怀抱里，人类的思想才是风雅多情着的。

一个人进滴水洞还是第一次，也是有意识地将全部身心交付给石窟。我在洞中探寻一个时辰之久，香客们一拨拨地进来，一拨拨地出去。有不认得洗心处的繁体“处”字的，我便着意当起导游。偶尔也有熟人招呼怎么一个人？我不便过多解释，就说：“看看字，也就下山了。”糟糕的是，我忘记带上笔墨，待我想起记录点什么时，连讨借的游客都已找寻不见。静静的幽谷，我两手空空，任凭雨水沾湿衣襟，这一刻的滴水洞只属于我一个人，这一刻的我只属于滴水洞。我蹲在地上捉摸着“印纹池”，始终不得要领。不知是说玉珠坠地的岩石的纹理，还是积水池的形状。当我模拟着又一次进入滴水洞的时候，一行先前并不醒目的小字跃入眼帘：“岩空今古相，雨抱寂喧情。”石刻朴拙空灵，看似漫不经心，却蕴含佛道。我愣住了，滴水洞的岩是实的，洞又是虚空着的，古往今来，历史的风云际会，虚虚实实，大象无形。滴水洞的飞雨看似喧嚣着，一刻不停地流泻，而雨水愈喧，洞穴愈显清寂，如同人心，动动静静，大音希声。原来，飞雨岩的奇境蕴藏着乾坤之奥妙，若非参透，如何懂得？

相传北宋庆历五年，也就是欧阳修写下《醉翁亭记》的第二年，他邀请因庆历新政失败一同被贬的好友范仲淹游历浮山，二人与浮山第一代开山禅师法远结下佛缘，欧阳修留下因棋说法的千古佳话，而范仲淹留下浮石解惑的故事：法远取浮石投于水中，石浮水上。范仲淹啧啧称奇，法远道：“山如人意懒，石似我心空。空者，能容也。”“海能容万物，此石能容海。”范仲淹叹服，二人自此成为莫逆之交。法远曾到范仲淹的故里担当住持，范仲淹亲自为禅师的仙去撰写塔铭。如果故事记述的年代属实，正是这一年的秋日，五十八岁的范仲淹写下了千古名篇《岳阳楼记》。

滴水幽幽，仿佛诉说千百年来岁月变迁的神话，掬一捧清凉的飞雨收拢掌心，终于，我想我该离去了。由“天台幻境”走出，经过一片狭长的菜园地，丝瓜已经结籽，穿惯了法衣的僧人独守春秋，以出世的情怀做着入世的事情。这样的执着和坚守，如滴水穿石，不舍昼夜。

故里草木深

江习明，男，网名大江，生于江边，长于江边，常羡慕江水随岸赋形的温顺个性和一泻千里的雄伟气势。供职乡镇机关，置身广袤天地，清苦忙碌，乐在其中。平时多关注民风民俗，爱乡土，爱文字，偶有文章见于地方媒体。

寒露到了。秋意渐浓，夜凉如水。这个时节，我总会想起老家，想起老家的山水田园和家门口那些花草树木来。

窗前那棵枇杷树上，想必又新添了几只蝉的空壳。井边的桂花也该开了，估计在老远的田畈，都能闻到浓烈的花香。而屋头埂的果园里，柿子一定早已挂满枝头，就像一盏盏通红的小灯笼，晃人眼睛。

这些草木，极易让我想起遥远的年少时光。童年的无忧，少年的清苦，这些植物都是见证者，甚至是一同成长的朋友。对于它们，我有着至亲一样的情感，常常挂念。

而且，仿佛条件反射一般，什么季节，我自然就会想起与这个季节有关的植物，想起某些往事。比如，每逢高考季，我的脑海总是蹦出门前那丛金银花，以及自己高考前几天，独自坐在花藤下埋头读书的片断。记忆里的情景，总是花香弥漫，沁人心脾。

这样的情景，将会是一辈子的回想，是温暖的记忆。如同这个深秋时节，我会时不时地记起门前小桥旁那棵乌桕一样。天空辽阔，流水幽深，透过五彩斑斓的树丛，远远就能望见那棵高大的树木。此刻，树叶一定已被秋风吹得猩红，就像一树红花正在绽放。

离乌桕树不远，有一座朱家享堂。这是我上学启蒙的地方。当年叫红儿班，大约和现在的学前班、幼儿园差不多。对于红儿班的记忆，我只能断断续续，就像喝醉酒之后，有许多记忆的盲点。

但我记得老师是南京人，只是不知她姓什么。我还记得享堂前有几株菊花，红的白的都有。印象最深的一件事，是老师告诉我们，菊花也有生命。我因此也明白了一个道理，菊花只能看，不能摘。

一年后，我转入巢山小学，直接上了二年级。这里的语文老师姓陈，是上海下放户。她还有个女儿，名叫刘霞，也在这个班上。有一堂关于节气的课，课文是需要背诵的。我觉得读起来非常顺口，也很好听。刘霞却背不过来。当陈老师点到我的名字时，我用地道的枞阳大萝卜话，行云流水一般，背了起来："立春天气暖，雨水粪送完，惊蛰多栽树，春分犁不闲，清明点瓜豆，谷雨要种棉……"

正是惊蛰时节。窗外，春寒料峭。老师的表扬，如一阵温柔的南风，瞬间暖过我的心尖。我洋洋自得。放学时，得意的劲头仍没消失，我一个人疯到了田冲。

早春的田野，充满活力，池塘清澈，菜花吐黄。仿佛就是这一次，我在塘埂边，有了意外发现。一棵小树秧，进入我的视线。尽管树苗不高，叶子也很嫩小，但我断定，这是一棵杏子树。

相信在乡下长大的孩子，没有人愿意排斥果树。整个夏天，都是孩子们享受口福的季节。除了地里的黄瓜、香瓜和菜瓜外，就是村子里的果树了，比如杏子树、桃子树，还有梨子树。所以，发现这棵杏树苗让我如获至宝。我非常兴奋，小心翼翼地将它移栽在了门前水沟旁，也就是现在的桥头。我盼望小树快点成长，有时晚上还做梦，梦见杏树开花了，结果了，一树黄杏子，黄灿灿的。

春风和煦，万物生长，小树渐渐长大。暑假了，我去水沟洗澡，看见小树变粗壮了。然而，那些扁圆的、有点像心形的叶子告诉我，这不是杏树。

它只是一棵乌桕。

乌桕是后来才知道的学名，我一直管乌桕叫洋辣子树。洋辣子是一种绿色的毛毛虫，喜欢躲在乌桕叶子背面。在塘边，田埂上，有很多低矮的乌桕。人畜经过时，都要格外小心。不然，被洋辣子蜇到，痛痒难耐，火烧火燎的。

在老家，乌桕还有一个名字，叫包疖树。夏天，小孩火毒，容易生包疖。那时医疗跟不上，但土办法多。对于包疖，摘一片乌桕叶，在正面吐上唾液，贴患处，要不了半天就破头消肿了。

但乌桕终究不是果树，被我冷落了几年，直到我上了初中三年级。这个时间点我记得很清楚。九月底十月初，乌桕叶已被秋霜染红，在多彩的树丛中有点显眼。那天放学，我看见父亲和邻居在树下争吵。细一听，是关于地界的事。邻居说，这洋辣子树是他亲手栽下的，地界该在树的西边。我无法容忍，上前理论，我觉得大人不该撒谎。然而父亲制止了我，尽管我很委屈。后来，父亲和邻居妥协了，乌桕树归了邻居，树的西边全让给了我家。无辜的乌桕，竟阴差阳错，成了一棵界树。

白云苍狗，世事难料。多年后，邻居在江苏遭遇车祸，不幸去世。曾经寸土必争，最终归于尘土，或许，这就是人生的宿命。他的儿女也已长大成人，散居到了各地。老房子门前野草丛生，杂树疯长。树缝里，斑驳的墙壁若隐若现，一片沧桑。

而桥头那棵乌桕，虽寂寞无主，却高达数丈，绿绿红红，年复一年。

这几日，凉风习习，秋意正浓。不用回家我都知道，满树的乌桕叶，一定又被秋风吹得猩红，就像一树正在绽放的红花。

栀　　香

寒宣，本名严立新，男，安徽桐城人，现供职于枞阳县政协，有散文、诗歌、随笔近百篇在省内外报刊发表。

五月，是我们乡下栀子飘香的季节。

在一年最潮湿的季节里，因为有了这些淡淡的花香，日子似乎多了一份干爽与洁净，多了一份简约与祥和。

少年时在乡下，每到这个季节，我总喜欢学着大人，从房前屋后，采来大把大把的栀子，整齐地排在盛有清水的杯子里，把每个房间都摆上，让自己日日夜夜浸润在浓郁的花香中，听风听雨，听布谷在远方的夜空轻唤，抑或揽一窗明月入怀，才觉得那些个夜晚，萌动的青春一下子变得分外的恬淡与安宁。拥花香入睡，不带一丝尘埃入梦，哪怕一点一滴若有若无的稚嫩的清愁，也缥缈如烟，淡若浮云。

传说栀子本是天上一位美丽的仙女，因憧憬人间秀色，便偷偷下凡变为一棵花树。有一位孑身的年轻农民，在田埂边看到了风雨中同样孤单的她，就移回家，栽培浇灌，修枝理叶，百般呵护。小树终于生机盎然，开出了洁白芬芳的花朵。为了报答这番恩情，她白天化作美丽的女子，为田间劳作的年轻农民洗衣做饭，晚间则香伴而眠。村里的人们都知道了，就家家户户采来栀种，养起了栀子。爱美的女人们也个个戴着它，用它装扮着青涩的岁月，红火的日子。从此，花开遍地，香满人间。

在我们乡下，好多人家的门前，都有这样的一树五月栀。一年中的其他季节，她并不怎么起眼，可在端午前后的蒙蒙细雨中，深绿的树枝间忽然就钻出了无数尖尖的蓓蕾。这些淡黄的花骨朵儿似乎总是在寂静的夜晚才悄然盛开，睡了一夜的农人总是在雨后明亮的清晨，披着满身的花香，荷着锄头，走进他们播种幸福与希望的崭新的夏天。在乡下的五月，割麦子、吃粽子、赛龙舟，都是在栀子飘香的时光中度过的，这是一年中最火热的光景了。

幼年时，我原本没有认真地注意过这种极为平常的植物，它的洁白，它的那种难以言状的香，都在我懵懂的视野和嗅觉中匆匆滑过，直到那年五月的一天早晨。

那天，邻居叔叔家来了一位俊俏的女子，这个红衣女子出现在那个布谷声声的清晨，轻盈得像一缕红纱巾款款飘入叔叔的家门。这一抹风景正好被我们这些早起贪玩的孩子们撞见了，我们有些好奇地跟了进去。只见腼腆的叔叔正站在门后，憋红着脸，好长时间说不出一句话，那个好看的女子靠在门框边，低着头一下一下地揉搓着长长的发梢。等了好一会儿，她似乎想起什么，细长的手指伸进裤子的荷包，摸索了半天，摸出了一个小包裹，依旧低着头悄悄递了过去。那是一条红手帕裹着的小包包，叔叔脸上的羞涩渐渐被好奇替代，犹豫着伸手接过，小心翼翼地打开，一阵幽幽的清香从手帕中飘溢出来，红红的帕子中间整齐地排列着几枝皎洁的栀子，像这年轻女子的笑脸，明眸皓齿，光彩夺目……一时间，这个早晨的阳光也格外热烈起来。

第二年火红的五月，叔叔在一个栀子花灿烂的午后，娶回了他这位美丽的新娘。从此，我的婶婶在她的房前屋后栽满了一排排五月栀，她家的栀子花总是开得最大最白也最香，仿佛一年四季都清香缕缕。好多年，这红红的手帕子，这香香的五月栀，还有那低下头去的幸福而娇羞的浅笑，成了我记忆中乡村最美的风景。

只是，栀子年年开，世事却难料。那一年，我中学放暑假回乡，母亲叹息着告诉我，邻居那位叔叔五月里因突发哮喘病，匆匆离世了。这个消息好突然，让我好长时间也没有缓过来，五月，不正是栀子花飘香，红手帕轻扬的季节么，在这样生机勃发的季节里，生命也会如此脆弱？

叔叔是一位山村教师，那所小学连叔叔在内只有两位老师，而叔叔承担了四个班的大部分课程，他每天都要在粉尘飞扬的讲台上辛苦大半天，村里的人说他的病和他的职业有关。那天早晨，他正在帮隔壁张大伯家担水，放下担子，人却没有再直起来……

又是一年五月栀，在村庄东面那青青的山坡上，我看到一排排新栽的栀子树开出了无数洁白的花朵，我的婶婶，那个美丽的女子正披着一身花香守候在叔叔的坟前。一年又一年，总是这个时刻，总是这个人，也总是这一阵雨，一阵花香……

多年过去了，外面的世界一天比一天精彩，我们的村子却一天比一天寂寞。没有了年轻人的村庄，栀子花还年年盛开么？走出家门多年的我记得我家老屋的门前，也有一树飘香的栀子，但真的记不清她是哪一年下凡到此了，她总是在大家不经意间开出一朵朵洁白的花儿，一年一年，花香伴着我们长大，送我们远行。几年前，因为大雪，我家的老屋出现险情，退休返乡的父母又搬到镇上居住了，我也一直没有再回老屋看看，真的不知，今年，那一树栀香是否依然？

“栀子花开呀开，像晶莹的浪花盛开在我的心海；栀子花开呀开，是淡淡的青春纯纯的爱。”栀子的花香总是热烈的，浓浓的，但与别的花不同，她似乎总在浓浓的热烈中蕴藉着一丝寂寞，特别是那一份沉郁，只有当你走近，才能感知它的存在，感知一种百花之中别样的情怀。我想，这是不是一种怀想，一种牵挂？

渔　　事

王照祥，20世纪60年代生。出身农家，自幼受隔壁黄大爹“之乎者也”的影响，喜欢上了文字。稍长，又慕同村黄镇将军之风——上马击狂胡，下马草军书。然而，家庭贫困，为谋饭碗进了师范。当了几年教师，后又做了多年乡镇干部，摸爬滚打在基层。哭过，笑过，痛苦过，欢乐过，甜酸苦辣皆尝过。而今，得过且过，唯多年的文学梦未曾熄灭。见到农民就开怀，三言两语就投机，交了不少农民朋友，学了不少农民语言，习作中，少不了乡村俚语。随心随性地写作，全心全意构建自己的精神家园。文章散见各类报刊。

凤凰洲方圆数十里。为了能在江水中生存，亦为了旱涝保收，在毛泽东时代，勤劳的洲上人硬是肩扛手提，环洲筑起了几十里的圩堤，在滔滔的江水中营造了一个沃野平畴，阡陌交通，鸡犬相闻，怡然自乐的水上世界。

圩堤外就是因江水四季不停变化造就的江外滩。江外滩，水丰则没，水枯则出，也因此变化着形状，却在无形中保护着大堤，又构成了江外滩独特的风景和丰富的资源。每到春季，春风就像一位格外多情的姑娘，尽情挥洒着小雨，不几天，青草葳蕤，江外滩就成了一幅天然的绿毯。然而，春姑娘仍然意犹未尽，依然用银亮的雨线密密地、细细地绣着，一个姹紫嫣红的春天就在这绿毯上盛开了。绿蜻蜓不知从哪里来了，成群结队地颤动着翅膀，围绕着一丛鲜花嗡嗡地献着殷勤，刚盯上一丛鲜花，鲜花微笑地点头，它们会意似的领略了花朵的深情，斜着翅膀飞到远处的绿树。洲上汇聚的几带雨水，弯曲着在江外滩的绿草地上向长江流淌着，勾勒出江外滩独特的图画。

春姑娘不光给洲上带来万紫千红的春天，也捎来了洲上人盼望已久的鱼汛。一年的追鱼开始了。洲上的渔民驮着由两根竹竿交叉弯曲成的赶网，挥着长篙育成的三角形，踏上绿草毯，在白水与浑浊的江水交接处，他们放下赶网，用三角形的篙在水面下赶着，等到三角形的篙儿到了网边，马上起网，网底就活蹦乱跳着各色小鱼，渔夫脸上的笑纹也如刚闹过鱼的水面一样荡漾开了。

这各色小鱼，谓之杂鱼，味道格外鲜美。渔夫们是不卖的。“不在朝中做宰相，宁在家中突火炉”说的就是洲上这一道鱼肴。在铁锅里用香喷喷的菜籽油“靠”着杂鱼，再用炭火炉长时间地“突”着，鱼香慢慢溢满全洲。就着鱼儿喝着小酒，间或拉着家里的妇女也来上一杯，或用筷子沾上酒水，点点不懂事孙子的嘴唇，惹得孙子龇牙咧嘴，赶紧又拎上一条已经酥了卡的杂鱼，送上孙子的嘴，哄着孙子。这是何等欢乐的场景呢！

“三月淹滩，四月晒滩”。春季的长江格外变幻莫测，上游的客水遇上本地的来水，长江就慢慢地丰满起来，江外滩与临时成长起来的洲外洲形成了一个短暂的内河。江水的脚印一天一天地爬上江外滩。洲上人知道，客水来临，江中的大鱼也跟着新鲜水来了，大鱼们要啃食外滩的青草，这正是抓大鱼的好时候。但是大鱼们也贼精，没有办法是抓不到它们的。然而洲上人的办法层出不穷。一天清晨，江雾正散，一只小船沿江而上，船后拖着一只刚宰杀得血糊糊的山羊。船只慢慢吞吞地行驶着，直向着那江外滩的内河。大鱼儿闻腥而动。不一会，江面上就跟上来了大鱼，一尾，两尾，鱼嘴伸出水面，直向着散出腥气的山羊。越来越多的大鱼跟上来了，黑压压的鱼背及鱼嘴巴，蔚为壮观。鱼后面及时地跟上两只并行的渔船，渔船之间拉着拖网，尾随着鱼儿进了内河。快要进入内河底，这时，引鱼的小船转过头，一起围堵大鱼们。船上的人们大声呼叫“呵，呵呵，呵，呵呵……”长篙不停地击打着水面，吓得大鱼们掉头而逃，却正好撞进了后面的拖网中。船上的人们熟练地起网、收网，活蹦乱跳的大鱼最终跳入了船舱，尽管会不甘心地蹦跶几下，船舱不一会儿就码满了。洲上人唱着洲上特有的歌谣，摇着橹往码头赶去。抓来的大鱼在码头就按照成色卖给了早已等候在江边的买鱼人。

早些年，桃花水的时候，就在这样的场中还能抓住鲥鱼。好一口的渔家，不轻易卖给别人。时常是叫家里人在码头等着，炭火生起，就在码头上杀了鲥鱼，就着江水煨上了，挑回家时，鲥鱼就能吃了，就着一口老酒，那是千金也不换的一种滋味呀。

退水的月份又来了，江水又一天天地落下去。鱼儿跟着江水向水深处退去。识鱼性和水性的洲上人，在鱼儿的通道上，沿途装上了扳鱼的扳罾。扳罾是比较辛苦的活儿，要抓住时间，日夜守候着，不停地扳着大罾。“扳罾，扳罾，扳个大鱼十八斤。小鱼自己吃，大鱼送隔壁。”古老的歌谣只能在嘴中默默地念叨着。因为鱼们听到声音和夜晚看到光线，就远遁而去。这一时辰也就白守了。

秋高气爽，江水澄碧。鱼儿少多了。每天日出，洲上人撑着小船，在江面上逡巡着，有一网没一网地撒着网，等到晚霞满天的时候，船舱里也不过是各色大小不一的鱼。其实洲上人不埋怨呢。他们知道，江鱼也是要休养生息的，总不能把鱼都打尽吧，来年还得靠着江打鱼过日子呢！所以，洲上人的各种渔网都留着不同的网眼，为的是哪个时节就打哪个时节的鱼。他们常常对着开着电捕鱼的船儿大声呵斥着，叫骂着他们断子绝孙似的捕鱼。

这些年来，江里面的鱼是越来越少了，两岸嵯峨着高楼大厦的城市，来要江鱼的人也越来越多。但谁管江鱼越来越少的原因呢。前些年的“江猪”成群结队地跳跃在江面上。渔民们视他们为江神，不会打搅扰乱它们的活动，好像它们带来了满江的鱼汛。但是，江神是越来越不肯露面了。

寒冷的冬季来临了，一夜北风呼啸，江岸沿边都带上重重的铠甲。封网了，不打鱼了。“大乌龟，圆边鳖，一窝一窝沙里歇”，渔民们可没有歇着，他们沿着江外的沙滩，用铁叉在沙里挨排叉着，感觉到叉到龟背或鳖背上，马上用手扒着沙，一窝窝的乌龟或鳖就甩上了草地。这一天的收入可就不菲了。

腊月十五，过年的气氛日渐浓厚。洲上的渔民在圩内轮流车干了塘，供应着外面世界的需求。那最后一口塘里的鱼是要留给自己的，洲上人家要做腊鱼的。洲上开始杀年猪了。渔民们清洗了各类渔网，向左右隔壁讨来猪血，用滚滚的猪血浸润着渔网，然后挂在屋檐下风干，这是真正的封网了。猪血浸出来的渔网结实，且来年的鱼儿爱往网里钻。渔船倒扣在江外滩上，用猪血和着的桐油，一遍又一遍地刷着，刷个油光锃亮，来年船儿行在江上，溜得飞快。

做足了功课，渔民们就偎在火桶里猫着冬，几个人就着一杆烟袋来回抽着，说着来年的渔事。只要还过着日子，这渔事，就是洲上人说不完的故事，像那流不尽的江水一样，滔滔不绝。

秋天的诗经

胡冰，女，本科学历，中共党员。现任职于枞阳县市场监督管理局。2002 年开始业余创作。安徽省作家协会会员，枞阳县作家协会常务副主席。2008 年出版散文集《陌上花开》，2013 年出版作品集《梦比春深》。曾在《安徽文学》《读者》《阅读》《新安晚报》《旅游》《铜陵日报》《安庆日报》《浙江日报》《浙江工人报》《厦门晚报》《常州晚报》及《安庆晚报》等省内外报纸杂志上发表过作品。散文《十月，青冢上草青青》曾获“安徽省报纸副刊好作品”一等奖，散文《活着》曾获《新安晚报》与安徽省新闻出版局共同举办的“全民阅读报刊行”征文活动三等奖等。

秋日，突然想到江边走走。秋日的江边，对于我是个早该去的地方。到达时，已是傍晚。秋天的江水清且涟漪。夕阳下，回首，又见芦苇。这是多年前的一个画面，芦花飞絮，逆光生辉。今天再看到这个画面时，已是流年深处的梦。

芦苇丛沿江滩挤涌着。晚风徐徐吹来，柔美的穗缨在空中恣意挥舞，雪一样的芦花如鸽群般翩翩欲飞，宁静中，有涛声隐约。飞起的芦花，起初是一点一点的白，而后是泛金，再就是暗褐，最后隐入云里。天上有云，云的颜色依夕阳近远渐次为橘红、银灰、青蓝和淡紫，与满目的芦花融为一体，向着远处缓缓铺开。眼前的景致，充盈着妩媚与神秘，俨然一轴水彩风光长卷，恬淡清雅，温馨柔和。

芦苇逐水而生，有水的地方就能生长。地头沟壑旁，凡是能插足的地方，都会有它们倔强的身影。芦苇的根系扎得很深，静静地生，默默地长。芦苇的枝干细而挺拔，苇叶长而宽，端午节人们就用它来包粽子。开了花的芦苇叫“芦花”。风一吹，随风飘荡，若有若无，若飘若止，摇曳的姿态，凄美得像宋词小令。其实芦花并不是花，而是一种软软的絮。

“絮”这个词我很喜欢，有一种悠长的从容。

因为帕斯卡尔那句“人是一枝会思想的芦苇”的名言，芦苇又被称为植物里的思想者，它喜欢低垂着头颅站在水边，看上去心思满腹。“蒹葭苍苍，白露为霜。所谓伊人，在水一方。”芦苇翻飞时，漫天飞舞的花絮总会让人想起《诗经》里这句绝唱。那一片芦苇，国色天香，随着《诗经》活了下来，在千古的吟咏中刻在了历史的深处，青苍至今，成了三千年文明古国最优美的诗行。

“萧萧金风漾碧流，锦帆片片白云秋。晚来系缆知何处？只在芦花浅埠头。”（明·许浩）我的故乡就在老桐城八景之一“荻埠归帆”的老洲头。据记载，老洲头往日洲头突出，后因洲土随江水流失形成半岛，沿岸芦苇密集，能挡风避雨，为来往归舟良港。每当晚霞灿烂，由南岸大通溯江而上的归帆，先后接踵，近如锦帆片片，远似素影翩翩，目不暇接，蔚然壮观，因名“荻埠归帆”。尽管我记事时，就不见往日里的喧嚣，但江岸断崖上青灰砖砌造的老街基、排水沟，江滩上那些明清年代破碎的瓷片瓦砾，仍能让我感受到这里曾经有过的繁华。只是帆船远了，可芦花还在，故事还在，诗还在。

我小的时候，江滩上还是成片成片的芦苇，附近很多人家在农闲时都以编芦席为副业，贴补家用。每到冬天，时常看到妇人坐在门前小凳子上，用锋利的篾刀将芦苇去皮，劈成篾条，灵巧的双手上下翻飞。江堤公路上，铺满着晒干的等着被过往车辆辗碎的芦苇。公路上还时常会看到装满芦席突突作响的拖拉机，每辆拖拉机上的芦席都堆得高高的，看上去摇摇欲坠。

那时，我母亲的单位坐落在江边，我们就住在里面。每天吃过晚饭，我都会到江堤上散散步，吹吹风，看看夕阳下的江水。那一簇簇翩翩起舞的芦苇，在秋天里是那样惹人怜爱，它们依偎在烟波浩渺的江水旁，听江水日夜呢喃，这样的景致，总能给我这样一个不谙世事的小女孩带来许多空泛的幻想。我时常望着芦苇发呆，开心或不开心时，都喜欢跑到江边，向这片芊芊摇曳的芦苇，诉说我的快乐与彷徨。

如今，父母都已不在，我也早不住江边了。但在时间无涯的荒野里，我曾无数次地想起这片在水之湄的苍苍蒹葭，我时常会梦见自己在这片芦苇中奔跑，追逐。夕阳下，我顾影流盼，笑声爽朗；秋风中，我昂着头，任风把我吹成一片芦花，沙沙作响；老迈时，跌倒在芦苇丛中，在漆黑的夜空中，看满天星光……

前年秋天，随电视台的几位朋友一起去寻找“荻埠归帆”，我又去了少年时的江边，不知自己是来看芦苇，还是来缅怀的。江面上的雾气像从前一样将我浅浅地笼罩，江水仍像从前一样有节奏地拍打着堤岸。只是当我的目光迎着江风向少年看过的地方望去时，那片儿时的芦苇已不在了。细细的沙滩上，只留下一堆衰草和几枝苇根，像被火烧过一样没有生命的迹象。而我，当年那个爱幻想的小女孩，也已人到中年，流年似水，我和它们一样，黄了又绿，绿了又黄。多少光阴的故事，都随芦花一起，慢慢飘散。

也许，它们并没有消失，只是在另一片江滩上又簇生起新绿，在另一处水光潋滟的地方又重新摇曳着春光，每时每刻都在进行着生命的轮回，坠落、升腾、寂灭、重生。柔弱的、仿佛一阵风就能吹倒的芦苇，面对生命中的凄风苦雨，会低头、会妥协，但风雨过后，它依然会挺直身躯，静静地享受秋天。

豸岭的狮子灯

张正顺，曾用笔名张弛、下午茶。安徽省枞阳县第二中学高级教师。系安徽省作家协会会员，安徽省散文家协会理事、安徽省写作协会会员。作品收入十余种选本，出版有散文集《大地行吟》《纸上的雪山》及散文随笔集《天空的河流》，旅游文化随笔集《魅力浮山》，长篇纪实报告《轮椅上站立的人生》，近年致力于长篇历史文化小说创作。

旧时枞阳东乡，春节期间舞灯盛行，如龙灯、河蚌灯、采茶灯、狮子灯等，不少村庄都竭力打造出一种像模像样的“灯”来，以增添节日的气氛，竞相媲美，其中最常见的狮子灯以豸岭吴姓宗族的最为著名。豸岭吴氏世代居住于竹子湖畔的豸岭头，衍生至周边附近的一些村庄，史称“豸岭吴”。千百年来，率性果敢、不屈不挠的豸岭吴姓儿女，以勤劳智慧的禀赋创造了丰厚的物质财富和灿烂的精神文明，留下了许许多多可歌可泣的动人故事，其春节期间必备的“舞狮子灯”独树一帜，至今还被人绘声绘色地津津乐道着。

豸岭的狮子灯寓娱乐和健身为一体，融武术、杂技和民俗文化于一炉，有着浓郁的乡土气息和民族特色。“咚咚咚哐，咚咚咚哐”，每每随着一阵激越喧天的锣鼓声，一队舞灯的人马趁着夜色闪亮开路，当“狮子”进入异地的村庄，就被引领到一块早已预备好的空旷场地之中开始表演。一只披红戴彩威猛的“狮子”尾随着手执灯球的领狮者，在一声声吆喝的指令下，在场地中央时而跌扑、翻滚，时而跳跃、搔痒，一时间簇拥而至的观灯者人头攒动、水泄不通。为了避免人流拥挤侵占了“狮子”表演的场地，每每有一两个挥动“火琉球”者，在场地的四周不断旋转走动，两只红光耀眼、爆裂响亮的“火琉球”被拴在一根绳索的两端，绳索的中间部分被挥球者一会儿紧扣在双手中，一会儿又衔在嘴里，两只“火琉球”在空中精灵一般翻腾跳跃，令观灯者望而生畏、避而远之。等到场地完全开阔起来，随着领狮人一声指令的吆喝，“狮子”在场地中央按照严谨的传统套路，做出“鲤鱼飘滩”“鸭子浮水”“蛤蟆跳坎”“四肢滚球”等动作。接着，待“狮子”蹬踞一隅默然不动时，领狮人则将灯球放在场地中央，便开始耍弄起一套套“当家拳”来，除了基本的“狮子门”，还有“小武虎”“小飞虎”“武松夺岭”“八仙过海”等，都是徒手的拳术套路。再后来，舞灯的队伍中会另外闪现出几个精壮小伙子，亮出随身携带的器械，如单刀、铁尺、梭镖之类，娴熟自如地表演起来。这时，观灯的人群中不时发出惊叹的喝彩声，助兴庆贺的爆竹声也一鞭接一鞭地开始燃放起来了。

当观灯的人们热情被点燃，期待被放大后，豸岭的狮子灯将开始表演拿手的绝活——狮子望长江。这是一种高难度的表演，高台由许多张方木桌垒叠而成。叠法一般有两种：一种是以一张桌子为底叠得上下一样大的“一炷香”式，另一种是上小下大的“宝塔型”，这是最常见的。宝塔的高度不一，最高可达到 8 米，所用方木桌共 108 张，都是经过精心挑选的，每一层方桌与方桌之间都保留了巷弄般的空隙。方桌数量不同摆法设置就不同，为了设计出最佳摆置方法，人们会预先用麻将牌进行模拟、斟酌。层层垒叠的方木桌难免晃荡不稳，因此在表演时每一只桌脚都安排专人扶持把握，他们为了桌脚的稳固，出灯之前都要从家里带来一只“草把子”别在腰间，以便即时派上用场。“狮子”的表演会由下而上，除了进行一层高过一层地向上攀越，还要在“巷弄”里来回自由的不断穿梭，并做出各种摇头摆尾之类的动作来。所以为了确保这一表演的安全完美，通常相互配合表演的“灯头”“灯尾”都是经过精心挑选的能人，舞“灯尾”者必须个矮、壮实、有臂力，舞“灯头”者则最好是瘦、轻、机灵，因为“灯头”在攀越每一层高台时，几乎都是依靠“灯尾”的托举之力。这种世代传承的表演方式并无保险措施，表演者停留最上面一层不到 3 米见方的高台平面上，想要表演成功，不仅要有胆量，还要凭智慧、靠机敏，同时需要“灯头”“灯尾”之间的密切配合，还有着对生活的热爱以及对生命的敬畏。俗话说，常在河边走哪有不湿鞋，这种高台表演也难免有马失前蹄之事，只是由于通常的宝塔型高台是斜坡状，再加上舞灯者的身手敏捷，一般也没有多大的危险。据过来人介绍，新中国成立之初，豸岭狮子灯受邀前往湖东县城（汤沟）参演，当“狮子”在最上面一层高台表演时，由于不慎失脚，“灯头”“灯尾”一溜烟从上层顺着斜坡滚落到地面，有趣的是，当时在场的领灯人反应敏捷，竟迅速对着手里的广播筒高声喊道：刚才所表演的式子是“老鹰叼鸡”，大家不要惊慌，不要误会！这一有惊无险的失误，不但在普通的外行人面前没有露馅，反而更为豸岭的狮子灯赢得了极大的传奇性口碑，成了豸岭吴氏百姓日后反复笑谈的资料。

豸岭的狮子灯若是在春节期间受邀演出，每到一处除了展示不凡的身手才艺，还会传播一些耐人寻味的民俗文化。譬如每当一场酣畅淋漓的狮子灯表演结束，队伍中会出现几个敬献“恭贺词”的人，一般三人，一人一句，出口都是吉利的话。什么“铜锣皮鼓响叮当，狮灯今日来贵方，贺得贵村人兴旺，荣华富贵万年长”，什么“狮子灯儿来贵方，男女老少喜洋洋，庆贺新年行好运，一年四季都平安”，等等。这一别开生面的文雅节目，作为整场狮子灯表演的尾声，带给观众更多的是精神上的慰藉，有着余音绕梁的十足况味，为灯班子的离去增添了几分难分难舍的魅力。

当然，在东乡各个村落家族与豸岭吴氏并存的舞灯班子比比皆是，只是其中高下有别、良莠不齐。一些舞灯班子的成立不只是为了自娱自乐或强身健体，而是趁着春节的大好时机企图外出赚一点外快。因为“送灯”就如拜年，在带去了欢乐、喜气与吉祥的同时，“接灯者”自会礼尚往来，奉上一份大小不一的红包。所以，送灯班子每到一个村庄，为了收到更多的红包，总希望演出场子多多益善，必然希望挨家挨户的表演。为了取得对方乐意的欢迎，送灯班子在出灯演出之前，都要安排有头脸、有身份的人早早送去一份“灯帖子”，此所谓“不看舞灯的，就看送帖子的”。受此利益驱动，这些舞灯班子中不乏滥竽充数、质量平庸者，俗称“草把灯”。豸岭吴氏的灯班子则特殊：他们接受对方诚意的邀请才去演出，一般不主动送“灯帖子”；他们不挨家挨户的串演，只在空旷的场地中集中隆重地展示；他们专为对方送去喜气，赚一个彩头，以增进情谊，充其量也只会喝下一盏敬献来的茶水；他们也为展示自身风采，为本家族的功夫才艺做一回广告，让人眼界大开、心悦诚服。因此豸岭吴氏独具特色的表演与卓然不群的做派，让那些难登大雅之堂的“草把灯”大失颜面，所受欢迎的指数大打折扣。因此豸岭吴氏的灯班子在受到敌对嫉恨之余，还难免有遭遇不测的尴尬或危险。因此豸岭舞灯班子每每外出表演时，既要力争表演成功出色，又要预防被人“轰场子”，外出舞灯就要准备“打架”，灯班子里必定配备一些身手不凡的人，带上各种单刀、铁尺之类的器械，既能即时展示功夫才艺，又为了震慑对手、应付对手，做到有备无患。这辉煌与荣耀背后掺和的灰暗色调，掌声与笑语里面夹杂的不和谐音符，至今还刻印在老一辈人的记忆里，虽经过时间的冲洗，却同样是那般厚重与温暖。一次次狂风巨浪使水手的能耐得到了检验和锻炼，而舞灯演出带来的矛盾冲突促进了豸岭吴氏的“当家拳”的不断提高和代代传承。况且这关乎信仰、关乎文化、关乎心灵、关乎生死歌哭与爱恨情仇的存在，是一幅幅渐行渐远的时代剪影，承载着一方区域一代代人真实鲜活的记忆。

记忆不灭。豸岭的狮子灯不灭，如同整个东乡武术。它是一抹独具风情的靓丽风景，一道独特的文化盛宴，犹如一张鲜活靓丽的名片，成为一个家族或一方区域的精神图腾。

诗画枞阳（外一篇）

徐连祥，素有文字情结。文字，是一味药。煎煮文字可疗治心疾，可隐尘世纷扰。个人作品散见于《读者》《青年文摘》《视野》《意林》《文苑》《格言》《中国青年》《演讲与口才》《青春》《莫愁》等海内外报刊。有作品获奖或收入多本丛书。安徽省作家协会会员，《文苑》《特别关注》等杂志签约作者。

年少时，书生意气，总以为熟悉的地方没有风景。每每托腮凝望窗前，那一脉起伏的山峦——龙城山，在枞阳县白湖乡境内，总想知道山那边有什么？那里的风景一定很美……

几年前，去南方一座年轻的城市游玩。有一段旅程是登山，几百米的海拔吧，我们拾级而上。心想，这么著名的景区，沿途应该有一些奇异的景点吧，比如，一座海派的楼亭，一棵参天的古树，一块诡异的巨石。但是，及至山顶，一路上除了有一些矮树、杂生的灌木或藤状的植物时不时地牵扯一下你的衣襟，其他的什么也没有。倒是山顶上，那个用大理石砌成的广场，很有名气。铺满花卉，柏树簇拥，中间耸立着一位伟人阔步前行的雕像，那帧具有标志性的画面曾在电视荧屏上多次看到，你若见了相信也不会陌生的。

还是家乡的山水养眼啊，山从岱鳌山发脉，水从长江口寻源。在枞阳境内，小有名气的一群山中，随便挑哪一座，在自然景观或人文底蕴的资质上，都不会逊色于那些远方的山岚。

现在，每每下乡出行，我沉迷于欣赏车窗外滑过的风景，清奇峻拔的山峰，清亮浩渺的水域，路边的野花或水边的芦苇……它们奔跑着，跃动着，或清纯，或华丽，蒙太奇般，在你的眼前生动地演绎。这些来自吾乡的明山丽水哦，让你爱得不行！随着道路的延伸，这份爱，也在一寸一寸地延伸、加深……

生在枞阳，行走在这如画的风景里，是有福的。这一片热土，承载着丰富的人文精神，积淀着厚重的历史色彩。方以智、左光斗、方苞、刘大櫆、姚鼐、吴汝纶、黄镇、朱光潜……这一片山水里，走出过多少先贤鸿儒！他们要么铁肩担道义，先天下之忧而忧；要么文章甲天下，独领风骚数百年。从汉武帝登临射蛟台作《盛唐枞阳之歌》始，两千多年来，天下有多少名人贤士先后踏上这片山水！他们或题咏，或碑刻，或记游，书就佳话，成就传奇。去问问浮山吧，它是枞川大地上一部地理的文化志，佛教圣地，人文蔚起，众贤毕至，那些来来往往的历史名人的身影，山记得，水记得，石头和路边的小草记得。

有一年春天，雨中登三公山。路过一奇石叠曲处，涧水流深，其周边树木葱茏，草长花飞。我们拍照，驻留好久，赏叹：“此为一景，应该有个名字的。”三公山海拔 674.9 米，是我县海拔最高的山峰，景深林茂，亮点纷呈，此景可作为三公山经典景点的一大代表作，而放眼全县各大景区，像这样充满野趣尚待开发的原生态景点何其多矣！它们像一枚枚黑白棋子，星星点点，散落于枞阳的绿山白水之间。串起来，就是一条婀娜多姿的风景线。

回到窗前。我曾在射蛟台遗址上居住了十年，那是一幢两层的楼房，里面散住着几户人家，是我当时单位的老宿舍所在地。立有“射蛟台”三字县级文物保护单位的石碑就矗立在院子靠西的一角，它的左边，是两个邻居的简易厨房。右边，则是邻居及几个单身职工的房间。那块碑就很家常地站在那里，站在那些烟火味儿十足的日子里，我就每天来来回回地路过“射蛟台”碑。在那里，曾写过一篇《在家里看风景》的小文：“透过薄薄的雨帘看去，窗外的山峦和树林，裹挟着带状的乳雾，一扫往日俊朗、挺拔的阳刚之态，含蓄温柔了许多……山脚下的湖泊，也因为雨雾的渲染而放大，平添了一份‘烟波浩渺’的大气。荡漾在湖心的三两叶孤帆，平仄着唐诗的意境。近处的村落中，或平或仄的屋顶上，有几缕淡蓝色的炊烟，在依依地抒情……”这真是山水如诗，入画入梦来。

其实，我窗前的风景应是很平常的。肯定不及依旧“镶嵌”在枞阳大地上的“浮山夕照”“枞川夜雨”“竹湖落雁”“荻埠归帆”等古桐城八景，说不定它就在你窗前，日日呈现。那么，你是有福的——打开窗户，你不用出门，大千世界自动向你涌来。卡夫卡如是说。

性灵浮山

下午的时光，阳光有些晃眼。我眯着眼睛打量浮山，想看清楚在时光中浮山的样子。

都说石头是沉重厚实的吧，但是，浮山拥有一种石头却身轻如燕，放在水中，则如一叶小舟，轻灵地浮行于水面，人们欣喜而具象地叫它浮石。山浮水面水浮山，许以一段距离，浮山四面皆水汇，远眺偌大的浮山，亦如停泊于白荡湖之滨的一艘巨船，原本厚重的浮山因为水的托衬，竟这般卓然不群，于轻灵中尽显其率真随性的风采。

这个下午，除了我们几个采风的和山里原居民，山中无人，奇峰、怪石、巉崖、幽洞，还有草木、溪水，俱寂静着，陌上白云独去闲，山间吾心自徜徉，这样的游历，自我、自在、随性！

见说浮山胜，心与浮山期。想必明代公安派文学家袁宗道、袁宏道兄弟结伴同游浮山时，也是如此惬意的心情吧。

袁宗道，字伯修，湖广公安（今属湖北）人，明万历进士，与胞弟宏道、中道三人俱有文名，时号“三袁”，被称为“公安派”。主张文学要随时代而变化，写作的目标是存真去伪，抒写性灵，以导致文章的“趣”和“韵”。万历年间，袁宗道与袁宏道曾多次游览浮山，并留下碑文和题刻。据《浮山志》记载，袁宗道曾在浮山华严寺附近留下题刻“棋声历耳”，现已被青苔所遮掩。袁氏兄弟二人都为远禄禅师的《九带集》撰写了评论《浮山〈九带〉引》。袁宗道与桐城麻溪（今属枞阳）人吴应宾均为万历年间进士，两人同朝为官，交情甚好，后又同是朗目禅师的在家弟子。吴应宾 40 岁时因患眼疾，辞官回乡，归乡后的吴太史经常漫游浮山，十分热爱家乡浮山的四时胜景。吴应宾见宋时曾空前繁荣的远公道场已荒废百余年，甚感惋惜，遂起兴复之志。他募得万斤铜，铸造接引佛，安置在金谷岩内，并留住了云游四方的朗目禅师，共商兴复浮山佛教祖庭之业。浮山佛教在吴应宾等人的扶持下，得到了复兴和发展。吴应宾晚年皈依佛教，自号“观我居士”“三一老人”。袁宗道在《浮山〈九带〉引》一文中，把吴应宾和朗目禅师分别比作当年在浮山留下“因棋说法”佳话的欧阳修和远禄禅师，盛赞他们为重振和发展浮山佛教的所奉献的无量功德。

“试问飞来峰，未飞在何处？人世多少尘，何事不飞处？”相传当年袁宏道目遇浮山飞来峰曾作此诗，率真清新而充满禅意。禅意的山峰，不着尘烟，空灵的意境，发人深省。袁宏道于万历二十五年（1597 年）辞掉吴县县令后遂畅游吴越名胜，旅游途中写给兄长袁伯修的信中曾提及“吴观我去岁住山中五月，眼尚医不好……”可见其亦与吴应宾交往甚密，对浮山也一往情深。袁宏道在《浮山〈九带〉引》中讲了一个小故事，说以前有位少妇孀居后，许多年都素面朝天，不施粉黛，年华渐渐老去，她也终于熬到了含饴弄孙的年纪。有一天，她的孙儿突然啼哭得厉害，怎么也哄不停，于是孀妇“遂簪花敷粉以悦之”。袁宏道称赞《九带》乃远禄禅师的“花粉”，可以取悦于苍生百姓，给予苍生百姓心灵的温暖和慰藉，称与他同时代的朗目禅师乃“今之远禄公，再为浮山流布花粉”。

石级石池造设锦，湖水湖田一望间。一路攀岩越级，穿林探洞，鸟鸣点点，溪流淙淙，佳致欣然辄忘归。到会圣岩景区，天色已向晚。会圣岩，是开山祖禅远禄公的居处，岩内原有禅师圆寂葬身的“远禄祖师塔”，也是宋圆鉴远禄禅师著《九带》处，摩崖石刻“九带遗踪”就刻在枕流岩外的侧壁上。远禄曾以“浮山九带”闻名于禅门，所谓“九带”，就是“佛正法眼带，佛法藏带，理贯带，事贯带，理事纵横带，屈曲垂带，妙叶兼带，金针双锁带，平怀常实带”，这是用华严经与禅宗的原理来统一禅宗的理论。这里也是浮山摩崖石刻最为集中的地方，岩壁上留存历代的石刻，有题词，有诗文，一百多块，这些石刻，或铁画银钩，或丰润饱满、气韵生动、荡气回肠，令人有种穿越时空的震撼感。石刻作者有文学巨匠，有禅师高僧，有官宦名流。每一块石刻都留下一段故事，一个传奇，令人目不暇接。

夕阳红了，渐渐隐去。像一个浮山樵夫，我很家常地下山。回首处，紫霞关上，枫叶正红，雪浪岩前，波涛涌动。时光之中，依然浮山，流水带不走浮山的故事。浮山在我的眼里，还是那句老话，历练久了，风烟俱净，看山还是山。

浮山，依然是性灵的，蕴满了无尽的禅意。

糯香岁月

鲍官明，1968 年生，1989 年毕业于安徽省合肥粮食学校。自由职业者。2007 年开始发表作品。《母亲的柴堆》获“绿油油杯”枞阳首届原创文学大赛三等奖。平时喜欢写自己熟悉的人和事。写作的目的是想从现世纷繁复杂的生活中，总结一些必然的规律，并希望这些规律能对今后的生活有所启示。为文本着韩愈的主张“修辞立其诚”，崇尚李贽的“童心说”。

记得自打分田到户时起，每年，父亲都会单独将一块田种糯稻，或者团三斗，或者龙窝子，都是七八分田的样子，收成四五百斤糯稻。这些糯稻，一般不卖，而是晒干了一袋袋地码在里房的仓门口，用来过年以及来年吃汤圆和糯米饭。

每年一到腊月，祖母便会提醒母亲：“王良英，要浸糯米了喂！”母亲一定会感叹：“是的哟，滑个子，又到腊月了。”于是母亲从堂屋后面拿出稻箩，翻过来在堂心地上拍打掉稻箩里的积灰，再从仓门口拎出一袋糯稻，两只稻箩匀了，然后从大门后面找出一条毛竹扁担，吩咐祖母看门，将两只装有糯稻的稻箩一肩挑了，到大队部的碾米厂碾糯米去了。

碾回来的米，母亲并不是全部浸了，而是从中称出二十斤左右，倒进夏天洗澡的大澡盆后来是一只大釉缸里浸了。剩下的米会煮糯米粥或糯米饭。但有的年头也会不煮，那大多是庄子里有人当年没有种糯稻，母亲会将这些米换给那些人家过年吃汤圆。

米在水里浸了二十多天，已经浸透了，腊月二十二或二十三，会磨糯米。磨糯米之前先淘米。一大早，母亲就将大盆或缸从磨子肚下拖出来，逼净里面的水，将米分装进两只水桶。母亲挑着水桶，前头扁担肩上还挂一只大淘米箩，后头水桶里放上一只大葫芦瓢和一只小葫芦瓢。山塘尽管离家近些，但母亲并不在山塘里淘，一是因为冬天山塘里水浅，再就是有人在山塘后梢把牛尿，母亲嫌水不干净，而是挑到离家更远一些的旱水塘。

到了塘边，母亲先将两只桶里的糯米腾到一只桶里，另一只桶洗净放到一边，于是母亲开始淘糯米。淘糯米其实简单，用大葫芦瓢从桶里将糯米舀了，倒到淘米箩里，然后在水里一遍一遍地洗，直洗到糯米发亮，滴下来的水全部是清的就可以了。有技巧和难度的是晃砂。田里收回来的糯稻，经过晒、碾之后仍然会有一些砂子，糯米粉里自然是容不得砂子的，因此，洗尽的糯米要将砂子全部晃掉。这时，小葫芦瓢派上了用场。就见母亲，用大葫芦瓢装半瓢水，小葫芦瓢舀一瓢米，左手拿着大瓢，右手拿着小瓢，小瓢在大瓢里晃来晃去，洁白的糯米随着水流一点点地进入了大瓢。渐渐地，大瓢里米越来越多，小瓢里米越来越少，直至最后，小瓢里剩下了数粒白米和一两粒砂子。这个时候，让人真正感觉到了淘尽白米始见砂。也有淘到最后，一粒砂子都没有的。但母亲并不因为这一瓢没有砂而轻视下一瓢。母亲认真仔细地对待这些米，犹如对待她的那些针线活。庄子里有些人家里的糯米淘过之后入磨之时还嘎嘎地响，母亲说那就是砂子没有淘尽，母亲总结为不认真的缘故。母亲常说，下口之食，马虎不得。

我们还是小孩子的时候，糯米都是由父亲或母亲磨，祖母负责添糯米。当我们长到比磨把手的横档高，两只手能从容地放到横档上时，这磨糯米的事就由我们兄弟姐妹包下来了，添糯米还是由祖母负责。磨子上面堆放的雨衣、筛子之类的杂物早在头天或头几天就被父亲清理干净，磨子也已经洗得干干净净。丁字形磨档，也从壁子上的墙眼里取了下来。父亲不仅检查系牢了吊绳，还将磨档插入磨把的孔眼里，试着磨了几圈，一切就绪，才放心满意地做别的事去了。开始磨糯米已经是吃中饭之后。磨子下面放入先前浸糯米就已经洗干净了的大盆或大釉缸，与磨子并排摆了两条长凳，上面摆放着母亲早上洗好淘净的糯米桶。另外还有一只提量，里面装的是清水，我与二哥轮流“掌舵”，一人掌舵的时候，另一人就在一边搭拐。祖母说，添个棒槌轻四两。磨子转起来，每隔一圈，祖母添进一勺糯米，再隔一两圈，祖母添进一勺水。随着磨子的匀速旋转，磨子的四周开始变白，然后不断地有糯米粉和着水开始往下流。每次磨磨，祖母都会打谜语给我们猜：小团山，下白雪，你歇它也歇。磨糯米、添糯米都是机械的动作，时间长了，祖母有时会犯困。犯困的祖母开始哼小调：小团山呀那个下白雪，你歇它也呀——那个歇。

“眼怕手毒。”满满的一桶糯米，在祖母一勺一勺地舀动下，越来越少，最后终于清场。这时父亲会来接过磨档，挂到墙上做房子时专门留的一个磨档孔里，然后从磨肚里拖出差不多装满了水糯米粉的大盆或缸。母亲则拿出一块一米见方的土布，土布的四周母亲已经用白线缝了边，能清晰地看到针脚。母亲吩咐我们一人牵住土布的一个角，她自己则用葫芦瓢从大盆或缸里舀粉，倒到土布上。看看差不多了，母亲将土布的四个角往一块一拢，然后打了一个结，挂到了刚才吊磨档的绳子上。这个过程叫吊糯米粉。湿糯米中的水分，在重力作用下，透过土布的孔一点点地往下滴，到了正月，水分吊得差不多，正好适合做汤圆。剩下盆里的，母亲又用另一块更大些的土布盖严实了，然后从灶门口挖来草木灰盖在了上面。草木灰吸水，过了年也照样可以做汤圆。

腊月里很忙。二十四小年要接祖，二十五到年三十油炸烹炒备制年货，有时如果二十三以前没有杀年猪，还要在这几天杀年猪，总之母亲很忙，除了换回把草木灰外，母亲这期间一般没有时间问淀粉——老家有时叫山芋粉为淀粉，这个时候又叫糯米粉为淀粉。

老家麒麟的乡风，初一不出门，初二拜新灵，初三拜母舅，初四拜丈人。每年正月初三一大早，梅花的二姑以及几位老表还有宋庄老姑老姑爷都会来拜祖母以及父母亲的年。这天早晨除了备下酒菜之外，还要下一大锅汤圆，因为二姑家的几位老表以及老姑爷包括我父亲在内都非常喜欢吃汤圆。

初二的晚上，忙完灶上的事，母亲就开始准备做汤圆。母亲先炒好芝麻，用研钵研碎了。后来研钵被一只猫打碎了，母亲就用一麦乳精的小铁鼓子，用擀面杖在里面捣，直至将芝麻全部捣碎。捣碎的芝麻然后放入红糖拌匀，这样汤圆馅（母亲称之为“芝麻盐”）就做好了。接着母亲从吊绳上取下已经吊了近十天的土布包，在大桌上摊开，母亲开始揉粉。母亲常说，做汤圆三分做功，七分揉功。粉揉好了，汤圆做起来不仅不容易破包，也容易熟透。吊在土布中的粉块，在母亲不停地揉搓中成了一个大粉团，看看柔软程度适中了，母亲开始从大团子上一个个地往下掰小粉块，这些小粉块一个个差不多一个汤圆大小。看看哪块小了，母亲会再添一点，或者哪块大了，母亲会撕下一点。粉团全部掰完了，母亲开始做汤圆。母亲做汤圆的手法非常好，总结特点有三样：一是个头匀称，二是皮薄，三是馅儿多。母亲一边做，一边还在心里盘算，大老表多少个，二老表多少个，老姑爷多少个，父亲多少个，有时也让我们自己报数。我们常常都是报数的时候报很多，但到真吃的时候又吃不了那么多。后来母亲有经验了，记得头年谁吃了多少个，第二年适当放点余量，后来每年也不会出现吃不够或剩许多的情况。

至今依然记得初三早晨那个热火朝天的场面：堂心里老表们群情亢奋地吃菜喝酒，锅屋里大气铺天，祖母在灶下生火，母亲在灶上下汤圆。滚沸的锅里丢进一只只母亲头天晚上做好的汤圆。汤圆沉下去，不用多长时间就一个个漂上来。等全部都漂上来，母亲就开始给客人们盛汤圆。我们开始是给客人们端汤圆，后来成了陪酒的主力，再后来我们各自成家立业，而祖母，也已经离开我们十余年了。

知道我开店没有时间回家过大年，腊月二十四回家过小年时，母亲就将淀粉和芝麻盐早早准备好了，叮嘱我要将粉放到冰箱冷藏室里，芝麻盐盖好不要走气，做汤圆之前要揉好粉……不等到正月初三，我就依照母亲的吩咐，做了一回汤圆，汤圆做得很成功，没有破包，也没有半生不熟，但是，就是吃不出许多年前正月初三母亲做的汤圆味道来。

风中的村庄

汤流，中学教师，安庆市作协会员。近年发表习作，已在《安徽文学》《新安晚报》《安庆日报》等省市级报刊发表散文诗歌多篇（首）。有散文获安徽省首届散文大赛“国口杯”江淮散文奖。

我不能说是跟随一阵风进入村庄的，是有一阵风拂过我。我并不知道这阵风是哪阵风——说不定从前的一阵风在什么地方拐了一个弯，又回来了。风随时可以把我甩掉。地上的叶片翻滚着，它们不知道哪阵风将它们吹落在地，而反复抽打它们的又是哪阵风。

“獾子把洞打到墓穴里了，前两年还拖出几根白骨。”父亲站在路边，指着不远处掩在荆棘丛中的小爹爹小奶奶的坟墓说，“走不到边上去了！”我知道他想过去看看，我也想去看看，但比人还高的杂木荒草淹没了小路，肆意生长。一年一年矮下去的坟墓在隆冬季节才隐约可见。

“我记得他们的模样。”我说这话时，声音低低的，似乎不打算让人听到。我想起这件事时，还有一些隐痛，仿佛多年前的风又吹回来，尤其是站在他们的坟前，尤其是周围静谧得只有草声。

正月初一去长辈家拜年是家乡的习俗。我和伙伴们跟在大人后面，去给小爹爹小奶奶拜年。想到他们家那么多好吃的就激动不已。大人们捧着茶杯海阔天空地聊天，我们揣着好吃的追逐打闹。想必是渴了，又想必无人注意到口渴的我，我走到比我还高一头的茶几旁，伸手去拽水瓶。“啪！”一声清脆的爆响，一个趔趄，水瓶掉地上爆了。满屋的谈笑戛然而止，人们脸上凝固着一种奇怪的表情。许久，小奶奶走过来，抚摸着我的头，“没烫着就好”！

那年，小爹爹小奶奶先后得了同一种癌症，不到一年相继离世。乡人说正月初一打碎东西是不祥之兆，尤其是打碎水瓶。就这样，我背着那声清脆的爆响慢慢长大，多年后，我依然觉得自己是个引信，是我引爆了他们。“人退獾进，屋退草进。”父亲说。如今，风把他吹到了老年，把我吹到了中年，把母亲吹到另一个世界。站在村里，随处可见坍塌的老屋。草在庭院里恣意生长。当年为一条排水沟越界就要大打出手的人们早已不知去向。是什么让他们放弃了这里？而时光又在什么时候慢慢放逐了他们？

大龙二龙是孙家的老大老二，为分家生隙，陷入无休止的纷争。在一次争斗中，大龙一石块击中二龙脑袋，鲜血淋漓。二龙扛起钉耙朝大龙砸下去，大龙应声而倒。整个下午，村里血腥弥漫。风刮来吹去，不见消散。大龙在医院里躺了许久，出院后，不到半年就死了。二龙五十出头，也得癌症死了。他们的儿孙先后远离了这块伤心地，只有一把生锈的老锁若无其事地紧锁着自己，守着那些陈年旧事；只有风如流水，在人世间流淌，一遍一遍清洗陈年血色。

“您老回来了，到我家坐坐，弄口水喝。”汪老头客气地招呼着父亲。每次回村，能见到的人也就是他了。父亲递烟，他恭敬地接了。

我定定地看着他的脸，想找出一些从前的威严。他饱突的面容清瘦不少，早年肃杀的表情已无半点痕迹。风一年一年刮过那张脸，风一定是位不动声色的整容师，把他的笑容都拉上了皱纹，让人觉得他比以往任何时候都更有亲近感。

年富力强的时候，他是队长，说话一言九鼎。伍家是村里杂姓，一直受邻居钱家欺负。没办法，伍家只好主动托人将女儿嫁给钱家不争气的小儿子。伍家终于咸鱼翻身，过了几年扬眉日子。

有一回，我放学回家，母亲让我去田里捡水，说她跟队长讲好了，队长答应放点水到我家田里。那年逢干旱，秧苗一日比一日焦黄，父亲又远在异地教书。我扛起铁锹，来到水田边，左等右等不见他，便自作主张地在水渠里开了一个小口引水。不一会，就见到暴跳如雷的他，大声呵斥我偷水。我呆站在田边，任他数落。他不甘心，又气呼呼回村找母亲理论，母亲赔他一瓶柴油才罢休。

许多年过去，我不知他对过往是否还耿耿于怀。某些时刻，我试图在他脸上寻找什么。风让他的额头布满沟壑，风把岁月中一些浅显的东西都吹走了。现在的他，更像是一位称职的守村人。仿佛因为他在，这么多年来，村庄才没有被一阵风刮跑。

跟他告别，我们向田野走去。找到曾属于我家的稻田、菜园，向参观者指划。成片的稻田延开去，并未见到几个躬身劳作的人，仿佛那些庄稼是自己长出来的。阳光下，稻花点点，亮丽得晃眼。我一次次俯下身来，深情抚触这人世间最美的花朵。多想在这田野里纵情高歌、恣意奔跑，像一头吃饱了草就地撒欢的牛儿；多想生育一大堆儿女，把他们安放在周边的村落。可惜我只有一个未成年的女儿，她跟在我身后，似懂非懂地听我讲过去的事。我教她识稻花、扁豆、茭白，圩塘边火一样的红蓼，她点点头，一转身，我的话语就掉落在空气中，随风而散。我不奇怪，若干年后，她也会来风中寻找一些东西，像我现在一样……

孤独的诗意

朱晓红，女，安徽省枞阳县人，爱好文学，崇尚文字中人性与自然的真、善、美。早期热衷朦胧诗、散文诗的创作，20世纪90年代末着重散文贴近心灵与自然的自由抒写，并于同期开始在（地）市、县级报刊上公开发表作品。近几年作品主要散见于全国各地有关报纸杂志及文学论坛，著有散文集《指缝里流沙》。一直以为，美好的梦想是一枚透着生命力度的种子，只要有一寸温润、纯粹、洁净的土壤，便会萌芽、开花甚至结出诗意的果实。

归

在我眼里，乡村永远都是一幅清美无比的画作。房屋、田野、山水、林木，零乱无序，纵情地铺展，无派别，无格局，也无格调，透着率性、自然、天真的野趣。

光与影的魅力就是能把瞬间的情态定格成永远，它真实，不铺张，不矫情，没有人刻意的着力渲染，生动之处延伸出无穷的想象空间。有些图景是可遇不可求的，天上的流云，地上的飞鸟，甚至檐角的一滴雨珠，都能在快门起落的刹那成就一幅耐人寻味的画。

一间土坯青瓦的小屋，一脉曲折不平的土埂，一头无人放牧的老牛，一座土包似的小山，主题简单到不能再简单，可乡村特有的意味就从这简单的构图里不经意地漫出来……

乡村是粗朴而宁静的。此刻，正值黄昏，淡烟疏雨，鸡犬不闻，村庄若睡，梦幻一般迷离。远山近水，静默无言，各守城池，尽展风姿。野草无处不在，无处不茂。近看参差不齐，远远地看，便觉得乡村铺上了一层厚密的绿色地毯，成片成片的绿装点出那种波澜壮阔的气势颇让人惊叹。也只有在乡野，才能有这样错落有致、恣意放纵的铺排。正因为有了这些绿，生命方能呈现出温润、清新的气息。

小野菊捉迷藏似的这儿一丛，那儿一簇，白的、黄的、紫的，蝴蝶与蜜蜂成群结队忘情嬉戏，煞是俏皮、可爱。远处的丘陵波浪一般轻微地起伏，原本葱郁的林木在朦胧烟雨里透出鹅黄色的光晕，越发地空灵诗意。

炊烟渐起，星辉暗熠，夜色临近的乡村更显静谧安宁了。横笛声不闻，牧童去哪了？耕牛脱缰，自在、悠闲、惬意，于村野田陌，独自徜徉，却无归意。健壮的身躯，黝黑的皮毛，尖锐的牛角与微微上扬的头颅，透着一种超然、高贵的气势。它似乎在打量着这个朴素无比的乡村，思量着是什么让它执着如斯，倾其一生奉献、热爱与坚守。

可牛只是牛，它并不懂得卑微与高尚、奉献与索取，它只知道，离开了乡村，离开了土地，它将会沦落到什么样的境地，会有一个不堪想象的结局。它只会反反复复呼吸新鲜的空气，咀嚼新鲜的野草，跟着它的主人、它的伙伴，朝朝暮暮出入阡陌田垄，它用笨拙的手笔勾勒自己的梦想与舞台。

谁能懂得它此刻凝望的目光是怎样的一种诉说？或许，乡村懂得，泥土懂得、犁铧懂得、牧童懂得，农夫手中的鞭子也懂得。

……

不必去懂哦，懂了又如何？世间万象，各有各的场，各有各的殇。只要方向在，那盏昏黄的灯光在，那么，归途就不远。

洲

它是静谧的。或许，最静谧的地方往往藏匿着最丰富的声响。

它是空阔的。天地冷暖寒凉，所有的沧海桑田，一层一层，潜入视线触及不到的地方。

它是诗意的。洲头芦影，摇曳一脉清江，水渺渺，十里烟波，渔舟唱晚时，满江欢歌。

它也是孤独的。没有虫吟，也没有鸟鸣，连根枯草也没有，纯粹得像是一张未经涂抹的白纸。

河与岸总是那样的界限不清，江水肆虐，飞鸟无痕，有种无所依傍的悲凉。

春潮涌动时，它安静地蛰伏；秋风猛劲时，它瘦成一湾清泉；待冰雪倾城，它便赤子般坦诚素净。

只有风无休无止，唱着歌途经这条江水、这片江滩，用无形的力划出旋律般的灵动与韵味。

岁月若有声，那么，它的声音是在沙的缝隙里暗自流动，像暗流汹涌，又像私语窃窃。

寂静，孤独，苍茫，每一粒沙子都潜藏着无量的执念与悲欢。

阿炳的大浪淘沙，可以弹尽世间悲凉，却弹唱不出一粒沙子的赤子丹心。

像一棵百年老树，时光辗转，虽不动声色，却早已是错节盘根，花繁枝满。

洲已没落，林木杂乱，生灵放纵，青烟袅绕之处，仍是生命蓬勃的姿态与温度。

雪沙粒粒，成了洲上的图腾，刻在生命的肋骨上，可以膜拜，却难以触及。目光迷离，而灵魂安稳。

老街

它真的与我无关。

旧的城池旧的梦。我走进来时，它默然无语，以破旧，以清冷，以飒飒秋风与我相拥。

我肉身冰冷，而内心却有一潭清水，涟漪点点，似初恋，又似久别重逢，有一弯冷冷秋月，慰我虚空。

老街总是空荡荡的，人迹稀疏，大多数商铺的门是紧闭着的，铜锁永远是一副古板且冰冷的表情。

偶有住户的，也是耄耋老人，与老街一样苍老，时光无序，在脸上纵横交错。阳光从天井里落下来，与老人银白凌乱的头发，与空中飘舞的浮尘，共守寂寞之城。

青石路上没有匆忙而沉重的足音，巷道里也闻不到那时浓郁的尘俗之味，烟火之色。这么多的空与静像一口深不可测的井，里面会有怎样的风云乾坤，又会掀起怎样的风浪？秦风汉月，又会以怎样的方式穿越于今？

总想着，能够识破一些时光的秘密，总想着能看见几个青衣长衫诗意的背影，也总想着能听见一曲幽婉的琴声。因了这些无法释怀的渴念，一而再，再而三，走进，抚摸，遐想。可是，明月清风依旧，而山河已是一片狼藉。

终究只是遐想，它真的与我毫无关系。它只是我暗自编织的一个旧梦，一面企图能映照出前世今生的镜子，可最终，我能看见的只是一袭素白的衣裙在幽深的巷子里寂寞地行吟。

已经找不到更好的语言来叙述老街的老，任其老去，任其沉睡若莲。心中纵有千丘万壑，也是城南旧事，到头来，谁是谁的念，谁又是谁的殇，无从去想。

一曲琵琶语，从心底浮起，没有太多的怨叹，反而有远离尘嚣的寂静，透过光阴的墙抵达内心的城。

自此，关山重重，江河跌宕，真的与我无关。

荷意

每一次去看荷，总是给自己许多的理由，爱她的清雅，爱她的高洁，爱她的清欢。

其实，理由是铺天盖地的，就像我爱春天的油菜花一样浓烈。那是一种群众自发式的狂欢，是季节、温度、色彩带给人感官刺激，继而精神激奋，情不自禁，也是莫名其妙的。

真有那样的爱么，爱她什么呢，是古诗词中的卓尔不群，出淤泥而不染？还是自以为是的一场暗恋？

暗恋总得有个爱的支点，那么，这个支点在哪儿？是不是所有的爱都是说不出理由的，能够说出来的都是肤浅的？

事实上，只想做一个肤浅的人，让心底所有的欢喜都像清泉一样自然而然地流淌出来。可内心里总有那么多的石块，堆积在一起，让清泉流动之路充满艰辛。

说不说又有什么关系呢？她有千般好，也只是你眼中的一朵莲，在水里独守属于她自己的一份寂寥，一份清欢，你再怎么喜欢，与卿何干？

这世间有开在云端的花么？哪一朵花不是干干净净地盛开？哪一朵花在她的王国不是骄傲的仙子，唯独荷么？

眼前的这片荷塘是质朴粗糙的。田埂逼仄，杂草丛生，蚊蝇嗡嗡地乱飞。伸手可触的荷花，粉嫩娇媚，花苞如箭，悄然耸立。蜻蜓自在飞舞，宛若高空杂技者，或荷尖倒立，或空中翻腾，或成对追逐嬉戏。微风拂过，漫入鼻息的都是泥沼发酵的腐朽气息，荷香被吹散，只有靠近花朵，方能嗅出几分荷的幽香。

很想摘一朵于手中，闻香识味，当手触其柔软之际，忽然明白一朵花存在的辛苦。

双手收回之际，蠕动在心口的那些美词也顿失光彩，我说不出她的好了。世间之事，之性灵，之万物，都是各安各命，懂与不懂，也是各凭各心。

黄山是吾师

黄琼会，素心女子，编辑生涯，网名那时青荷。安徽枞阳人，现居合肥。喜欢安静写字，从容生活。愿意今生今世，做个欢喜的人，像植物一样安静生长，四时明媚，静水流深。近年在《哲思》《锦色》《安徽文学》《新安晚报》《安庆日报》《滁州日报》等报刊上发表作品多篇。

也许走近一座山，也是需要一种机缘的。

每当坐车去皖南，从黄山脚下经过，望着车窗外高耸入云的连绵山脉，望着高速两边“梦幻黄山”的形象宣传，总是心生向往，希望有一天能够亲临胜境，感受黄山的梦幻之美。可每次都是来去匆匆，雄伟的黄山看似近在眼前，实则远在云端，总是无缘抵达。一个美丽的愿景，连同一座美丽的梦幻之山，就这样一直深藏在内心深处。

这个深秋，因为一个美好的机缘，我再次来到皖南，来到黄山脚下。我带着这个多年的愿景，怀着一种虔诚的朝圣之心，开始一场梦幻黄山之旅，与黄山有了一次亲密的接触，一次深情的拜望。

黄山原名黟山，因峰岩青黑，遥望苍黛而名。传说轩辕黄帝曾在此炼丹，故改名为“黄山”。它雄伟秀丽，又神秘莫测，是神仙的居所。明代旅行家徐霞客登临黄山，曾赞曰：“薄海内外之名山，无如徽之黄山。登黄山，天下无山，观止矣。”正所谓，五岳归来不看山，黄山归来不看岳——黄山集泰山之雄伟、华山之险峻、恒山之烟云、庐山之飞瀑、雁荡之巧石、峨眉之秀丽于一体，尤以“奇松、怪石、云海、温泉”四绝著称于世，是真正的人间仙境。

清晨，我们从汤口出发，乘云谷索道上山，一路可俯瞰山涧溪流，可仰观奇峰罗列。眼前掠过的，一会是波涛汹涌的云海，一会又是艳阳万丈的霞光，或虚无缥缈，或气朗风清，构成一幅幅绝妙的天然画卷。下索道至始信峰，开始顺着崎岖的山路，深入西海大峡谷。沿途可远眺天都峰，近观莲花峰……只见一座座山峰直插云霄，看上去就像刀劈斧削一般。其色泽之美，犹如珊瑚玉石；其质地之坚，胜过铁壁铜墙；其造化之奇，可谓鬼斧神工；其神秀之姿，更是气象万千。

只见一座座山峰之上，无处不是黄山松的矫健身影：竖琴松，黑虎松，团结松，连理松……每一棵黄山松，都有一个动人的故事；每一棵黄山松，都是每一处风景的灵魂。我们从每一棵松树身上，都看到了一种坚韧不拔、永不放弃的信念，看到了一种顶风傲雪、百折不挠的黄山松精神。

只见重峦叠嶂之间，几乎每座山峰上，都有许多不同姿态的怪石。它们星罗棋布，似人似物，似鸟似兽，或立或卧，或仰或俯，或争奇斗绝，或遥相呼应地点缀在波澜壮阔的峰海中，令人目不暇接，令人惊叹不已。这些怪石，大的就是一座孤峰突起，小的如同盆景古玩。它们个个造化天然，巧夺天工，名字也是丰富多彩，生动贴切：梦笔生花、仙人指路、苏武牧羊、太白醉酒、童子拜观音、猴子望太平……真是形态各异，惟妙惟肖，争相竞秀，妙趣横生。

此行黄山，最幸运的是能够赶在冬季封山之前，来到西海大峡谷。此谷是由近旁的石柱峰、石床峰，右前方的薄刀峰、飞来石，对面的排云亭、丹霞峰、松林峰和左前方的九龙峰、云外峰等奇峰怪石所围成的巨大空间。这些林立的峰峦，被薄雾浓云笼罩着，看上去既巍峨壮观，又秀丽奇特。我们已经无法追忆当时的沧桑巨变，只能惊羡于眼前这奇迹般的景致。有人说，到黄山没有看西海大峡谷，就不能领略到黄山的梦幻之美。这里独特的地理形貌，会向我们展现一个不一样的黄山。这里，有别于前山那样群峰峭拔、以雄伟见长，而是一如屏障般的巨型石片，拔地千尺，奇崖兀立，垒积木似的堆积起来，形成破碎状的峰林，看似有摇摇欲坠之感，其实却壁立千仞，稳如泰山。

这里，绝对是黄山最精华、最神秘、最秀丽、最深邃的景区。两岸奇峰怪石如林，仿佛擎天之柱，四周云雾缭绕，山径曲折幽深，断崖险峻陡峭，更是蔚为奇观。绝色的峡谷美景和漫长的徒步前行，那种新奇快乐的感觉，是无与伦比的，带给人视觉和身心的双重体验，更是深刻难忘的。这里处处是佳境，处处是图画，无处不景，无景不奇，满山满谷遍布绿荫，或浓或淡，或翠或碧，给这巨幅山水图打上了最美的底色。而其晴雨无常，迥异多变的性格，又将这里营造成一个变幻莫测的光影世界。

这里最美的景致不过云海，但却是可遇不可求的。黄山以峰为体，以云为衣，四海之内，千谷万涧，都是云雾的原乡。这天恰逢雨后初晴，云山雾海呈现出一种气势磅礴、摄人心魄的美。整个西海大峡谷，如同一条吞云吐雾的巨龙，一团团、一簇簇的云朵，如波涛翻滚、白浪排空般汹涌而来，直如潮水一样铺天盖地，肆意汪洋。云绵绵，雾漫漫，千山时隐时现，那一个个青黛色的山峦，皆如航船一样漂浮在云海中。奇松、怪石更是若隐若现，清透如翡翠一般飘在蓝色的云梦间。饱含水墨气韵的云雾，一直在氤氲，亿万斯年矗立的山峰，一直在沉默。一动一静之间，千般变幻，万般缥缈，恍惚如同神话。我想，在这仙境一般的云海里，是随时可遇到神仙的吧？

其实，只要来到黄山，我们就是自然的子民，就是神仙的后代。当年，我们的先祖黄帝带领浮丘公、容成子等臣仆来到黟山，垒石造屋，采药炼丹，踏遍了七十二座山峰的每一寸山崖。后来七十二峰中，就有以三位仙人命名的轩辕峰、浮丘峰、容成峰。相传桃花溪中，还有他们炼丹时用过的丹井、药臼呢……

我们迎风而立，与高山合影，与流水合影，与松石合影，与云海合影。走累了，就停下来，坐在一块岩石上，看崇山峻岭绵延不绝，如画如黛，尽收眼底；听松涛层层叠叠而来，或远或近，如诵如吟。这一刻，内心欢喜而寂静，犹如参禅悟道。只是，前面的风景依然那么美，有飞来石在等着我们，有光明顶在等着我们，有迎客松在等着我们……等着我们继续起身，在蜿蜒的山道上继续跋涉，朝着前方的美景继续前行。

黄山之美，不仅仅限于雄浑灵秀，更多的是坦荡含蓄、刚劲宽厚、神秘坚韧、沉静包容的内涵。一如百步云梯，让我学会“行百里者半九十”的忍耐；一线天，让我体悟“不从此中出，焉知天地宽”的广阔；连心锁，让我相信“生死不渝，永结同心”的爱情；飞来石，让我遐想“无限风光在险峰”的壮观；千万棵黄山松，让我懂得有种“咬定青山、立根破岩”的生命力，是何其自强不息，何其美丽葳蕤。

记得在前行的山路上，遇到一方刘海粟先生“黄山是吾师”的石刻。字体浑厚大气，深郁蕴美。以山为师，是大师的谦逊之言，是黄山赐予大师不竭的创作源泉——先生平生十上黄山，他曾这样描述自己对黄山的爱恋：“黄山为天下绝秀，千峰万嶂，干云直上，不赘不附，如矢如林。幽深险怪，诡奇百出，晴岚烟雨，仪态万方。其一泉一石，一林一壑，不仅触发你的诗思，惠你画稿，提供无限美境，或使你心旷神怡，或使你无言对座，寝食皆废，终日忘机，以至阔别数十年，仍能保持极深印象，一朝念及，回忆便如飞流倾泻，纵使白发垂耳，心情也贴近生命的春天。”

是的，黄山是吾师。山风呼啸，云海苍茫，秋日将晚，我们在这方石刻前忽然安静下来。

我们安静地回头看，只见一支浩浩荡荡的队伍，一直蜿蜒在群山之间的小路上。就这样一步一步攀登上来，去往梦想里的山水云间。这支传奇的队伍终年不绝，持续了数千年。多少个春夏秋冬，人们扶老携幼，相伴相依而来，那种不变的执着、顽强、庄重、认真，就像一种至诚至纯的朝圣，就像皈依一种完美的宗教。

那些不朽的山峰，千岩万壑，壮阔逶迤，千山一碧如水墨画般，被造物主永恒地安放在那里，有不老的奇松，有嶙峋的怪石，有千百里的苍山与深谷，有无止境的流水与行云。这里，是世间最美的画卷，最美的造化。是人们心中最美的梦想，最美的殿堂。

天地有大美而不言。黄山之美，美在变幻，美在无穷，美在永恒——黄山是吾师。

安 凤 岭

高斌，枞阳县会官镇人，中共党员。现任枞阳县纺织服装协会执行会长，安徽君锐服饰有限公司、安徽君锐文化传媒有限公司总经理。安庆市作协会员，枞阳县作协副秘书长。喜爱诗歌和散文创作，作品多次刊登在市级媒体上。诗歌《山水会官》被收入人民网“寻找安庆之美”。文字是洇开的过往，创作是细嚼的食粮。

我们决定走一趟安凤岭老街，就着细细的雨丝，把雨伞带上。越是靠近这座古集，越是感觉似曾相识的目光堆满小路两旁。雨伞下藏着许多对话，仿佛前世归来般温暖，我忽然觉得这一次突然造访，是否早已注定？或者说，我们都是一群放不下过往的人。回来，早已在梦里酝酿许多次了。

听到谁在说，我们不看风景，只记录一次心情，哪怕只是一个沾上尘土的脚印，也让内心不再飘忽。

转过临水而居的房子，就是通往老街的入口。我们小心翼翼地走进从前，走近那一段繁华的历史，仿佛喧嚣就在耳边响起。关于老街名字的由来，据说当年并不叫安凤岭，而是旁边有个叫“安家坟顶”

的地方，后来因为名字很阴森，被吴汝纶的女婿王光鸾改为安凤岭了。这个解释，终于解开了我对有“岭”却无山的疑惑。事实上，安凤岭确实没有一座可以称得上山的地方，但这里却是曾经白布帆船穿梭不止的水运码头，在人声鼎沸里下船，赶集。我忽然感觉自己就是其中的一位，在熙熙攘攘的人群里，背着包袱往集市赶去。那被岁月磨平的青石板，安静地守着尘封的故事，守着斑驳的从前，等待着我们归来。

无论岁月如何更迭，都改变不了青石板最初的颜色。那原始的味道，当你踏上的那一瞬间，就已经传递到内心了。我低着头找寻，一颗新绿在夹缝里探出头，雨水滴在安稳的日子里，相逢就这么简单地安排了。老街两边的铺子偶尔打开几扇，木质的门楼，穿枋的结构刻满了岁月的痕迹和沧桑，几位老人坐在门口拣着刚从湖里拉起来的菱角菜，日子就是这样的安静。看着我们突然地来访，充满了疑问，或许，他们已经习惯了老街的安静。老人告诉我，我们站的位置，是曾经的渔行，往前面一点就是稻行，再前面就是柴行了。我仿佛闻到了集市的味道，那些吆喝声从街头的码头上传来。与我擦肩而过的，因行走匆匆而忘记了他们的模样，只是还会在某一天某一个地方再一次想起。青石板延伸着往日的生活，也铺就着曾经的繁华，紧闭的门窗，连同往事一起深锁，早已看不见昔日的模样了，只有那长满青苔的旧墙见证着古集小巷。一堵倒得只剩下木窗的墙角下，月季花悄然怒放，几度花开，惹得多少怜花人频频回望。如今，花不语，人又在何方？

我们在一户古老的剃头店前驻足，一位年长的老人坐在门口，他告诉我们，他在这里生活了 70 年，剃头的手艺是祖传的，家什工具也是祖传的，我们开玩笑说这些都是古董，要保护好，老人一笑而过。其实我知道，老人在坚守，没落的老街和店铺里，他守望的不是顾客，而是眷念，是内心深处最坚硬的传承。老人说，安凤曾是枞阳最古老的集市之一，被称为虮子墩集。也有资料记载：“明清时期，我县集市即有四处：姚王集、会宫集、虮子墩集、杨家市集。这四处集市，一年之中，分期开业，互换集市，首为姚王集，春初牛马买卖成交，以备农耕；继为会宫集；再是虮子墩集；最后杨家市集，后因农忙，毋违农时，不复开集。”我能想象，这里曾是多么热闹，这悠长的街铺上，集中着屠户、裁缝、百货店、药店、旅栈、茶馆、饭店、铁匠铺，那新鲜出炉的早点，余味犹存。想起刚有记忆的年纪，我曾来过一次老街，爸爸带着我去看他的老朋友，一位手艺特别好的竹篾师傅，喝酒聊天，或许还有人生和未来。现在想来，那些美好的画面已跟着父亲的白发一起老去。记忆的断层，让我迷失在这仅仅几百米的路程里，找不到曾经的篾匠铺，找不到从前，除了街道里随处可见的摇摇欲坠的老房子，就是岁月沉淀的味道，虚无缥缈。

朋友指着一处半掩的老房子说，这是朱氏的堂心，供奉着朱氏祖宗，祠堂因为许多原因已被拆除，只好搬到这里。一起同行的老朱，祖辈从安凤岭走出去，如今，他第一次回来，重重地在堂心门口磕三个头。那一刻，他的心情一定是平静的，至少，他可以说，我回来了。而这一幕，于我而言，是发自内心的震撼，久别归来的人，身是客，心从未远走。现在说起枞阳的朱氏，是分两支的，一支是随父姓，另一支随母姓，后来都发展成了兴旺的大家族。听这里的老人说，因为安凤岭在白荡湖边，方圆数里没有山。很久很久前朱家有一对老夫妻，妻子怕冷，因冬天没有柴火，要求把家搬到山边去；而丈夫坚决不同意，因为要养家，水边才可以打鱼。于是两人各带几个孩子，一个搬到山边，一个留在湖边，过着靠山打柴靠湖吃鱼的生活，后来形成了两个不同分支的家族。当然传说终究是传说，却赋予了今天安凤岭特有的老故事。

老街终于在尽头连接了现代气息的建筑，我们再一次原路返回，碰到一位拎着菜篮子的大叔，瞥见篮子里青青的蔬菜上躺着一个装满茶水的茶杯。我把目光送出很远，思绪也很远，有没有一种可能，某一年，我也提着这样的篮子，或在自家的菜地里，或在谁家的门口，喝茶聊天，简单生活。

树梢和房顶

钱龙宁，男，汉族，1972 年 9 月生，安徽枞阳人，中共党员，文学学士，主任记者（副高），中国散文学会会员、新疆作协会员、兵团作协会员。新疆托克逊县文联主席、作协主席、《托克逊文艺》主编。

柳树也好，房子也罢，本是一个整体。但我几乎每天都只能看清楚它们的头部，也就是树梢和房顶，而其他部位就看得不是那么真切了。因为我每次看它们，都是站在楼上，透过窗户俯视。

树梢和房顶，这不是从平常的高度和角度看到的风景。因为站的高度不同，看的角度不同，柳树和房子在我的眼前呈现的景致也就不同。我每次都不是刻意地去俯视它们，而是由于工作和生活的客观需要，不得已才这么做的。

我在机关办公大楼里上班。大楼共有六层，我的办公室在三楼。办公室较大，约有二十多平方米。办公室朝东的一面墙，全是玻璃窗户。平时，窗户都是关着的，被垂下的帘子遮住了，只透出一些亮光。我的办公桌在窗户的旁边。由于长期与文字打交道，所以我的眼睛很早就近视了。再加上几乎每天用电脑，很容易引起视觉疲劳。所以，我用电脑一个小时左右，或是看报纸大样一个小时左右，或是写文章一个小时左右，都会习惯地透过窗户，向远方眺望，不仅缓解一下视觉疲劳，也让紧张的神经借此机会放松一下。

新鲜的空气从窗外扑面而来，微风轻拂，头脑顿时清醒了许多。朝着窗外，目光向或远或近的地方投去，像机关枪一般地扫射过去。窗外的风景尽收眼底，一览无余，一一地呈现在眼前。近处，是一片柳树林，紧挨着柳树林的是树木掩映的农民住宅区。住宅区里的房子都是砖木结构的平房。远处，是耸立于天际、与蓝天白云融为一体的昆仑山。黛色的昆仑山，影影绰绰，朦朦胧胧，虽然巍峨雄伟，却不能看得真切。但柳树林和农民的住房就在眼皮底下，看得比较清楚。但看得最清楚的，莫过于附近的那些树梢和房顶了。

柳树林生长在办公楼的后院里，紧挨着我的办公室，大多数柳树已有三层楼那么高。站在办公室的窗户前，看那些柳树，树梢正好与我的鼻尖大致相平。树梢呈散开状，枝枝叶叶，看得分明。一个个树梢紧挨在一起，连成一片，浑然一体。一年四季，树梢随季节不同，景致也各异。夏天，它们像绿色的波浪，在微风中轻轻地荡漾。冬天，它们像连绵起伏的山峦，在灿烂的阳光里默默地沉思。再看远处的那些民居吧，泥巴糊成的房顶一概裸露着。房顶上除了低矮的一两处烟囱，没有什么杂物了，干干净净的，似乎还泛着一点白光。平时，房顶的颜色很单调，谈不上什么景致，看上去，让人感到有些枯燥，索然无味。但有时，也会令我眼睛一亮，精神为之一振。春天，有的房顶上露出一截梨树枝，枝上开满了白色的梨花，远远看去，像裹着的白雪；有的房顶上，杏树偷偷地探出头来，杏花怒放，像天上落下的一片彩霞；有的房顶上，伸出一些桃树枝，树枝从屋子的一侧突然窜出房顶。桃花在树枝上绽放，像燃烧着的一团火焰。此情此景，吸引了我的眼球。我的心里就格外激动，“咚咚”直跳，仿佛春天已走进了我的心房，仿佛房顶也在这一瞬间变得美丽动人起来了。

和田的冬天很少下雪，但今年却是个例外。老天爷格外地关照，一连下了好几天，有一阵子还飘起了鹅毛大雪。雪后天晴，别的地方，积雪很快地融化了，难觅雪的踪影。但农民的房顶上还有不少残雪，像一床床棉絮铺在那里，好久都未能融化。那些残雪，我寻思着，是老天爷又一次格外地眷顾，赐予我一幅美景，送给我一份美好的心情。

清晨，或是黄昏，房顶上炊烟袅袅，便能引起我无限的遐思。虽然我站在楼上，无法看清农民兄弟本人及他们家里的情况，但我能放飞想象的翅膀，猜想他们此刻正在准备一家人的饭菜，享受生活的滋味，享受人间的美好。此刻，我的心里充满了无限温馨和甜蜜。

我家住六楼，厨房的窗户正对着妻子上班的学校。在家里看书、写作、上网，感到视觉疲劳的时候，我喜欢打开厨房的窗户向外眺望。这时，能清楚地看见学校教学楼的房顶和稍远处的校园。房顶上，除了一面鲜红的国旗在迎风飘扬，什么也没有。国旗本是悬挂在高高的旗杆上，立在校园中。因为我从六楼的窗户俯视它，所以它好像长在了房顶上，给人造成了一种错觉。每次看到房顶上那面迎风飘扬的国旗时，我的心里就会涌起激动和自豪。听妻子说，这面国旗是一位支教的老师专门从首都北京带来的，是她亲手挂在旗杆上，将它冉冉地升到天空的。如今，这位老师支教期满，已经返回了北京。她此刻在干什么呢？她是否还惦记着这面国旗呢，她是否还惦记着这里的师生呢？不大的校园里，除了几棵树和一些草坪，空空如也。我每次俯视校园的时候，是在放学以后，或是节假日期间，学生都已放学回家了。但这也能常常勾起我对学生时代的美好回忆。

站在楼上看风景，别有一番景致，别有一番情趣，别有一番感悟。

“相看两不厌，只有敬亭山。”李白看敬亭山，敬亭山看李白，相看都不厌。可是，于我而言，相看不厌的，除了树梢，还有房顶，还有校园，还有昆仑山……在向窗外一次次的眺望中，日子就这样一天天地悄然逝去。我尽情欣赏着窗外的风景，在得到片刻小憩的同时，消除了视觉疲劳，享受着人生的一种快乐。

写到这里，我突然又想起了多年前读到的一首小诗，不由得在心里默默地吟咏起来：“你站在桥上看风景，看风景的人在楼上看你；明月装饰了你的窗子，你装饰了别人的梦。”

（本文荣获 2012 年度全国散文作家高峰论坛征文大赛一等奖）

第三辑 诗　歌　卷

堆 稻

谢清泉，枞阳县陈瑶湖镇后河村人，先后供职于枞阳县文联、安庆地区文联，曾任安庆市黄梅戏研究所二级编剧，中国民间文艺家协会、中国音乐文学学会会员。创作各类文艺作品达100万字。《山乡的彩云》经谱曲发表后，被编入初中音乐课本。民歌《堆稻》在《安庆日报》发表后，被《诗刊》转载，曾风靡全国，郭沫若给予了很高评价。

稻堆堆得圆又圆，
社员堆稻上了天。
撕片白云揩揩汗，
凑上太阳吸袋烟。

（收入《红旗歌谣》）

诗二首

吴昭元，笔名微雨，安徽枞阳人，中共党员，1977年毕业于安徽劳动大学政治系，曾任池州市政协副主席、池州市文联主席，安徽省作协主席团委员，中国作协第七届全委会委员，副研究员。1980年开始发表作品，2005年加入中国作家协会，著有诗集《绿雨》《雨江南》《雨魂》等，共创作文学作品近300万字。诗集《雨江南》获2004年中国当代文学研究会一等奖。

落日

水银从山坡上默默地走下
一头老牛于不安中少了盐分
村庄渐渐丢失了体温
画面在一溪流水中丢失

黑暗来临之前
古屋瓦显得灰沉
大地空旷
压得我的胸口隐隐作痛

一个呼唤你的孩子离家走远了
在哽咽与追赶中
脚下的风从一轮明月处吹来
像是另一个世界打出的旗语

冬天的镰刀

那属于我们的钝口镰刀
仿佛一些生锈的零碎记忆
在潮湿的角落里冬眠
我的土地已被风舔得干干净净

飞蹿的野雀
寻找一些干瘪的草籽充饥
我感觉自己在陈旧的刺丛里
多想哼一首春天的歌谣

在土生土长的黑土地上
我站立的姿势依旧

我是青年（外一首）

孔祥彪，祖籍安徽巢县。生活之路上，曾与小板车、木帆船打过十几年交道。1976 年开始学习诗歌创作，1979 年底加入作协安徽分会，陆续在《安徽文学》《青年文学》《星星》《雨花》《百花洲》《解放日报》《安徽日报》《文化周报》《诗歌报》等三十余家报刊发表诗和散文诗。曾任枞阳县文化局副局长、枞阳县文联主席。

我是青年，我生命的年轮，
刚刚才有二十圈！
我植根于祖国的热土，
每一根枝干、每一管叶脉，
都有大地母亲的血液奔涌、流潺。

我的青春之树稚嫩而又挺直，
繁茂的枝叶自由地伸向蔚蓝的天空。
我们迈开欢快的步伐，

走向起伏的山岭，走向坦荡的平原。
用绿色，尽染祖国的今天和明天。

我曾是不幸的，幼芽刚出土，
就遭到热旋风的摧残；
我又是有幸的，濒于死亡时，
太阳的金手扶正了我的腰身，
春雨的乳汁补足了我的营养。

我把苦涩的记忆刻进年轮，
我把美好的理想展向蓝天，
阳光下，挥动着绿色的手臂，
一路高喊：我是青年！我是青年！

我们有厚实的胸肌，
我们有柔美的曲线，
我们有刚健的步履，
我们有明亮的慧眼……

但是，我们的青春——
不应在迪斯科舞步中摇摆；
不应在烈酒的杯盏中沉溺；
不应在茫茫的情网中挣扎；
不应在软绵绵的沙发中瘫痪……

我们的青春——
应是力的冲动！
建设四化的能源！
应是美的花环，
挂在祖国母亲的胸前。
我是青年！是八十年代的青年！
让我们肩并肩，臂挽臂，
走向理想，走向成熟，
走向广阔的地平线！

（原载于1982年7月25日《安徽日报》）

扳罾人

两支紫亮的罾杆
伸延着他铜色的手臂
那张赭色大罾
一次次从水下升起
升起他带腥味的生命的旗帜

他的时光，从
湿淋淋的网眼中漏去
从希望和失望交织的网眼中漏去
鱼尾，在他的眼角

永久地留下了摆动的痕迹
他的脸像起伏不平的沙冈
一张密密的岁月之网
皱巴巴地晾在上面

城南的河流永远年轻
河岸上走来他的儿子
接过罾缆
接过捞兜
接过活蹦乱跳的金鲤
也接过父亲脸上那张
兜满期冀的网

紫亮的罾杆弯成
一张巨大的弓
一支年轻的箭
将射出一个响亮的生活

（原载于1986年第10期《安徽文学》）

黄河以西（组诗）

周宗雄，枞阳人，现居铜陵，历任矿工、编辑，在《诗刊》《星星诗刊》《散文诗》等国内报刊发表大量诗歌作品，著有诗集《醒着的歌》《时光的重量》等。作品入选《新中国60年文学大系》等重要诗歌选本。曾任铜陵市作协副主席。

金昌：一座纪念碑的神话

大戈壁的阳光洒满赭黑色的纪念碑
洒满创业者挺直的脊背
昨天、今天、明天都在这里汇集
历史的大书哟，总是令人回味
四十年的时光似匆匆的流水
远遁了惊世骇俗的风雷
眼前的花红柳绿蜂蝶翔舞

全赖一双双粗壮的大手养育、栽培
终于在纪念碑下找到你们的身影
我的战友、我的兄弟、我的前辈
是你们的脊梁扛起了大戈壁的新城
是你们的汗水装点了祁连山的月辉

我侧耳倾听纪念碑的诉说
眼中噙满感激的泪水……

嘉峪关：热血黄昏

长河衔着落日
像一个悲壮的殉道者
将一腔热血
洒遍雄关

一只翱翔的鹰
打破黄昏的呆板与宁静

城堞张着满口的巨齿
咀嚼着远处的驼铃声
胡杨坚守着亘古一梦
任凭远方滚滚的潮音

终于，一匹马倒在征途
累累白骨
点亮了无数朝圣者的眼睛

巴丹吉林：与骆驼对视

除了芨芨草、骆驼刺，你还有什么
除了黄沙、风暴和冷峻的月光，你还有什么
岁月的冷箭射穿了时空
而你依然是大漠深处流动的风景

与你对视我默默无言
你温顺的目光饱含善良
流浪的孩子，时光的弃儿
苍天是你的被絮
大漠是你的眠床
我们这些落荒而逃的过客
怎能探尽你的内涵
就连这短暂的对视
也觉得可笑而荒唐……

敦煌：夜光杯里的月亮

我乘着一片月光来到敦煌

我看见敦煌的月亮
在夜光杯里晃荡
还是三千年前的那只月亮么
那么邈远，又那么清癯
经受了多少风云和沧桑

比鹅毛还轻的月亮
比玫瑰还红的月亮
那是腼腆的爱情
那是美人的脸庞

我也买了一只夜光杯
带回我的故乡江南
每当夜深人静时
斟一杯葡萄美酒
把敦煌细细品尝……

汉语祈祷词（选5）

钱叶用，男，汉族，1964年生，原籍枞阳，现居北京。中国作家协会会员。1982年参加《诗刊》第二届“青春诗会”，1984年安徽师范大学中文系本科毕业，1986届中国作协鲁迅文学院学员，1986年全国第三届青创会代表，1987年进修于南京大学作家班。历任安徽人民出版社编辑，安徽省委讲师团办公室编辑，安徽少儿出版社文学室编辑，新华社安徽分社文化中心主任、总编辑，新华社安徽分社供稿中心主任、副编审，联合国教科文组织《信使》中文版执行主编、教授。现任中国致公出版社执行总编、编审。著有诗集《一个孩童的旅程》《积木城的太阳》，散文集《十二只黑天鹅》，诗选集《南中国诗草》等。《积木城的太阳》获中国冰心儿童图书奖。

圣境

记得先人曾在北方留下河洛之图
八卦垂地。太极承天
九千竿竹矛起自大泽的烽火
神农布五谷而茂于秦川汉阳
采菊人得南山而忘秋风古韵
大幻之景。青衫里长注太白的醉吟
在汉国长安居为帝城，泾渭分明
东南方我族呼为蛮夷，西北方皆为羌胡
孔孟驻足泰山。后一人名曰孔明
一把羽扇鼎起汉室春秋……
在人世谁先然化蝶东行，临近海水菩提
在人间谁木然铸下铜雀，千古哑寂
记得先人曾先我遍观万象同乎众生
今我冥然。一颗石榴
在海水的蓝焰中灿然爆裂……

铁雀

一只铁雀，五千年
五千年的一只铁雀兀立我家的屋脊

它铁青而锋锐的爪
握住了村镇数千年的景观
缤纷的雾水润滑着它张开的羽翼
使其披盖着露珠的喷泉
射出一道长虹，贯穿了东方的天幕

我知道这是迄今为止的第一声巨鸣
一只五千年铁雀之巨鸣
它震撼着市井、大地的居所和九派漫漫的中国
震撼着我从诗歌中
迈步而出的心灵……
彩色的鸟群从巨虹之桥迤逦而降
仿佛一片丽人的羽裳临风御临
她是谁？是否乃铁雀之梦侣
端坐铁雀张开的羽翅上，宛若
我的哲学屋脊上一片怒放的春花

汉人

我怎能轻易忘却
我是一名汉人
汉人。古族的根系！这个星球
一支最庞大的种
汉人，一些默默无闻的人

一些巨匠，一些暴君
一些绝美的女子或者亿万万善良的小民
一些怎能轻易忘却的血、瓷器和丝绸

汉人初涉山泽，就遍尝百草
汉人初遇黑洞，就女娲补天
汉人初坐河山，就焚书坑儒
汉人初识鸦片，就掏尽白银……
我怎能轻易忘却?! 我是一名汉人
包括我那时机里的妻子，怎能忘却
她也将参与扩散
一名汉人最可能旺盛的血脉

真知

今日已难寻一名樵人
初逢津渡
更难觅一叶扁舟
那舟人更其遥远
不见彼岸
山。隘口。温暖的村舍之光
其时举步彷徨，风沙弥目
大地上苍黄的落日
恍若一只疯驼枯守着锈哑的铃铛

谁能告诉我，一种什么真知
如此地叫人心难以取舍
智者。渔樵。古刹纵深的真影
哦！谁能真正明见
一颗无法预见的沙永远跑在光的前列

修远

独向空明。冷目枯荣
山在更远的山之外；水在更深的水中间
古猿不啼，深涧上高悬着虹霓的锦绸
手把青铜鼎座。青铜的呼吸宛如一片羽毛
拂起苍莽岭原……

物的元素充溢万邦，纵步时
一只高鹤鸣奏仙曲。涉菖蒲，披发跣脊
餐气饮露，芳华独占！
空明在荣枯之上，连接飞鹤祥云
处江湖而临大蛇异兽
居庙堂而近巨器明烛
猛然顿首。披发长啸，其音穿空裂石疾如巨箫
非与苦。戒与真。四极遍布汉声
此刻独对天象，我与我谁更能把持?!

诗 二 首

荣光启，男，1973年农历十二月二十日生于枞阳县雨坛乡毛山村。本科毕业于安徽师范大学中文系，后就读于首都师范大学文学院文艺学专业，获文学博士学位。现为武汉大学文学院副教授，中国现代文学学会会员，主要从事新诗研究、当代汉语诗歌批评、基督教文学研究，著有《“自由”的年代与困难的诗歌——六七十年代出生的中国诗人论》《“现代汉诗”的发生：晚清至五四》等。

祈求

我首先祈求的是
与你的关系
你是圣洁的
所以我应当圣洁

我要弃绝的东西很多
当初
我不愿就近你
也是因为放不下这些
其实人不知道你
如何知道人生
有更美的喜乐与自由
然后我开始祈求
做一个谦卑的人
要将你当作你本身尊崇
要将属你的荣耀全数归与你
靠着传讲你的话语
得到的称赞
当然不是属于我的
我只是那言语的管道
即使是为了你的名受苦
我也不应当有一点骄傲
因为若不是你舍己救了我
如今我在怎样的死地
我尚不知道
再然后我祈求能做一个诚实的人
我祈求自己能够与人有正当的关系
这关系与这个世界相反
我不是为了与世界对抗
而仅仅是因为你要我们如此

再再然后
我祈求我能够督促我的肉体
我希望我是一个勤奋的人
我深知
每天五六个小时的休息就够了
这个世界有那么多的灵魂在沉睡
我们若能少睡一会儿
就少睡一会儿吧
当然
勤奋不是盲目做工
我再祈求你给我智慧
让我能合理地安排时间
你从上头来的智慧
一定能胜过这混乱的人世
和我混乱的邪情私欲
再说
时间本是你的创造
为着拯救我们的创造
你当然能够安排它
我还希望你能彻底改变我
让我这平凡的肉体
小小的个头
能够称为一个有力量的人
让我的身体和灵魂
一样有非凡的魄力

不是为了成为英雄
而是为了做好仆人
在荒芜的冬夜
面对寒风和狼嚎
我坐下来
将自己的身体和石头混在一起
让那些在憩息的羊群
以为我就是门
亲切地撞向我
最最后
我知道
我祈求的这一切
你若给我
而我却缺乏那最大的东西——爱
我就算不得什么
因为你就是爱
所以我祈求这第七样
这样我的祈求才真正完全

短美

这个清晨一切都很美好
阳光在湖面上跳跃
树叶为了迎接我

似乎也早早洗了脸
干净，令人喜悦
春天真的来了
虽然武汉的春天
会比姑娘的裙子还短
很快
世界就会遍地闪耀火辣的大腿
但短暂的美也是美呀
无数的短美
加在一起就等于永恒吧
在路上我走得很快
像一个少年
一边走
一边把许多事物抛在身后

午夜锅庄（外一首）

黄大明，1960 年生。1982 年毕业于安徽师范大学中文系，同年自愿赴西藏工作 11 年，当过教师、电视记者，办过报纸和文学期刊，曾任西藏山南地区文联作协主席。1993 年至今，历任合肥电视台栏目制片人、部门主任。主要新闻作品《三线风流》《三跨启示录》等曾获得安徽省新闻奖二等奖和中国广播电视新闻奖二等奖、中国新闻奖三等奖。2015 年导演电影《圩堡枪声》。

那么此刻让群山肃穆
让森林追遂鹫鹰苍凉古朴的箴言
而黄昏在茫茫沙砾之上
在高原严峻的诱惑和躁动之上
筑成只属于一只镀银长号的月光的堤岸
呵　静默如此多情而伟大
瑰丽而深沉
仿佛世界是一片童话的叶子

但在此吹奏浮雕般的雪岭所封闭的
生命的炫耀和午夜庆典的火把
带着星光的祝愿　他们来了
还带来日曜岩所固定的风的形象
那曾簇拥在山上的老人们
那曾在无数个十字路口
点燃牦牛狂奔的尾鬃
倾听黑色昂扬瓢泼的暴雨的孩子们
他们相信了
不再只有一种爱情
能慰藉高原广阔无垠的神圣
从新鲜的海子里
他们打捞岁月翠绿的宝石
发现地球不过是拴马桩上年轻的印记
而黄昏再也无法安息月亮
冰阶回荡的新生的洗礼
在这灿烂的一瞬扶起雄深的记忆

那一只核桃树

如果你记得那一只核桃树上
有四月的风踩响高原的涯岸
变成野鸽子平静荡漾的湛蓝穹顶
让目光困惑于茫茫沙漠里旋舞的

白昼的火炬
放逐又收回我们最深沉抚慰里闪烁的翎羽
呵　那在世界中央召唤我们醒来
把太阳浇淋在鸟儿歌唱的嘴唇
又以一片落叶
使我们新编的篮子里布满熏香启示的
就是那一棵核桃树
圆形的草地，以及春天褐色的群山
都沉浸在你闪电般浓郁的梦寐里
让南风也悄悄向你俯首
带着地平线那不可接近的絮语
缠绕我们焦灼的新生的躯体
是你以最倔强　柔韧的舞蹈
伸展早晨天空的七彩帆缆
以最喧腾　最宁静的铧犁
向那黄昏里美丽村庄和草场
犁开我们希望的边缘上游荡　颤栗的纯朴
呵　核桃树
我们在早晨
在世界的中央醒来
接受你漫长岁月里照亮一切的果实

（原载于《上海文学》1984 年 9 月号）

仰望秋天（三首）

江文波，诗人、作家，安徽省第一代职业策划人，文化创意专家。自20世纪80年代起，先后在海内外报刊发表了大量诗歌、散文、报告文学、评论等作品，并被收入各种选集，获得多种奖项，出版有《江文波文集》《旅迹星光》等著作多部。现为经天传媒、经天咨询和经天教育机构董事长、创意总监。

仰望秋天

仰望秋天
最容易站错地方，一辆破旧的马车
蹉跎了太多的时光
风声很凉，我还没有老去
大雁就远走他乡
我还没有将秋天看透

苹果园里的姑娘
就开始打扫命运的芬芳
是谁，将“秋水共长天一色”的句子
放在湖边，但已找不到
当年坐过的客船
落霞依旧，唐代的那只“孤鹜”
没有飞到今天
何人看见它最后的孤单
一壶浊酒，能否邀来凋残的菊花
白发渔樵，能否钓起民国的月光
仰望秋天
需要适宜的高度
夜深了，一颗流星掉落下来
没有说出自己的沧桑

马放南山

春色连天，碧草肥美
我应该把我饥瘦的马，放到南山
让它拯救自己的年华
也可在暖暖的阳光里
梦回曾经的江山
既然都放下了，包括皇帝的病情
包括虎落平阳，红颜薄命

当然也应该包括马
这是一匹纯白的马
曾经驰骋在一些少女的梦里
踏碎了一地花香
跨山越海，醉卧沙场
经历不一样的苦难
远离长安，星光在黑暗里一路飞扬
都成了往事，或写到了纸上
劫后余生的白马
此刻，不要方向
只要南山的牧场

落地的风景

河水消瘦下去，钓鱼的人多了起来
钓竿插满小河的两岸
就像一根根嗜血的竹矛
远近的鱼们，感到了惊悸与疼痛
坐在一座沉默千万年的青石上
世界就改变了高度
我望着钓鱼人的背影
银杏树冠，落下几代王朝的鸟粪
几只墓碑倾倒着，荒草丛生
想起姜太公的故事，相隔并不久远

但已无人用直钩
惊世骇俗，等“愿者上钩”
无人抚摸江山，或做一枝莲花
在河水里静修一个傍晚
山河里的米，都被掏空了
贫穷的人们，修行很浅，钓竿很短
无法搬动千里外的风云
没有太公，也无须封神
山川万物，也无须重新分配
告诉自己，趁时间还早
看看落地的风景

踏进塞纳河（外一首）

史劲松，1966 年 12 月生于安徽枞阳县白荡湖畔的一个僻静的村庄，小学时的几句顺口溜被语文老师张贴于墙报后，就被激励成诗歌爱好者。高中时开始投稿，曾为中学生文学社副社长。现为私营企业主。在几十年的公司经营中，始终坚守诗歌的阵地，秉承修葺灵魂洁净的踞地。诗歌作品散发于省内外各种报纸杂志和纪念性文集。在遵循诗歌的道路上，哪怕是踩到了荆棘，我也要把它当成花朵。

站上游船，就看见了
塞纳河与法兰西的亲吻
我得有时间将词语高高举起
又重重摔下
从中找到一些发光的字
来建筑随行者眼里的惊诧

而此时，我的大脑

遍布哥特式意象
往前，我们或许能够远离现世
进到波旁王朝藐视前世王权
又或许，我们与路易十四的细腿
撞个正着而不必道歉

十月里，巴黎的天空
时而小雨垂滴，时而碧海蓝天
阳光从云缝中升起又隐藏
在这里，最高明的隐喻尚未打开
我们屏住呼吸
无法抗拒一种荡漾的美
构建于渴慕的心灵

时常掠过头顶的桥
沐浴于自身的倒影
我们的笑脸也沉浸其中
我们不是一群沉溺于幻想的人
一则来自祖国的消息
正从微信朋友圈铺盖而来……

让爱跟随

我走了，你别跟来
那是一个隐秘难懂的世界

无法保证我匆忙的脚步
能被你从容跟随
秋天，时光清洁而闲适
流淌桂香的晚霞匍匐其中
我要走进欧洲的缝隙
将其打开，跟进一个陌生世界

请跟紧，我将耗尽全部的精力
守住呼吸紧紧跟随
不要让爱消隐于人群的尽头
季节遮蔽了暗影
稍不留神跟随的背影就无法找寻

飞临在欧洲的天空
思绪如潮，残阳似血
能看到地中海了
如果不是云层
飞机飞得再高也能看到大地
云层遮盖了真相
但却成就了想象

沙翁呀，但丁呀，雨果呀
还有凡·高、莫奈们
从你们脚边走过
我尽力保持沉默

尽力保持一种虔诚的景仰
我不知道，现代文明的喧嚣
会否打扰你们安详的睡梦

只有走在塞纳河的岸边
我才如此安静
埃菲尔铁塔四射的灯光
让世界慢慢承受其傲慢的站姿
而我们，只能以内心的强大
来抵抗世界的慵常

记一次郊游（外一首）

魔头贝贝，本名钱大全，枞阳仪山人，现居河南南阳。1988 年开始写诗。作品入选《中国新诗百年大典》等多种选本。参加诗刊社第二十九届青春诗会。

草吃着
下面的黑暗。
我们带来一些橙子
却暂时不剥皮。
它们不会疼痛。不像我们。

夕阳。堕落。每天都在。
却美、难得。只有活着，才能。

你俯身掐一朵花说明你配合了
寂静的治疗——
于是灯就亮了：我们返回。
闭着的嘴里一台

手术遥遥无期。

蚂蚱跳得轻快。
人还在堤防、漠视、相爱。

穿过菜市场

萝卜比维特根斯坦
重要。
笼中的
鸡鸭的忍耐。
孤零零
这只鱼头
有口难言。
每一具身体都被牵引着。
我也不能例外。
我向前
向钱。
血一滴一滴
滴入下面的塑料盆
——羊
缺了半边。我也无法更改。

妻子以为我拎着
她等待的心肝。
而我返回在没有
你的路上。

董书明的诗

董书明，安徽枞阳人，中国诗歌学会会员，江西省作协会员，有诗歌在《中国诗歌》《诗刊》《星星》《绿风》《创作评谭》《诗歌月刊》《中国铁路文艺》《诗选刊》《长江文艺》《世界诗人》《延河》《山花》《山东文学》《诗潮》等纸刊上发表。部分作品入选《中国打工诗歌精选》《2004—2006 中国诗歌选》《中国网络诗歌前沿佳作评赏》《中国网络诗歌年鉴》（2011 卷、2013 卷）《谷雨诗选》等诗文集。

初春

残雪。将大地，一寸寸退还给村庄
河套，两边的农田
苜蓿花使劲开，鸟儿低低地飞
麦苗喝足了雨水

内心不停地练习
荡漾。坐在吊脚楼上
远山，从冬季
返回。沿途，口吐反义词
三月的肌肤
青一块，紫一块
仿佛酒后磕着了时光的餐桌
额头上，挂彩的伤口
留不住疼痛。像花朵，留不住人间的芬芳

将进酒

雨滴过于铺张。伞下的少女，自比桃花
道路，洗净身子。迎合
更多的忧伤
我们站在回廊上，各自用手机下载乡愁，
下载 2014 年属马的人的运程
“天空把鸟鸣
收藏在，连人类也找不到的地方”
我们下载备忘录，酒瘾。一只只酒杯
围拢过来
“村庄，衣领上都是酒气
已经把握不住自己”。东倒
西歪的影子

抓住，迷茫的把手不放
逢人诉说：去日苦多的地址。以及，后三十年的爱情

内心的沙漠

一粒沙，离开了沙漠，仍保持着单身或异类
一粒沙，登高望远：始终不肯融入
社会的眼里。拒绝
与人间的泪水，同流合污！

一粒沙，打开内心的领地。时光的耳朵
灌满风声，世俗与谣言
一粒沙，浑身长满嘴巴。但比善良
更宽容，比蚂蚁更顾家，比少女更沉默

一粒沙，掉在外省的地面上，硌疼了
乡愁的脚板
一粒沙，寄身在米粒
之间，只为寻找失去的村庄和身份的高贵？

喘息（外二首）

杨益生，1982年始发表作品，作品见于《山花》《绿洲》《安徽文学》《春风》《星星》《诗歌报》等，出版诗集《风或叫喊》，业余创作发表小说、散文数十万字，现居马鞍山，电工。

有谁能收拾我内心的零乱
在春天的夜晚　老月亮
夜鸟的啼声运来盛大的寂寞
我不能从正面出现
憔悴　消亡　从诞生就已开始

兀枝在叫喊　花朵的喘息
惊动案头的故纸
露水滑落　湿了一大片床头第
老月亮　我的无措与谁相关
这来历不明的闯入者把我抱起

我足无寸土　与槐花清贫的香味

互相体贴　老月亮
人在春天多少情不自禁
在暗处　看见我头上放出钝光的人
——有福了

远大的春天

把手探进泥土　祖国
我触到古老的爱情　脉脉余温
地气上升　花朵
让受惊的马匹安静下来
那天　正邂逅激情

母亲在菜园里劳作
双手分开歌谣　民间的春天
远大的前程

看那　去年的燕子
又回到了家门
祖传的姓氏　树大根深

细雨　风声　大河堂堂
在我内部汹涌
人啊　为了什么热泪滚滚

风或叫喊

什么声音　远远地响着
它坚硬　不可抵御
我似乎要追随而去了

接着　我抓不住亮光
伸来的手　落叶许多片
以及砂粒在我喉咙里飞舞

我已被劫持　这声音

是在我体内　它搬运着什么
总是出其不意
一生中反复被逼到
无路可逃的地步

老人河（外二首）

白平，20世纪八九十年代所作诗歌、小说在《诗选刊》《安徽文学》《诗歌报》《北方文学》《青海湖》等报刊发表。后热衷广告艺术设计，其中标志作品被安徽南翔集团、华东六省一市体育舞蹈大赛、安庆广播电视报、枞阳电视台、浮山中学、会宫中学、义津中学等采用；广告宣传语被北京旅游、福建福能集团、重庆旅游、安徽旅游、湖北圣水绿茶等采用。现在县人大常委会教科文卫工委任职。

河流，是从他一只眼里发源，
而在另只眼里抵达终点吗？
老人目光浑浊，但深沉有力，
看得见水下遇难的沉船。

从油毡和芦席搭成的舱盖下面，
老人伸出锚形的手指，
抓住陆地，抓住他生命中的岸，

抵抗着冲向河口的激流。

他常跟岸上的那个女人说，
死后，他要变成鹭鸶鸟，
曳着一双精瘦的长爪，
在水烟之上盘桓、低飞，发出
一阵阵悠长的清唳……

在半明半晦的渔火里闭上双眼，
他不知道自己是什么了。
是这只小舟吗？或是这条河流？
反正，隔着发白的龙骨
他听得见虾米银亮的呼吸，
看得见大闸蟹——正偷偷钻入
他设置在深水里的秘密蟹篓。

那散发着鱼腥和烟草味的呓语，
不时低低传出，含混而神秘，
仿佛是来自幽暗的水底的喷泉。
老翁在大河一般深远辽阔的睡意中
翻了下身子：船摇晃起来！
于是他湿漉漉的梦在水面一圈圈
荡漾开去，于是晾网上的铁坠，
将月光下的河畔叮叮叩响。

翌日。这是一个好天气。
老人大声告诉岸上的女人，
他要把船划向很远很远的地方，
捕捞昨夜梦中新发现的那个大鱼群。

白塔

什么时候，苔藓
一直绝望地爬上晕眩的尖顶
大理石碑沁出发黑的黏渍
鸟粪里坠落的种子，在檐角上
谢了多少代忧伤的花朵
风铃，那传导着清纯天籁的风铃
某个寒夜被星空冻哑
那时候起，白塔肃穆了
它对脚下埋葬的一百个古工匠
对自身的雄浑，倾城的美名
甚至对自己将于何时颓塌、消失
都已无意再去关怀

五百年过去了，
它只是一个象征，只有一个信仰：
用高大的肢体扭曲游客的面孔
隐藏住最后的结构、致命的天机

以一道倾斜的塔影
将考古学家和建筑师引向歧途

黄昏

黄昏突然的脊背
隆起在村路的尽头
大地在浮升
你恍然四顾，从脚步里惊醒
被一件钝器抵在心灵

萤火虫过早地行动了
一百只飞驰的尾灯
遵循同一遥远的频率
忽暗忽明。你
在随便哪一块石子上面
抗拒着无情的启示

即使闭上眼睛，你
也无法驱赶它们
你永在回避、或否认的一切
这时都簇拥到你的身边
变幻你不定的表情

终于你明白了
黄昏：是对自己的等待
对自己某一瞬间的
等待

农民兄弟（组诗）

刘静，笔名镜子，安徽省作协会员。作品散见《星星诗刊》《诗歌月刊》《安徽文学》等报刊，著个人诗集《在美的旁边》。

过了这条河　我就是农民

像草一样潦草的农民
我终将能找到土地的伤口
我要回到纯棉的语言中去
让棉花开口　玉米说话
让绸缎般的原野亮开嗓子
锄头开张　镰刀落地
从父亲弯腰开始　一粒种子
就顺着铁的味道　挺进河流
挺进庄稼　成为粮食

成为农民体内重新的铁
我会为自己的后半生是农民而骄傲
我看见绿　看见辽阔　看见一望无际
看见这些词语里淌出的眼泪
流出的卑微
我看见棉花与棉花手挽着手
看见花生与花生肩并着肩

天生万物
一个农民
只需要一个微凉的清晨

卖菜的农民兄弟

至今我还记得
那个挑着担子的老农
他上船时的一个趔趄
使蔬菜散落一地
他艰难地蹲下身来
把这些敦实的家伙
整齐地摆放好
像团结的亲兄弟
像老农散落民间的
亲生骨肉

暖暖地挤在一起

浪花上了甲板
风一阵紧似一阵地割过来

在中南村
我知道还有许多
谦卑的土房等着他的归来
等着换来的温暖

一滴上了岁数的泪水

我不知道她为什么流泪
一滴上了岁数的泪水
我不敢用浑浊来形容
用同情去删除

这是一面镶嵌在木框中的镜子
它可能是信物
可能是嫁妆
斑驳的镜面
漏掉了水银
漏掉了时光

我坐在一条冰冷的板凳上读诗（外一首）

黄晔，1965年出生。现为中国作家协会会员、中国诗歌学会会员、安徽省书法家协会会员，枞阳县作协副主席、枞阳县诗词协会副会长等。喜藏名人书画和古玩。曾出版个人诗集《叶子》《诗歌的远行》《一个人的穿越》《深夜的雨》《一路上的风景》《我在这里等你》等。现任安徽缘酒集团董事长、安徽缘酒文化博物馆馆长。系中国个体劳动者协会常务理事、安徽省个私协会副会长、中国缘文化网创始人，被新闻界和业内誉为“诗商”。

我坐在一条冰冷的板凳上
读诗。一声不吭地等待
一段时光，一段冬日暖阳
一张网状的纠结。坐立不安

局。其实不知道是
什么样的东西

人前鞍后。骑驴子找马
局是陷阱。是一场弱肉强食
一瓶久窖的烈酒。一杯
浓情的茶

局是一场输的关联词
笑得伶牙俐齿。磨刀霍霍
赔一场笑。一场笑里藏刀

人生大概是什么?
乱成一地鸡毛
剪，理不顺的头绪
爬山虎一般的浑身蓄毒
然后远离人群

或者，我只学会惯看
看不惯的一切。输或者
赢。或者与此无关的一切
从内心的需求开始
比如一个梦。搁置云端

我本是一个孤寂的游子

总有一些失落

在一个崭新的假日后出走
是新年的一声呼唤
亦是一声兄弟之间的道别
一个以大自居的伟岸
一个倚老自傲的文化
有一天就此搁浅
搁浅在浩瀚的沙滩旁

念旧日抛锚江边的振风塔
念荷花飘香的菱湖小道
念黄梅小调里的日月
念兄弟之情父母之恩

跨过一条江
我本是一个孤寂的游子
怀抱创业者的初心
成就自己的梦想

花山记（外三首）

王汉英，女，笔名木棉树下，安徽省作家协会会员。作品发表于《诗歌月刊》《阳光》《安徽文学》《海峡诗人》等刊物。

花要落到悬崖绝壁的深处
才可以停下来，叫一声“花山”
而且还要静，静到没有一丝杂质
静到我们空出一个下午
做花山枝头的一片叶子
那个时候，云要像炊烟，风要有几缕
慢慢地飘着
慢到有足够的耐心
让我们安放人间的烟火，心中的块垒
慢到我们的心越来越柔软
甚至不需要多余的情绪和声音

这样慢下来的时光是少的

少到，我们常常忘了
在山水之间，偶尔做一片静静的叶子
以植物之心，体验着，生长着
虽命如草芥
却柔韧，光明，健康

病中记

我不给你写诗，还是
只给你写信
不远不近的距离
不记得，是第几封
信里说，我很好，勿念
信里说，忍冬花又开出了好几朵
想去远方，但，不知何时才能动身
你知道我，牵挂的太多
没有忧愁，有小小的欢喜
小到，逐渐懂得
痛苦和欢乐都是好的
写着写着，手就酸了，就此搁笔

最后，结尾，空白
空白处就空着，就白着

我不给你写诗，
不在诗里写秋水从哪一滴开始凉起
只致秋安，某月某日
风和日丽

经过

在福利院，宽大的院子绿草格外荒疏
据说，要移址。老人也像荒草，越来越少
我们很少经过这里，偶尔经过
像是经过一部黑白默片
像是经过半天的假期
我们常常不经过，佝偻的身影、病痛的折磨，
失神的眼和难言的唇
我们不经过蹒跚、孤独、举步维艰，不经过一碗热汤，
一次拥抱。那也是我们的
——过去或者未来

春风仍然吹向遥远，春天仍然住着白发
这世界，美好的事物
仍然让我相信

有时我想起那些白发，有时我想起自己

七月的短消息

“你现在还好吗?”
很多东西都在失散之中
只有这句话，还在穿过人群
推搡着走来

多年以来，我们把自己塑成
被现实需要的样子，
面目模糊，随遇而安，把半生
藏在光阴的深处

没有人知道我们
曾经温情的内心，也没有人
了解光阴之痛

七月，我是一个无处话别的收信人

标识马灯（组诗）

刘忠，笔名刘檀风，1980年生，教师，在《诗刊》《星星》《诗歌月刊》《扬子江诗刊》《北京文学》《安徽文学》《银河》等多家刊物发表过作品。

马灯：全部的幻想

被我许曾拨乱的头发以及整个草丛
今夜藏着一块巨大的伤疤
至今隐隐作痛
里面可能居住的蚯蚓在窃窃私语
历史只一刻钟背弃，铺叙吕蒙
我借下三国时的月色
作为自己驻留此地的朦胧背景
这个中国地图无以标识的马灯
越发追逐残余岁月

让故乡的九棵枫树一起可怜我
见证我一点点地成为自己灵魂的化石

我的词条察哈尔

我冥冥而知却又匆忙泯灭的察哈尔
竟有长城脊梁和三个念想
曾经的张垣
察南察北，蒙古铁骑的烟尘
经风吹没了繁重的人脉和沧桑
苍茫之下的漠南
林丹汗始，父子相背而行
他们游牧
任牛马羊扛着残缺的部落游离
更了姓名，如今乌兰察布
一只隐藏性格的狼
长风乱雪，漠北的冬天一望无垠
孤城荒冢，一抔黄沙
掩埋了寥落和凄凉
掩埋了曾经多么深邃的夙愿

向南，梦入枞川

我是南北朝遗落的寓言
这凭枝叶敲打的心空，这浊水拍击的梦
在一个人寂寞的脸上终将远去多少马蹄声
我手执枪戈在自己的阴影里翻身上马
追逐一曲幽怨的词
在彩陶一样的盆地里
一个熟悉的地方被江风吹动着
我的叹息是最为具体的忧伤
在残雪或者桃花的回忆中呈现潸然
让闪电劈开我珍藏的梦想
让一场雨剥夺虚无的漫长时光
和碎裂的瓷片一起进入蒲州的乱草之中

我在缓慢地转身铜陵

我是自己的密语者
慰藉潜在心涧或是顺着汤沟流淌的泪水
暖冬里，自私地让梅花骨朵点着炮仗
在生活的字里行间素描九棵枫
随手捧起的黄沙，都是一部厚重的历史

与青铜匹配的笑靥开放在周潭大山
风是大地呼吸的声音
分水岭之外定然蕴藏着崭新的春天
站在四楼，望着静静的白衣庵
故乡这个称谓
所有琥珀般的陈词和缭缭轻烟
让我如此负重，如此缓慢地转身铜陵

抵达新疆

那个站在察尔塬上的人
多么像我，像一棵离风雨更近些的草
他没有带来一盏油灯
他任由马儿背负深沉的目光
看着草原上的夕阳和羊群归去
他的行走多么孤独
是一次内心部落的迁徙
向东或向西。东边有黎明问候
西边有衔着他骨头的鹰
他不需要一匹马
他的奔跑可以是思想的速度
也可以是遍地的草在点燃生命
抵达新疆这片土地，他没有带一盏油灯

春天从窗外走过，我也想打马唱歌（外二首）

吴信原，枞阳人，安徽省作协会员，中学高级语文教师，兼重庆理工大学《新诗》编辑，已在各类纸媒发表诗歌五百余首。

春天从窗外走过，我也想打马唱歌
我也想用黑白琴键
敲击落花四溅的烦忧

在春天的版画里我是哪一只唱歌的鸟
贪恋撕裂天空的语言
影子播撒毒药
绵长的情歌，像暮色渐起的忧伤

风中的白马踟蹰不前
在岁月的风痕里，爱，散落成一地尘埃
肉身不再团聚

离歌声声，歌声是我狠毒的武器
它伤了亲人，伤不了明月
我的自责也深入骨髓
我不记春天的美丽，春天可记得我的哀愁

手指扣烂时间的金粒

手指扣烂时间的金粒
前方，就在前方是不一样的花海
我的爱人，快奉召而来
风，飘转你丝雨般潇潇长发
雨，晕湿你粉底青春的笑颜
那一朵叫爱的花，在时间画布舒缓打开
你也有前生
你也有来世
也有春天月下起舞的魂魄
我的爱人，能不能和我一起在时光中退守

一起和时光邀约，百转千回
荒无际涯
有你就不孤单
春天，爱情的枝条千万支伸展
而你灼热的眼神再一次卷缩进花蕊

我便败给春花，败给落叶
败给世上所有的芳华
手指扣烂时间的金粒
那么，请你原谅
我寒凉雨天潮水般溃退的心情

还好，这个世界的春天有我

还好，这个世界的春天有我
时光里的懦夫
在风中活着也在风中死去

我也是你亲爱的伴侣
当一寸光照进另一寸光
落花如雨
我即化为万点尘埃，风中灰烬

但肉身不腐，我愿意倾听流水的歌唱
享受人间烟火熏陶
脚步飞奔
追赶落日前的霞光

我也想趁年华消殒之前，面对春花

为你再次歌唱
那永远永远的伤，永远的伤
落花飘零的伤
滴血的伤

大通古镇之和悦洲（外一首）

天露，原名刘东生，作品发表于《诗歌月刊》《椰城》《安徽青年报》《安庆日报》《散文诗》《乾坤诗刊》（台湾）等报刊。2011年自创诗派：中华新诗党新象征主义。

一场滂沱的雨水。像是一种暗示
让我们抵达一种春深

步伐从水
曾涌入多少劳燕之心
我们是第几批，筑坝的过客？

留下自己木质的思维
只有那些一路向东的方形石条
成为唯一值得信赖的遗痕

多少踢踏的马蹄跑着跑着
就消失了
我们是第几批？
睡在那些喧哗的废墟里

和悦洲成为江水中仅存托起的部分
仍在努力抵抗那长风激浪
如一只望向天空的眼睛，挣扎中下沉

（注：和悦洲原名荷叶洲）

隐

——访钱锺书故居

要隐，一条飞龙也适合大隐，隐于可以寸草不生
隐于可以众星捧月
左侧是森林。右侧是宫殿。
隐于可以羊群。隐于也可以狼烟。
一根将春天藏于内心的木头已放弃生死

隐于三味书屋：读书。教书。写书——
先将手指掰开。后将伦理掰开。再将哲理掰开。

“哐当哐当”又将自己豪华的大宅门掰开。
要审视只审视自己有无蛀空
将自己一生的城墙掰开，握着我们，向上攀援。

自古大隐隐于己。隐于天。
君莫道沧海原本广漠，君莫道桑田含着狂潮

跋

贴近大地的呼吸

钱叶全

8 年前，我在主编《枞阳历史文化名人》时，在书的附页策划了 60 个文化项目。当时有人以为空穴来风或异想天开。这些项目有什么意义？能够实现吗？实际上，作为文联主编这本书确实不具备文化项目的策划职能，但我还是坚持把这“异想天开”的 60 个文化项目附录了上去。我知道，一本书要走很远的路，枞阳文化精神的表达绝不能停留在一本书上，而更重要的是在政府肩上，在枞阳民众的唤醒上，在枞阳山水大地的空间表达上。

空间表达是一个陌生的词汇。相对于文学的表达，空间表达是一种城市语言。进绍兴城，有一句口号——沿着课本游绍兴，鲁迅先生在课本中的文章是文学的表达，而我们能够走进去的鲁迅故居就是绍兴城市的空间表达。从文学表达到空间表达，有本质的跨越，文学表达是历史传承，空间表达则是创新传承。我们从读进去的历史与走进去的历史得到的信息是不一样的。随着枞阳的对外开放，枞阳对外的精神表达不能仅仅停留在一套丛书上，而要关注人的脚步。人们来枞阳感受什么样的文化？是“静态”的历史文化还是“动态”的历史文化？是面向过去的历史文化还是面向未来的历史文化？其实很简单，人们在枞阳作短暂的停留，不是进入枞阳厚重的历史隧道，而是自身生命的体验。在枞阳优美的山水中，生命有一次感动，文化有一次碰撞，信息有一次交流，足够。所以编一套丛书，不要期望人家在枞阳轻快的脚步中背上厚重历史文化的包袱，枞阳呈现给客人的应该永远是大美山水、和谐乡村、淳美乡风和在山水之间的微笑。这才是枞阳，才是枞阳的原生态。但枞阳又是一个历史文化厚重的城市，有着鲜明的地域文化精神，在枞阳的历史、现实和未来中，文化精神有着持续的生命力，隐寓于枞阳生生不息的文脉中。城市的空间表达就必须完成这种职能的转换，让枞阳之旅充满着历史脉动，从而实现枞阳文化精神的对外传播。正如荣格认为，历史的积淀是一种集体潜意识，通过表达可以上升为集体精神，这种精神凝聚着地域文化的心理能量，不仅承接历史，更重要的是唤醒现实和照耀未来。

本套丛书梳理了枞阳文化的十个系统（当然不止这些），历史文化居多，如《枞阳历史名人传略》《方以智传》《钱澄之传》《枞阳文选》《枞阳诗选》等。选编这些历史文化入丛书，主要考虑枞阳历史走向的一个纵向坐标，在这个坐标轴上，“人杰地灵”，以枞阳历史名人为特色，枞阳大地自古以来创造了极具地域文化个性的灿烂文化。如：方以智，代表了明清中国科学文化的高峰；钱澄之，代表了以诗记史中国明清诗歌的高峰；方苞、刘大櫆、姚鼐，代表了“桐城派”文化的高峰；吴汝纶，代表了中国近代教育转型改革实践的高峰；朱光潜，代表了中国美学开创者的高峰等。诞生在枞阳大地上的这些历史人物，他们的文化成就远远超越了地域文化局限，而成为中国和世界的文化巨人。因此，我们选编这些历史人物，不是狭隘的地域文化观，而是丰富和发展中华文明、中国文化，在时代的坐标点上，诠释“诗人之窟、文章之府、气节之乡”与长江文明的关系，与中国文化的关系。在空间表达上，长江是中华文明的摇篮，枞阳文明与长江文明一脉相承，枞阳浩如烟海的人杰与长江之滨的这块土地存在文化上的源流关系。枞阳是中国文化的重要发源地和创新地。“勉成国器”，吴汝纶伟大的教育思想揭示了枞阳人的文化个性。

空间表达的另一层含义就是“地灵”。姚鼐曾语：“独浮屠之俊雄，自梁陈以来，不出二三百里，肩背交而声相应和也，其徒遍天下，奉之为宗。”浮屠，即枞阳浮山，即以浮山为文化圈的枞阳长江流域。现在的地域概念是，县域面积 1808.1 平方千米，吴头楚尾，长江流经县域 84 千米，境内四大湖泊水系，均与长江相通。汉武帝在枞阳射蛟置枞阳县，2100 年文明史，江水东流，枞阳文化生生不息。而浮山就是一座典型的文化山，位白荡湖之滨，与江水相通，历代名人高僧纷至沓来，留下大量摩崖石刻，出现“浮屠之俊雄”，使枞阳文化自唐以来交流日盛推动“人杰”汹涌。而“地灵”的另一个方面就是枞阳特有的地域环境和地域习俗，经过多年历史积淀，形成枞阳特有的文化基因，进入枞阳人血脉，如《枞阳非遗》《枞阳民俗》等，在“耕读传家”的文化背景下，枞阳人为什么重气节，枞阳人为什么重血性，枞阳人为什么重读书，在枞阳的地理环境包括饮食习惯、语言结构、风土人情中都会找到答案。尽管整理不全面，但揭示了“人杰地灵”的人文地理关系。这是枞阳人真正的家园，也是枞阳人深刻的乡愁。我们眷念这片大地，是因为我们与母亲的呼吸贴得太近。

“枞阳文化丛书”得到顺利编纂，作为主编，我诚挚感谢钱王刚、王乐群、陈靖等十位分册主编的赤子情怀和心血奉献，感谢县委、县政府在枞阳发展的重要节点上高瞻远瞩的文化视野和丛书组委会的决策落实。应该说，这是枞阳的盛事，是枞阳人乡愁的表达，是枞阳文化人的骄傲和自豪。

但我们深知，创新是文化的生命。“丛书”提供的资源能不能上升为枞阳文化精神，转化为枞阳城市的空间语言，任重而道远。旗山公园汉武阁竣工时，《枞阳杂志》发了一篇评论《望长江》，写下这样一段话：“枞阳发展的历史和未来都告诉我们，枞阳发展的成就来源于放眼世界的包容和开放；枞阳发展的未来也一定是世界的枞阳和枞阳的世界。”汉武阁正是这样一双为枞阳人打开全球化视野的眼睛。文化不仅是继承，更重要的在于创新。

2016 年春，江风浩荡。我的身后是枞阳乡村的阡陌和炊烟。大地温暖，母亲仍在劳作。

（作者系县文联主席、“枞阳文化丛书”主编）

图书在版编目(CIP)数据

枞阳当代文学作品选/谢思球主编．—合肥：合肥工业大学出版社，2017．2

ISBN 978-7-5650-3258-5

Ⅰ．①枞…　Ⅱ．①谢…　Ⅲ．①中国文学—当代文学—作品综合集—枞阳县　Ⅳ．①I218．544

中国版本图书馆 CIP 数据核字(2017)第 025059 号

枞阳当代文学作品选

主编　谢思球　　责任编辑　疏利民　　特约编辑　孙南洋

出　版	合肥工业大学出版社	**版　次**	2017 年 2 月第 1 版
地　址	合肥市屯溪路 193 号	**印　次**	2017 年 3 月第 1 次印刷
邮　编	230009	**开　本**	710 毫米×1010 毫米　1/16
电　话	总　编　室：0551-62903038	**印　张**	20．25
	市场营销部：0551-62903198	**字　数**	241 千字
网　址	www．hfutpress．com．cn	**印　刷**	安徽联众印刷有限公司
E-mail	hfutpress@163．com	**发　行**	全国新华书店

ISBN 978-7-5650-3258-5　　定价：38．00 元